KB003869

벨롱장에서 만난 사람

권비영 소설집

벨롱장에서 만난 사람

초판 1쇄 발행 2021년 9월 30일

지은이 권비영

펴낸곳 도서출판 가쎄 [제 302-2005-00062호]
주소 서울 용산구 이촌로 224, 609
전화 070. 7553. 1783 / 팩스 02. 749. 6911
인쇄 정민문화사

ISBN 979-11-91192-30-8 (03810)

값 14,800원

www.gasse.co.kr
berlin@gasse.co.kr

이 책은 울산문화재단 2021 울산예술지원 선정 사업의 일환으로 발간되었습니다.

벨롱장에서 만난 사람

권비영 소설집

gasse•가쎄

작가의 말

세 번째 창작집을 묶는다. 부끄럽고 허기지나, 그래서 더 소중하다.

등단 후 느린 걸음으로 소설을 써왔지만 느린 걸음이 부끄럽지 않은 것은 처음 마음먹은 대로 미련하게 걸어왔다는 생각 때문이다. 또 가끔씩 내 글로 위안을 받았다는 사람들이 있기 때문이다. 독자와의 라포 형성은, 소설을 기쁜 마음으로 쓰는 가장 큰 이유다.

얼마 전, 함께 소설을 쓰는 한 작가가 나에게 물었다.

- 앞으로 얼마나 더 소설을 쓸 수 있을 것 같아요?

얼른 대답할 수 없었다. 내 나이를 생각하면 쉽게 대답이 나올 수 없는 탓이다. 속으로만 손을 꼽았다. 하나, 둘, 셋…. 쓰고 싶고, 써야 할 긴 이야기가 다섯 손가락을 넘어간다. 망설이다 대답했다.

- 쓸 수 있을 때까지.

그리 말하고 나니 서글프다. 체력이 문제다. 애써 그런 이유를 갖다 붙인다. 내 게으름을 이유로 삼고 싶지는 않은 탓이다.

소설을 읽지 않는 시대.

소설보다 더 소설 같은 일들이 다반사로 일어나는 시대에, 소설은 '소설 쓰고 있네'라는 말로 주저앉았다. 서글퍼만 하고 있을 것인가? 그래도 써야 하는 이유는 사람은 어떤 상황에서도 살아가는 이유를 찾기 때문이다. 어떠한 상황에서도 인간의 이야기는 이어지고 쓰일 것이니까.

어쩜 전보다 더 열심히 소설을 쓸 수 있을지 모르겠다. 젊다는 핑계로 게을렀던 시간을 반성하는 마음으로.

… 보약을 좀 먹어야겠다.

-binjan

차례

구영사

동기회 모임, 그날이 다가오고 있었다. 만나고 싶은 친구가 없는 탓이기도 했지만 고향 가는 일이 그리 달갑지 않았다. 동기회장 기수는 벌써 몇 번이나 전화를 해왔다.

- 모두 너의 근황을 궁금해하고 있어. 이번 동기회에는 꼭 와라.

기수의 말을 들으면서도, 나는 얼른 대답을 할 수가 없었다. 고향에 대한 따뜻한 기억이 별로 없기 때문이었다. 내 대답을 듣기도 전에 기수가 말했다.

- 내달 17일, 일요일이야. 구영사로 와. 거기서 모이기로 했어.

- 구, 구영사?

나는 난생처음 듣는 그 이름이 낯설었다. 고향을 떠나있는 동안 고향에 낯선 곳이 많아진 모양이었다.

- 그래, 구영사.

- 절이 생겼어?

- 너 진짜 감감이구나. 지숙이네도 한 번 안 온 모양이지?

- 뭐, 어쩌다 보니….

나는 기수의 목소리에 조금 주눅이 들어서 말끝을 흐렸다. 동생 지숙이를 본 것도 삼 년이 넘었다. 무심한 성격 탓이라 돌리기에도 민망한 지경이었다.

- 암튼 이번에는 꼭 와라. 내가 한턱 쏜다. 이번에 회장이 되었거든. 하하.

시골 고등학교 동기회장이 무슨 벼슬이라도 되는 양 기수의 목소리는 자신감이 넘쳐흘렀다. 지지리도 공부 못하던 녀석은 고등학교도 겨우 마치고 중소기업에 취직을 했다 들었을 뿐, 녀석에 대해서도 아는 바가 없었다.

- 구영사가 어디야?

내가 물었다.

- 찾아와. 손바닥만 한 동네에 일러주고 자시고 할 것도

없다.

녀석은 궁금증을 남기고 서둘러 전화를 끊었다. 나는 굳이 기억하고 싶지 않은 동네를 떠올리며 어디쯤에 그런 절이 생겼을까 생각했다.

그 다리를 건너기 전에 나는 늘 심호흡을 하곤 했다. 나도 모르게 긴장이 되어서 그런 거지 싶었다. 어머니가 사는 집으로 가기 위해서는 그 다리를 꼭 지나가야 했다. 돌아가는 길은 없었다. 이제는 그럴 이유도 없어졌는데 여전히 그 다리를 건너기 전에는 가슴이 답답해졌다. 어머니를 보는 일만큼이나 불편했다.

나는 어머니를 좋아하지 않았다. 아니 경멸했다. 하지만 아버지도 없는 처지에 어머니에게 대들다가 학비를 받지 못하면 학교마저 그만두어야 할 형편이었다. 그러고 학교조차 가지 못하면 나는 정말 갈 곳이 없었다. 학교는 나의 피난처이자 휴식처였다.

아버지가 돌아가시기 전부터 어머니는 슬쩍슬쩍 계부를 만났다. 덤프트럭 기사였던 아버지는 교통사고로 허리를 크게 다쳐 내쳐 누워 지내야 했다. 병약한 아버지에게서 풀지 못한 뭔가가 있을 거라는 생각은 들었지만, 그래도 어머니의 행동은 납득할 수 없는 일이었다. 아버지의 약을 사러 가는 날이 계부를 만나는 날이었다. 한 달에 한 번쯤 가도 될 일을, 어머니는 일주일마다 읍내에 나갔다. 아버지 약을 사러 간다는 핑계는 늘 똑같았다. 그런 낌새를 챈 나는 어머니를 미행했다. 읍내 다방에서 계부를 만나는 어머니는 마치 소녀처럼 고개를 외로 꼬며 부끄러워했다. 마음 같아서는 당장이라도 그놈을 패 죽이고 싶었지만, 그럴 수는 없는 일이었다. 커서 생각해 보니 힘이 되어줄 사람이 아무도 없는 어머니의 입장에서 그의 호의는 단비였으리라. 하지만 그렇다쳐도 어머니는 그러면 안 되는 거였다. 아버지가 일찍 돌아가신 것도 나는 어머니의 부정이 이유가 됐으리라 믿었다. 시름시름 앓던 아버지가 재산을 다 까먹고 저세상으로 떠났을 때도 어머니는 그리 서러워하지 않았다. 나는 내 안에 분노를 키웠다. 하지만 분노가 있다 한들, 겨우 중학교 2학년짜리가 무얼 어쩌겠는가. 힘이 생길 때까지 참는 것뿐이었다.

아버지를 산에 묻고 돌아와 한 달도 되지 않아 그는 조그만 여자애 하나를 데리고 우리 집으로 들어왔다. 다행히,

비교적 온화한 사람이었다. 그럼에도 불구하고 나는 언제나 그에게 적의를 드러냈다. 마치 연인을 빼앗긴 수컷처럼. 반항을 드러내놓고 하는 건 아니었지만 틈만 나면 그를 골탕 먹일 일을 찾았다. 가장 쉬운 방법은 농기구를 고장 내거나 돈을 훔치는 것이었다. 겉으로는 한없이 착해 보이는 외모 때문에 그는 나를 의심하지 않았다. 그럴 때마다 혼나는 건 선머슴 같은 지숙이었다. 몽둥이를 들고 그가 지숙을 노려보면 지숙은 부리나케 도망쳤다. 그러면서도 악을 써대며 변명했다.

- 내가 안 그랬어. 오빠가 그랬어.

나는 시치미를 떼고 지숙을 노려봤다. 계부는 지숙의 말을 믿지 않았다. 아니, 지숙의 말이 진실이라는 걸 알면서 일부러 그리했을지도 모른다. 계부의 손에 잡혀 질질 끌려온 지숙에게 몽둥이찜질이 행해지는 동안 어머니는 그를 붙잡고 애원했지만 그는 요지부동이었다. 어쩜 만만한 게 지숙이라 그랬을지도 모른다. 지숙의 종아리에 벌겋게 매질한 흔적이 남을 즈음, 어머니는 부엌에서 통곡했다. 그 모습을 지켜보는 나는 통쾌했다. 하지만 지숙을 매질하는 계부와 하염없이 통곡하던 어머니의 마음이 같다는 것을 알았을 때 나는 집을 떠나기로 마음먹었다. 사실 집을 떠난 이유는 딴 데 있었지만 마침 고등학교를 졸업한 나는 미련도 없이 고향을 떠나고 말았다.

- 구영사라는 절이 생겼니?

나는 오랜만에 만난 지숙에게 물었다. 지숙이 나를 쳐다보다 쿡쿡대고 웃었다.

- 구영사는 어찌 알았대?

- 기수가 말하더라. 거기서 동기회 모임 한다고 꼭 오라고.

- 아, 그랬구나. 그 오빠, 동기회 회장 됐다고 읍내가 뜨르르하게 떠들고 다녀. 모르는 사람이 보면 국회의원 된 줄 알 만큼.

나는 조그만 김치 공장을 인수해 사장이 되었다는 기수의 근황을 들으면서도 사실 기수의 일은 하나도 궁금하지 않았다. 묵살하듯 간단하게 구영사의 위치만 물었다.

- 구영사가 어디 있는데?

- 다리 건너면 있던 빈 집터. 구공사라고도 부르고 구영사라고도 불러.

'다리 건너면 있던 빈집'이라는 말에 내 가슴 언저리가 찌릿찌릿해졌다. 성호의 얼굴이 떠올랐다.

- 그건 무슨 소리야?

- 그게 뭔 뜻인지는 모르는데, 간판이 숫자 904거든.

- 904?

- 응. 그거 은애 언니가 하는 카페야.

나는 그 말을 듣는 순간, 숨이 멎을 것 같았다. 그 세월이 얼만데 아직도 그녀의 이름에 이런 반응이 일다니.

- 으, 은애?

나는 나도 모르게 말을 더듬었다.

- 응, 작년에 고향으로 내려와서 카페를 차렸어.

지숙의 대답은 덤덤했다.

- 왜?

- 그 속사정이야 나도 모르지. 관심도 없고.

그녀에게 관심을 쏟았던 내 속사정을 아는 지숙은 그쯤에서 내 궁금증을 차단했다. 나는 마치 수십 년 전의 일을 소환해내듯 아련하게 그녀를 떠올렸다.

나는 비 오는 날, 그녀를 처음 보았다.

시골의 작은 교회 청년부에서 그녀를 처음 본 순간, 나는 내 심장이 멎는 듯한 충격을 느꼈다. 절에 가서 치성을 드려 나를 낳았다는 어머니의 비원을 알면서도 나는 자석에 끌리듯 그녀를 보기 위해 교회에 다녔다. 친구 성호와 함께였다. 성호도 이미 그녀로 인해 가슴앓이를 하고 있었다. 봉긋하게 솟아있는 그녀의 가슴께에 슬쩍슬쩍 눈길을 주며 그와 나는 서로 그녀와 한순간이라도 더 붙어있기 위해 갖가지 잔꾀를 썼다.

그러던 어느 날, 드디어 나는 그녀와 단둘이 있을 수 있는 기회를 얻을 수 있었다. 사실 그 기회는 내 것이 아니었다. 성호가 할 일을 내가 대신 하다 우연히 그리된 것뿐이었다. 여름방학을 맞아 어린이 성경학교를 만들었는데 그 책임자가 성호와 그녀였다. 마을에 있는 작은 교회는 한 명이라도 신자를 늘이기 위해 애썼다. 특히 청년부의 활동은 왕성해서 다달이 신자가 늘었다. 성호는 성경학교 준비에 아주 열심이었고 그녀 또한 그랬다. 둘은 어찌 보면 사귀는 사이처럼 다정했다. 읍내에 있는 남녀공학에 다니던 우리는 모두 친구였지만 일을 함께한다는 유대감이 그들을 유난히 친하게 느끼도록 만드는 것 같았다. 나는 불같이 이는 질투심을 느끼면서도 그녀에게 다가갈 용기는 없었다. 그들은 교재를 만들고 행사에 필요한 일들을 의논하면서 점점 친해지는 것 같았다. 나는 물 위의 기름처럼 겉돌았다. 내 성격 탓이기도 했다.

그날도 비가 왔다. 아동부 성경학교 교재 만드는 일로 분주했던 그날, 부족한 문방용품을 사러 갈 사람이 마땅치 않다고 성호가 나에게 심부름을 시켰다.

- 은애하고 다녀와. 살 것은 은애가 다 아니까 넌 짐꾼 노릇이나 해라. 흐흐흐.

흐흐흐. 그는 큰 실수를 했고 나는 기회를 얻었다고 생각했다. 읍내까지는 걸어서 한 시간 거리였다. 그 당시만 해도 하루에 두 번 버스가 있을 때였다. 그나마 일요일에는 손님이 적다는 이유로 낮 시간에는 버스가 없었다. 그녀와 나는 버스 시간이 맞지 않아 걸어서 읍내까지 갔다. 친구라고 생각했으므로 이런저런 이야기를 스스럼없이 했다. 읍내에 있는 유일한 문방구에서 교재를 만드는 데 필요한 색지와 비닐, 수수깡 등을 사서 들고 오는 동안 비가 후두둑 떨어졌다. 다리를 건너려던 즈음이었다. 종이가 젖으면 안 되었으므로 우리는 몸을 피했다. 마침 주인이 떠난, 유리문이 깨진 낡은 집에 들어가 비가 그치기를 기다렸다. 눅눅하고 어둑한 공간에서 단둘이 있는 기분은 참으로 묘했다. 가슴이 두근두근

두방망이질치고 입술이 바짝바짝 말랐다. 숨소리도 거칠어졌지만 애써 숨소리를 죽였다.

- 어, 춥다.

그녀가 두 팔로 제 가슴을 끌어안으며 몸을 부르르 떨었다. 나는 얼른 겉옷을 벗어 그녀의 어깨에 걸쳐 주었다. 그녀가 생긋 웃었다. 습기 때문에 나도 추웠지만 나는 그녀를 바라보는 것이 너무 어색해서 애써 아닌 척하며 두 손을 비볐다. 빗줄기는 점점 굵어졌다. 사방이 어둑해지며 곧 어둠이 몰려올 듯했다.

- 비가 그칠 것 같지 않아.

그녀가 밖을 내다보며 걱정스런 목소리로 말했다.

- 어쩌지? 우산도 없고….

나는 애써 그녀의 시선을 피하며 말끝을 흐렸다.

- 너무 추워. 좀 더 가까이 와 봐. 몸을 붙이고 있으면 덜 추울 거야.

그녀의 하얀 손이 나비처럼 팔랑거리며 나를 유혹했다. 나는 자석에 이끌려 가는 쇠붙이처럼 그녀 옆으로 바짝 다가앉았다. 몸과 몸이 닿은 부분이 감전된 듯 찌르르했다. 비에 젖은 그녀의 눅눅한 머릿내가 어지러웠다. 나는 쿵덕거리는 가슴을 애써 누르다가 나도 모르게 그녀를 덥석 끌어안고 말았다. 그녀의 젖은 입술에 뜨거운 내 입술을 대었다. 그녀가 움찔 몸을 떨었다. 나는 용기를 냈다. 그녀를 바짝 껴안고 기습적으로 내 혀를 들이밀었다. 잠시 반항하는 듯하던 그녀가 내 입술을 순순히 받아들였다. 부드럽고 달콤한 향기에 혼미해진 나는 미친 듯 그녀의 입술을 빨았다. 그때였다.

- 야, 너희들 여기서 뭐하고 있어?

성호였다. 우산을 두 개나 들고 비를 맞고 선 성호는 비를 터느라 우리들의 상황을 제대로 파악하지 못하고 있는 것 같았다. 당황한 그녀는 고개를 숙인 채 제 입술에 묻은 내 흔적을 손으로 닦아냈다.

- 어? 어떻게 알고 찾았어?

나는 허둥지둥 물건들을 챙기며 성호를 바라봤다.

- 뻔하지, 이 동네에 비 피할 곳이 여기밖에 더 있냐?

빈집. 읍내에 생긴 아파트로 이사를 나간 집이었다. 성호가 마른 수건을 그녀에게 내밀었다. 그녀가 생긋 웃으며 젖은 머리칼을 닦았다. 성호가 그녀 곁에서 그녀를 따습게 바라봤다.

그녀와의 추억은 거기까지였다. 어리석게도, 그 한순간의 기억을 나는 평생 간직하고 그녀를 내 가슴에 품었다. 그녀의 마음을 얻기 위해 협박도 해보고 애원도 해 보았지만, 그녀는 나를 쳐다보지 않았다. 단 한 번, 나의 뜨거운 키스는 허공에 산산이 부서지고 그녀를 움직이지 못했다.

나는 그녀를 보기 위해 일 년쯤 교회에 다녔다. 하느님은 내 기도를 들어주지 않았다. 나는 대학 진학을 핑계로 마을을 떠났고 성호와 그녀를 잊었다. 아니 잊었다고 생각했다.

그동안 그녀의 소식을 들었다. 성호와 결혼해서 잘 산다는 소식이 우울했지만, 그들도 이미 고향을 떠나 있었다. 그들을 마주칠 기회는 없었다. 그녀와 입술이 닿았다는 사실만으로도 가슴 떨었던 나는 그 집이 헐리고 그 자리에 새 건물이 들어설 때까지만 해도 고향으로 돌아올 생각이 전혀 없었다. 가끔 지숙이가 전화를 해 고향 소식을 알려주었다.

- 오빠, 한번 내려와. 엄마가 오빠 엄청 보고 싶어 하셔.

자라는 동안 나 대신 그 매를 다 맞았으면서도 나에 대한 원망이나 그 어떤 서운함도 내비치지 않았던 지숙이었다. 지숙이 열여덟 되던 해, 계부는 홀연히 사라졌다. 온다간다 말도 없이 사라졌다 했다. 어머니는 한동안 식음을 전폐하며 울었지만 곧 일상으로 돌아왔다고 했다. 그 일 이후 지숙과 어머니는 뗄 수 없는 가족이 됐다. 홀로된 어머니를 살뜰히 돌보는 것도 내가 그녀에게 지고 있는 빚이었다. 따지고 보면 나는 지숙에게 여러모로 몹쓸 오라비였다.

햇살이 고여 드는 카페의 너른 창으로 그녀가 보였다. 단정하게 묶은 그녀의 머리칼이 빛났다. 건강하고 윤이 나게 매끄러운 그녀의 머리칼은 우울한 표정과는 다르게 쓰다듬고 싶을 만큼 매혹적이었다. 대여섯 살 돼 보이는 작은 여자아이가 그녀의 주위를 맴돌고 있었다. 그녀는 커피를 내리고 있었다. 지숙에게서 들은 말이 생각났다.

- 작년에 내려와 카페를 차렸대.

그녀의 젖은 듯한 눈빛이 눈앞에 어지러웠다. 어쩌다…. 여자아이는 마치 춤을 추듯 나풀나풀 은애의 주변을 맴돌며 해작해작 웃었다.

커피콩 냄새가 코끝에 닿으면 절로 에스프레소 생각이 났다. 그 깊은 절망의 색깔, 더없이 깊은 어둠의 색깔….

카페 904.

까만 바탕에 흰 글씨로 쓰인 904가 도드라져 보였다. 간판을 쳐다보며, 도대체 왜 카페 이름이 904일까 궁금했다.

성호의 생일도 아니고 한여름에 태어났다는 은애의 생일도 아닐 거고.

구영사 앞에서 나는 잠시 망설였다. 동기 모임 시간보다 한 시간쯤 빠른 시각이었다. 그녀를 보면 무슨 말을 할까. 그런 생각을 하다 나는 큰 결심을 한 듯 카페 문을 밀었다. 가슴 속에 밀물과 썰물이 교차했다. 출입문에 달려 있는 종이 뎅그랑뎅그랑 울었다.

- 어서 오세요.

그녀가 습관처럼 얼굴에 웃음을 짓고 손님맞이 인사를 했다. 그러다 나를 보고는 그 자리에 멈춰 섰다. 오래된 LP판에서 흘러나오는 베토벤의 '월광'이 정적을 메웠다. 상황과는 도저히 어울리지 않을 것 같은데 묘하게 어울렸다. 성호가 좋아하던, 불길한 음악이었다.

- 서, 성재야….

그녀가 나를 알아봤다. 까마득한 기억들이 맑은 물속의 투명한 자갈돌처럼 흔들렸다. 나는 애써 태연한 척하며 싱긋 웃었다. 창가의 테이블에 앉아 그녀가 다가오도록 기다렸다. 그녀가 물 한 잔과 메뉴판을 내 앞에 내려놓았다.

카페는 그러저럭 카페의 모습을 갖추고 있었다. 안락한

의자와 원목 테이블, 창가에 놓인 화병과 오밀조밀한 장식품들, 벽에 걸린 그림들이 조화를 이루고 있었다. 벽 중앙에 걸린 십자가가 눈에 들어왔다. 기억 속에서만 오롯한 작은 교회가 생각났다.

- 오랜만이다.

나는 마치 어제 만난 친구를 대하듯 아무렇지도 않게 인사를 했다. 그녀는 의외라는 듯 한참 동안 서서 나를 바라보고 있었다.

- 내가 좀 일찍 왔지? 오늘 동기회라고, 꼭 오라고, 기수가 전화를 했더라.

나는 애써 변명하듯 말했다.

- 으응, 그랬니?

그녀가 건성 대꾸했다.

- 우선 나는 아이스 아메리카노 한 잔 줘.

그녀가 엉거주춤 서 있다가 황망히 돌아섰다. 그녀가 돌아선 그 자리에 향긋한 커피 냄새가 남았다.

아메리카노 한 잔을 들고 다시 내 앞에 나타난 그녀는 아까와는 다르게 담담한 표정이었다.

- 서울 산다 들었는데….

- 응, 그랬지.

- 잘 지내지?

- 그럭저럭.

- 성호는?

- 응, 여기 없어.

그녀가 내 시선을 피하며 희미하게 웃었다. 순간, 이혼을 했을지도 모른다는 생각이 스쳤다.

- 마을이 많이 달라졌더라.

나는 대화를 이어가기 위해 쓸데없는 말을 하고 있었지만 우리의 대화는 겉돌고 있었다. 나는 더 이상 성호의 안부를 물어볼 수 없었다. 그녀에게서 느껴지는 눅눅한 물기 때문이었다. 긴 침묵이 강물처럼 흘렀다. 나는 암울한 색깔의 커피만 마셔댔다. 마침 왁자지껄하게 손님들이 들어섰다.

- 야, 성재 왔네. 반갑다 야.

친구들이었다. 아니 고등학교 동기생들이었다. 그 시간 이후부터 그곳은 술집이나 다름없었다.

밤새 술을 퍼먹고 고꾸라진 것 같은데 눈을 떠보니 어머니 집이었다.

- 어, 어떻게 된 거예요?

- 기수가 데려왔더라. 무슨 술을 그리 많이 마셨니? 술도 잘 못하는 애가.

구영사에서 가진 동기회 모임은 기수의 제 자랑 잔치로 끝이 났다. 동기회에 큰 기대를 했던 것이 아니었으므로 기수의 자랑도 들어줄 만했다. 그보다는 은애를 만난 일이 내 가슴에 더 큰 파문을 일으켰다. 나는 내려온 김에 며칠 머무르기로 했다. 마침 코로나로 인해 학원도 문을 닫은 터여서 나는 홀가분했다. 엎어진 김에 쉬어간다고, 딱히 할 일도 없던 차였고 슬슬 강사 일이 지겨워지기도 했던 시점이었다.

나는 이즈음 와서 내가 하는 일에 염증이 나기 시작했다. 대형 학원의 강사는 직장인과 다를 바 없다. 그래서 머릿속으로 꾸린 생각은 904 앞 건물에 세를 얻어 논술학원을 차리면 어떨까 생각하던 참이었다. 그러면 늘 그녀를 바라볼 수 있을 테니까. 그런 생각을 하고 나는 스스로 멋쩍어 피식 웃었다. 이 무슨 어이없는 한심한 생각이람. 그러면서도 나는 그 여름을 고향마을에서 지냈다. 어머니는 늘그막에 아들이 곁에 있으니 복이 터졌다고 좋아했다. 내가 곁에 있기만 하면 나는 효자인 것이었다. 하지만 나는 어머니 때문에 고향에 있는 게 아니었다.

지루한 장마가 이어졌다. 간간이 햇살이 드는 날도 있었지만 8월은 축축한 날이 대부분이었다. 하지만 나는 매일 구영사로 출근했다. 그곳에 머무는 동안 나는 매일 구영사에 들렀다. 커피를 좋아하는 것도 아니면서 괜히 이 핑계 저 핑계를 대며 기웃거렸다. 말간 은애의 얼굴이 점점 다가왔다.

- 왜 카페 이름이 구영사야?

그녀에게 물었다.

- 궁금해?

- 응.

- 사람들이 다 궁금해하더군.

그녀가 고개를 떨구며 나지막하게 말했다.

- 그렇지 않겠어? 난데없는 숫자 간판이니.

그녀가 쓸쓸하게 웃었다. 하지만 아무 말도 하지 않았다. 나는 더욱 궁금했다. 그녀의 마음 깊숙이 갇혀 있는 숫자 904.

- 딸 생일이야?

나는 취조하듯 물었다. 이번에도 그녀는 그냥 웃을 뿐이었다. 나는 점점 조급해졌다. 딸 생일도 아니고 성호 생일도 아니고, 그녀의 생일도 아니면? 나는 다그치듯 물었다.

- 결혼기념일이야?

은애는 여전히 미소만 지을 뿐 고개를 저었다. 그때 출입문 종이 달랑달랑 울었다.

- 안녕하십니까, 김은애 씨.

허름한 작업용 점퍼를 걸친 것이 공사장 인부처럼 보였다. 은애를 바라보는 그의 눈빛이 예사롭지 않았다. 그는 은애에게 인사를 건네고는 바로 창가 자리에 앉아 고개를 숙인 채 뭔가를 열심히 끄적거리고 있었다. 긴 머리를 질끈 묶은 것이 예사로워 보이지 않았다. 그녀가 그의 기호를 아는 듯 카페모카 한 잔을 만들어 그이 앞에 놓았다. 그는 나를 한번 힐끗 돌아보더니 하던 일을 멈추고 내 쪽으로 걸어왔다.

- 안녕하십니까. 저는 이런 사람입니다.

그가 명함 한 장을 내밀었다.

<은산 예술촌 촌장 장두수>

나는 그가 내민 명함을 보고 그를 다시 바라보았다. 예술인다웠다. 장두수라는 이름 아래 조각가라는 글씨를 큼직하게 휘갈겨 쓴 명함에는 춤추는 남자의 형상이 그려져 있었다. 아마도 자유로운 영혼임을 드러내고 싶은 의도 같았다.

- 저는 지금 명함이 없습니다만….

- 괜찮소. 처음 보는 얼굴 같은데 이 마을에 사시오?

그는 나의 아래위를 훑으며 물었다.

- 아닙니다. 어머니 뵈러 왔습니다.

그의 시선이 불편했지만 담담하게 대답했다.

- 아, 그래요? 나는 이 마을에 살려고 왔습니다. 폐교를 빌려서 화실을 차렸지요. 내년쯤엔 개인전을 열까 합니다. 하하하.

그는 여전히 나를 살피면서도 제 자랑에 열심이었다.

- 아, 네….

- 그림을 좀 아시오?

- 전혀 모릅니다.

- 무슨 공부를 하셨소?

나와는 다르게 그는 궁금한 게 많았다.

- 국문학을 했습니다만….

- 오호, 그래요? 혹시 작가시오?

- 한때 꿈이었습니다. 하하하.

나는 괜히 멋쩍어서 큰소리로 웃었다. 이렇다 하게 내세울 것이 없는 것이 그녀 앞에서 부끄러워서였다.

- 근래에 이 마을은 변화가 많아졌습니다. 그래서 외지인들이 많이 들어옵니다. 그래서 물어본 것이오.

그는 자신이 외지인이 아닌 듯 말했다.

- 아, 예.

나는 건성 맞장구를 쳐주었다. 그는 이 마을에 정착한 것이 아주 탁월한 선택이라고 말하면서도 계속 그녀를 흘끔거렸다.

이 마을은 버스조차 다니지 않는, 그야말로 벽촌이었다. 초등학교 하나 있는 것이 유일한 자랑거리였던 이 마을을 사람들은 '깡촌'이라 불렀다. 그나마 내가 다니던 초등학교도 인구수가 줄어 몇 해 전 폐교가 되었다. 마을엔 빈집이 많았다. 한 시간 정도 되는 거리에 농촌형 아파트 단지가 들어서자 사람들은 약속이나 한 듯이 마을을 떠나갔다. 나도 어머니를 부추겼다. 자그마한 아파트 하나 사서 옮기시라고, 이제는 편히 사시라고. 하지만 어머니는 그때마다 고개를 저었다. 살뜰하게 두 분 사이가 좋았던 것도 아니면서, 명분은 아버지를 홀로 두고 갈 수 없다는 거였다. 마을 뒷산에 누운 아버지를 찾아가는 일이 유일한 낙인 것처럼, 홀로된 어머니는 눈만 뜨면 뒷산으로 간다고 했다. 그 사실조차 지숙이가 전해주었다. 그나마 지숙이가 어머니를 자주 들여다 봐주는 게 다행이었다.

그녀는 아침 아홉 시면 정확한 시계처럼 카페 문을 열었다. 지난밤의 묵은 냄새를 없애려는 듯 문을 활짝 열어 환기를 시키고 나면 그녀는 커피를 내렸다.

어머니는 내가 고향으로 돌아온 것이라 여기고 몹시 기뻐했다. 밤마다 꿈자리가 사납다고 불안해하던 어머니는 그걸 핑계로 자주 전화를 했었다. 좋지 않은 꿈을 꾸는 것이 내가 객지 생활을 하는 것 때문이라고 생각했다. 나는 반항하듯 객지 생활을 고수했다. 아르바이트로 학비를 벌고 입에 풀칠을 하기 위해 나는 죽을힘을 다해 버텼다. 몹시 힘들었지만 고향으로 돌아오지 않기 위해 버텨냈다. 그것은 내 나름의 지독한 생존의 방식이었고 나를 거부한 여자에 대한 복수심 같은 거였다.

하루 두 번 있던 버스가 하루 다섯 번으로 늘어나고, 그 몇 해 후 다른 버스 노선이 하나 더 들어와서 읍내 나들이가 훨씬 수월해졌다고, 여동생이 엄마 모시고 살 생각이 없냐고 물었을 때도 나는 대답하지 않았다.

- 버스 노선이 많이 늘었어. 요즘에는 군청 가는 702번, 503번도 들어와. 이만하면 살 만하지. 하나는 우리 집 앞까지 들어와. 그이가 애를 썼어.

지숙은 마치 그 일이 읍사무소에 근무하는 제부의 공로인 듯이 자랑했다. 사실 집 앞까지 버스가 들어온 일은 어머니를 위해 다행한 일이었다. 칠십을 넘으면서 다리를 절룩거리기 시작한 어머니는 읍내 나들이가 수월치 않다고 했다. 그조차도 통화하면서 안 사실이다. 다리를 건너 버스 정류장이 생긴 것은 어머니를 위한 선물이나 다름없었다. 다리가 불편한 어머니로서는 더한 다행이 없다고 했다. 거기에 카페까지 생겼다고 어머니는 좋아했다. 맨날 믹스커피만 마시던 어머니의 코끝에 닿는 커피 냄새가 아주 구수하고 좋다고, 너 내려오면 커피 한 잔 사겠다고, 하셨다. 그게 구영사였던 것이다.

나는 이 마을에서 벗어나는 것이 꿈이었을 만큼 이 마을이 싫었다. 홀로된 어머니가 없었다면 서울로 가버린 이후에 이곳을 찾을 일은 없었을 것이다. 버젓이 내세울 수 있는 유일한 교육기관이었던 낡은 학교가, 조각가라는 사람에 의해

'예술촌'이라는 이름을 단 것은 쇠락해가는 마을로서는 다행한 일일 수 있는 일이었다. 예술촌이 들어선 후에 버스도 늘었다고 어머니는 좋아했다. 어머니가 정기적으로 읍내 병원에 다니는 일은 순전히 지숙이 덕이었다.

- 바빠도 자주 좀 들러. 엄마는 버스 오는 시간이면 오빠 오나 하고 내다보셔.

지숙이가 그 말을 하지 않아도 어머니의 마음을 모를 리 없다. 버스가 오는 시간마다 내다보는 것은 거의 습관적인 기다림 때문일 것이다. 어머니에게 아들은 무엇일까? 대책 없는 그리움, 하염없는 그리움, 눈먼 그리움…. 그래, 그리움이란 눈먼 것이다. 그런 것일 것이다. 아버지는 전혀 사랑하지 않았으면서도 그 아비를 쏙 빼닮은 아들을 대책 없이 그리워하는 건 무슨 마음일까? 입술만 한번 탐했을 뿐인 그 옛날 그녀가 아직도 내게는 떨쳐버릴 수 없는 그리움인 것은 눈멀어 버린 한때의 기억 때문일까?

버스 종점 근처에는 자그마한 편의점도 생겼다. 누이는 다행히 그 근처에 살았다. 어머니가 기거하는 집과는 거리가 있었지만 그래도 읍내로 나가려면 한 시간은 족히 걸어야 하는 고생은 하지 않아도 되었다. 장날마다 길을 나서는 어머니를 모시고 다녀야 했던 지숙의 일이 수월해진 것이었다. 지숙은 밝은 얼굴로 이제는 살만하다고 말했다.

배추 농사짓다가, 뒤늦게 9급 공무원 시험에 합격한 남편이 큰 자랑거리인 지숙은 행복에 겨워 늘 입을 헤 벌리고 다녔다. 어찌 보면 약간 모자라는 여자처럼 보일 때도 있었으나 그건 어디까지나 못돼먹은 나의 판단일 뿐이었다.

- 내가 저것이 없었으면 무슨 낙으로 살겠나.

어머니는 지숙을 보며 종종 그런 말을 했다. 아들에 대한 서운함 같은 게 배어있는 말이었다. 어머니는 나에게 특별한 기대를 걸었지만 나는 별 볼 일 없는 학원 강사일 뿐이다. 작가가 꿈이었던 나는 작가도 되지 못하고 학원 강사로 밥을 벌었다. 그런 일을 택한 것은 언젠가 그럴싸한 작가가 되겠다는 생각이 도사리고 있기 때문이었다. 그러나 그 일도 그리 쉬운 일은 아니었다. 어쩌다 작가가 되었다 해도 밥 먹는 일은 더 힘들었을지 모른다.

- 엄마, 나 여기 내려와서 살까?

어느 날, 나는 농처럼 어머니에게 말을 건넸다. 어머니의 눈이 휘둥그레졌다.

- 여기 와서 뭐하고 살게?

- 학원이나 차릴까 생각 중이야.

- 그걸로 밥 먹고 살 수는 있는 게냐?

그 물음에는 밥만 먹고살 수 있다면 대환영이라는 어머니의 뜻이 담겨 있었다.

- 그럼, 밥이야 먹고 살 수 있지.

나는 약간 허세를 섞어 말했다. 그 말에, 어머니의 표정이 편안해지고 입가에 미소가 감돌았다.

그러다 팔월이 지나갔다. 코로나는 여전히 숨은 복병처럼 사람들을 격리시켰다. 눅눅한 기운이 가득한 시간들 속에서도 나는 머릿속의 생각들을 정리하기 시작했다. 우선 학원에 사직서를 보내고 구영사가 마주 보이는 앞 건물 2층을 얻기로 했다.

- 햇살이 잘 들고 통풍도 잘 됩니다. 이런 자리, 쉽지 않습니다.

중개소 직원은 내가 본 사무실에 대해 미주알고주알 자랑을 늘어놓았다. 나는 창가에서 밖을 내다보았다. 건너편 카페가 훤히 보였다. 그녀가 커피를 내리고 있는 중이었다.

아련한 첫 키스의 추억이 서린 집이 있던, 움푹 꺼졌던 그 땅에 건물이 들어선 게 작년 봄이었고 사람들의 발걸음이 분주히 오가기 시작한 게 서너 달쯤 전부터라고 했다. 나는 이참에 마음먹었던 일을 저지르기로 마음먹었다.

- 계약을 하기로 하죠.

나는 시선을 창밖에 둔 채로 건조하게 말했다.

- 탁월한 선택이십니다. 여기서 고등학교도 멀지 않아요. 버스가 많아져서 20분이면 갑니다.

중개사는 연신 고개를 끄덕이며 미소 지었다. 그러면서 선심 쓰듯 말했다.

- 우리 딸도 논술 공부를 해야 하는데 선생님께 보내겠습니다. 간판은 뭐라고 다실 건가요?

- 글쎄요, 아직 거기까지는 생각을 안 해 보았습니다.

- 아, 네. 암튼 축하합니다.

중개사는 오늘 자신이 이룬 업적에 만족한 듯이 고개를 끄덕였다. 논술학원을 열 거라는 내 말에 지숙이가 고개를 갸웃했다.

- 오빠, 미쳤어? 거기다 논술학원을 열어서 어쩌려고?

나를 바라보는 지숙의 눈빛이 어지러웠다. 나는 그냥 웃고 말았다. 나 자신도 대책 없는 짓이라 생각됐다. 그것은 마치

끝을 알 수 없는 구덩이로 빨려들어 가는 느낌이었다. 그러면서 나 혼자 중얼거렸다.

- 인생이 별거 가디?

그 말은 어머니가 즐겨 하는 말이었다. 나는 그 말로 나를 위로했다. 나는 그녀를 보는 낙으로 구영사를 열심히 드나들었다. 그녀의 예쁜 딸 유나와 친해진 것은 큰 소득이었다. 유아원에 다녀오는 시간쯤에 가서 나는 보모처럼 유나와 놀았다. 마치 유나를 보기 위해 그곳을 찾는 것처럼. 그러는 틈틈이 논술학원을 열기 위한 준비도 게을리하지 않았다. 그것은 내가 고향에 머무는 합당한 이유를 찾는 행위였다. 나는 구영사에 가지 않는 시간에는 창문을 열어두고 그녀의 냄새를 맡았다. 그녀가 내리는 드립 커피의 냄새가 보이지 않는 바람을 타고 전해져왔다. 그녀의 냄새였다. 쌉쌀하면서도 고독하고 물기 어린 슬픔의 냄새….

나는 9월 중에 학원을 열기로 했다. 구월의 첫 3일은 개원 준비 마무리로 바빴다. 버스 정류장과 중학교, 고등학교 앞에 학원생을 모집한다는 광고도 붙였다. 어찌 보면 나는 열심히 살아보려는 몸부림을 하고 있는 것 같았다.

그럼에도 불구하고 나는 매일 구영사를 찾는 것이 일과가 되었다. 은산 예술촌 촌장 장두수도 마찬가지였다. 우리는 서로 다른 곳을 바라보며 달밤이 아닌 낮에 '월광'을 들었다. 그건 성호의 존재가 있음을 느낄 수밖에 없는 암묵이었다. 월광은 언제나 구영사 안에 가득했다. 하지만 내 마음은 그게 아니라는 걸 알고 있었다.

그러다 9월 4일, 나는 그녀에게 나의 크나큰 변화를 알리기 위해 점심때가 지나서야 카페로 갔다. 카페에는 은산 예술촌 촌장 장두수가 혼자 앉아 두 눈을 감고 음악을 듣고 있었다. 월광이 아닌 '패티 킴'이었다. 은애는 보이지 않았다.

구월이 오는 소리 다시 들으면
꽃잎이 피는 소리 꽃잎이 지는 소리
가로수에 나뭇잎은 무성해도
우리들의 마음엔 낙엽이 지고
쓸쓸한 거리를 지나노라면
어디선가 부르는 듯 당신 생각뿐….

그런데 패티 킴의 노래 사이로 낯설지 않은 아릿한 냄새가 퍼졌다. 그 냄새를 맡는 순간, 마음속에 일었던 어떤 의문 하나가 소리 없이 열렸다. 나는 일부러 소리를 내어 의자를 당겨 앉았다. 마음속에 심술이 일었다. 장두수가 눈을 뜨고 손가락을 입에다 대며 조용히 하라는 신호를 보냈다.

- 진혼곡이오. 조용히 하시오.

그의 말에 따르는 것처럼 나는 입을 다물었다. 하지만 불같이 질투가 일었다. 그가 나보다 그녀의 일상에 대해 더 많이 알고 있다는 느낌 때문이었다. 그래서 일부러 의자를 소리 내어 끌어당겨 앉았다. 그러면서 거칠게 물었다.

- 카페에서 무슨 진혼곡이요?

그는 내 말에는 신경도 쓰지 않은 채 고개를 가로젓더니 무심하게 툭, 한마디를 뱉었다.

- 오늘이 그날이오.

나는 그 말이 무슨 말인지 얼른 알아듣지 못했다. 그는 조용히 눈을 감고 노래 속에 빠져 있었다. 표정이 경건하기까지 했다. 카페 안쪽에 있는 그녀의 주거공간에서 도마 소리와 기름 냄새가 났다. 그와 함께 내 코끝에 닿는 냄새가 있었다. 아버지 기일에 어머니가 하던 일들.

- 아!

나는 비로소 구영사의 사연을 알 수 있었다. 콩콩콩, 도마를 두드리는 소리에 그녀의 울음은 들리지 않았다.

904, 구영사는 그리움의 다른 이름이었다.

되돌아 봄

생강나무 노란 꽃잎이 한껏 부풀었다. 도톰한 몽우리가 곧 몸을 열 것만 같다. 더러는 일찍 피어서 바람에 하늘거리는 것도 있지만 대개는 아직 수줍은 모양새로 따듯한 봄날을 기다리고 있다.

강수는 철물점 2층을 올려다보았다. 아직 그녀는 보이지 않는다. 또 아픈 건 아닐까 걱정이 된다. 하지만 하도 쌀쌀맞게 굴어서 집안까지 가볼 수는 없다. 강수는 괜히 철물점 앞을 왔다 갔다 하며 시계를 들여다본다. 저만치 세워둔 자동차에 자꾸 눈길이 간다. 너무 낡은 걸 산 건 아닐까 하는 걱정에 조바심이 인다.

난생처음 중고차를 샀다. 그것도 6개월 할부로. 자신의 인생이 그렇게 쪼그라드는 것에 대해 서글퍼질 때도 있지만 곧 마음을 가다듬는다. 휴지 주우러 다니는 형편을 면한 것만도 어딘데. 자꾸만 주저앉는 자신감에 스스로를 위로한다.

2층 문이 열리고 그녀가 나타난다. 가슴이 쿵덕거린다. 다 늙어 이게 무슨 조홧속인지. 알 수 없는 일이었다.

죽은 듯하던 나뭇가지에 연둣빛 잎새가 돋기 시작할 무렵, 강수는 이사를 했다. 이것이 생애 마지막 이사일 거라는 생각을 하면서 강수는 마음이 참참했다. 썩 좋은 기분은 아니었지만, 그래도 이만하면 나쁘지는 않은 거라고 자신을 달랬다.

가슴이 벌떡벌떡 뛰기 시작한 것도 그즈음이었다.

그녀가 간편한 바지 차림으로 계단을 내려온다. 강수는 그녀 앞으로 다가가 소심하게 말한다.

- 저기, 저… 나요.

그녀가 강수를 보고는 주위를 살핀다.

- 누가 보면 어쩌려고 이래요?

그녀는 무척 조심스럽다.

- 보면 어때요? 우리가 뭐 불륜 커플도 아니고.

강수는 지나가는 사람 들으라는 듯 일부러 목소리를 높였다. 그녀가 몸 둘 바를 몰라 하며 고개를 숙였다.

- 자, 얼른 차 타요.

- 네에? 차, 차?

그녀는 어리둥절하여 주변을 둘러보다가 골목에 세워진 자동차를 보고 강수를 노려봤다.

- 얼른 타요. 내가 데려다줄게. 그리고 제발 이번 달까지만 일하고 그만둬요.

강수는 그녀의 어깨를 감싸 안고 자동차 있는 쪽으로 다가갔다. 그녀가 살풋 웃었고, 이내 어쩔 수 없다는 듯 순하게 따라왔다. 햇살이 퍼진 아침은 어두운 저녁보다 좋았다. 자동차에 시동을 걸고 그녀를 돌아봤다. 생강나무 노란 꽃처럼 새초롬한 그녀가 웃고 있었다. 이제 이 여자는 내 여자다 생각하니 가슴이 그득해졌다.

퇴직 후 사는 게 너무 무료해서 편의점을 시작했었다. 친구의 꼬드김이 아니라도 뭔가를 해 볼 생각이었다. 한 일 년 정도 그럭저럭 굴러갔다. 착실한 알바를 만난 덕에 강수가 하는 일도 많이 없었다. 그러나 6개월 이후부터 눈에 띄게 매출이 줄었다. 이유는 알 수 없었다. 알바의 말로는 길 건너편에 생긴 대형 슈퍼 때문이라고 했다. 맞서 볼 엄두가 안 났다.

편의점이 생각처럼 잘 되지 않아 접은 것이 마흔다섯 평 아파트를 처분한 이유가 됐다. 늙으면 구구로 있는 돈 지키며 살아야 하는데, 애먼 데다 정신을 파는 동안 편의점은 빈 깡통이 됐다. 사람을 너무 믿은 탓도 있었다. 아니 어쩜 알바인 그녀에게 홀렸는지도 몰랐다. 알바로 쓴 스무 살 아가씨한테 당한 것이다. 요즘은 장사도 컴퓨터를 다룰 줄 모르면 어렵다. 모든 것이 다 컴퓨터로 처리가 되다 보니 그녀에게 일을 맡기는 경우가 대부분이었다. 마감도 그 애가 했고 은행거래도 그 애에게 맡겼다. 홀어머니를 모시고 동생들 학비까지 벌어야 한다는 그 애가 측은하고 딱해서 주급도 넉넉하게 주었다.

- 사장님, 고마워요.

그 애는 감동한 얼굴로 더 열심히 돕겠다고 했다. 딸보다도 어린 애였다. 순수하고 맑아서 어여뻐 보였다. 진정 다른 마음을 먹은 적은 없었다. 그런데 편의점이 사달이 나자 소문은 이상하게 돌았다. 그 애에게 강수가 당했다는 것이었다. 그 애가 꽃뱀이라는 것이었다.

- 꽃뱀? 그 어린 것이?

어이가 없어서 허허 웃었지만 웃는 것으로 해결되지는

않았다. 애초 컴퓨터가 미숙하다는 이유로 그 애에게 모든 걸 맡긴 게 잘못된 것일 터였다. 비상금으로 은행에 넣어둔 몇천만 원의 돈과 한 달 매출을 몽땅 들고 그 애가 튀어버린 날, 강수는 허탈했다. 세상의 너저분한 소문에 자신이 빠져 있다는 사실이 돈을 잃은 것보다 더 치욕스러웠다.

- 내가 그 애하고 그렇고 그런 사이가 돼서 털린 거라고?

정녕, 하늘을 두고 맹세코 그런 일은 없다. 그런데도 아들에 딸까지 이상한 눈으로 강수를 바라봤다. 기가 막혔다. 그렇다고 해서 변명을 하고 다닐 일도 아니었다. 그저, 똥바가지 뒤집어쓴 요량으로 속을 꾹꾹 눌렀다. 그리고 집을 팔아 수습했다.

집을 처분해 곶감 빼먹듯 한다는 말이 실감 났다. 이왕 정리한 거, 아들과 딸에게 조금씩 나누어주고 스물두 평짜리 연립으로 이사했다. 혼자 살기에는 그리 좁지 않았다. 마누라가 살아 있었대도 그리했을 것이다.

사실 아내가 없는 큰 집은 너무 설렁했다. 어쩜 마누라가 죽은 이후에 오는 고독감이 그런 일을 저지르게 했는지도 모른다. 평생 교직에 몸담았던 서생이 무슨 장사를 하겠다고. 하지도 않은 일을 한 것처럼 된 사실이 부끄러워 강수는 자식들과 떨어져 살려고 일부러 변두리로 이사했다. 아직 논밭이 있는 동네였다. 조금만 나서면 산책할 동산도 있었다. 수군대는 사람들이 없는 곳, 아무도 강수를 모르는 동네.

큰 집에 어울리던 짐도 다 내버리고 이사를 하고 보니 사람 사는 일이 그리 많은 걸 쥐고 있어야 하는 건 아니라는 생각이 들었다. 하루 세끼 밥 먹는 일도 귀찮아서 아침에는 계란 프라이 한 개와 우유 한 잔, 점심은 건너뛰고 저녁엔 국밥 같은 걸로 끼니를 때웠다. 혼자 먹겠다고 밥을 하는 일이 몹시 성가셨다. 반찬을 마련하는 일은 또 어떻고. 적막한 집안에서 혼자 사는 일은 마치 무덤 속 같은 관속에 들어가 임사체험을 하는 듯한 생각이 들어 몹시 우울했다.

국밥집 여자는 강수가 가면 반색했다. 단골 잡았다는 생각이 드는지 가끔씩 슬쩍 고깃덩이를 더 넣어주기도 했다. 강수는 국밥집 여자에게 무뚝뚝하게 대했다. 다시는 구설수에 오르는 일은 하지 말아야 한다는 생각 때문이었다. 가끔은 아무도 모르는 곳에 터전을 잡고 산다는 게 오히려 홀가분하다는 생각도 들었다.

- 아저씨는 혼자 살아요?

여자는 틈날 때마다 힐끔힐끔 눈치를 보며 물었다.

- 왜 묻소?

- 혼자 밥 먹으러 오는 거 보니 그럴 것 같아서요.

물으나 마나 한 말을 여자는 수다스럽게 떠들어댔다. 강수는 대답하지 않았다. 자라 보고 놀란 가슴, 솥뚜껑 보고도 놀란다 하지 않던가. 매사 불여튼튼이라 했느니. 늘그막에 우세스런 일을 당하지 않으려면 무심한 게 상책이다 싶었다.

아들놈은 수시로 전화를 해대지만 강수는 이사한 곳을 가르쳐주지 않았다. 강수의 생각으로는 아들이 자신을 아직도 의심한다는 생각이 들어 불쾌했다.

- 아버지, 괜찮아요. 그러실 수도 있죠.

그걸 위로라고 하는지, 아님 이해한다는 이야긴지. 사실 혼자된 친구들도 여자한테 홀려서 가산 탕진한 경우가 더러 있다. 그런 친구들을 보면서 참 딱하다는 생각도 했다. 그리 외로운가? 아님 아직도 여자에 대한 욕구가 남아 있는 건가? 친구들은 그를 보고 비웃었다.

- 너는 도 닦냐?

여자를 멀리한다고 소문난 그가, 딸보다도 어린애한테 낚였다는 소문이 나자 친구들이 그럴 줄 알았다는 듯이 빈정거렸다.

- 야, 죽으면 썩을 몸, 뭘 그리 아껴? 누가 열부상 주는 것도 아니고.

- 뭐니 뭐니 해도 살아있는 걸 확인할 수 있는 건 여자 품는 거지. 안 그래?

그러거나 말거나 강수는 들은 척도 안 했다.

그런데, 그런데 말이다. 그랬던 강수가 이상해진 건 국밥집에 드나들던 한 여자 때문이었다.

그날은 비가 추적추적 내렸다. 국밥 한 그릇 말아먹고 나서 뭔가 허전해 소주를 한 병 시켰다. 이사 온 지 일주일째 되는 날이었다.

- 오늘은 웬일로 술을 다 하시우?

국밥집 여자가 술국을 담아내며 앞자리에 앉았다. 강수의 상대를 하며 매상을 올리겠다는 수작 같았다.

- 비도 오고, 집에 가봐야 기다리는 사람도 없으니 한잔하려 하오.

그랬다. 모처럼 진심을 이야기한 셈이다.

- 그래요, 내가 술친구 해 줄 테니 한잔하세요.

여자는 선심 쓰듯 술잔에 술을 따랐다. 한 잔을 마시고 그녀에게 한 잔을 따라주었을 때 헐거운 출입문이 삐거덕대며 열렸다. 우산을 접는 여자의 등이 다 젖어 있었다.

- 비가 많이 오는 모양이네요.

국밥집 여자가 일어나 주방 쪽으로 갔다.

- 국밥 한 그릇 주세요.

비에 젖은 여자가 몸을 떨며 말했다.

- 앞쪽으로 앉아요. 이 아저씨 옆자리로 오세요.

친절한 국밥집 여자는 난로가 놓인 강수의 옆자리를 가리키며 말했다. 강수는 술을 한 잔 더 따라 단숨에 마셨다. 목젖이 뜨듯해졌다.

- 아줌마는 어제도 오더니 오늘 또 오셨네. 이 동네 살아요?

국밥집 여자가 국밥 한 그릇을 말아내며 호기심을 드러냈다.

- 네. 며칠 전에 이사 왔어요.

여자는 다소 우울한 목소리로 대답했다. 희끗희끗한 머리칼이 비에 젖어 볼품없었다. 화장도 지워진 얼굴이 거뭇거뭇했다. 강수는 여자의 얼굴을 바라보면서 어디서 본 듯한 느낌이 들었다. 여자는 배가 몹시 고팠던 듯 급하게 수저를 들었다. 얼굴을 숙이는 순간, 긴 옆 머리칼이 흘러내렸다. 여자는 깡마른 손으로 머리칼을 쓸어 넘겼다. 그 순간, 강수의 얼굴이 굳었다. 아! 강수는 외마디 신음을 뱉었다.

- 어디 사시우?

참 궁금한 게 많은 국밥집 여자다.

- 철물점 2층이요.

여자는 입안 가득 든 밥알을 씹으며 어눌하게 말했다.

- 어디, 일 다니슈?

- 예, 근데 왜 꼬치꼬치 물으세요?

여자가 경계 어린 눈으로 국밥집 여자를 살폈다. 강수는 다시 한번 그 여자를 바라봤다. 틀림없다. 왼쪽 목덜미에 있는 까만 점. 헉, 숨이 멎을 것만 같다.

- 같은 동네 사람이니 물어보는 거죠. 이 저녁에 혼자 오시는 걸 보니 혼자 사시는 모양이구려.

국밥집 여자의 말에 여자는 대꾸도 없이 국밥을 먹었다. 강수는 여자의 시선을 피하며 또 술 한 잔을 따라 마셨다.

- 철물점 2층에 혼자 사는 아주머니가 달세로 온다 하더니만….

국밥집 여자는 동네 사정을 다 꿰고 있는 듯했다. 다 낡은 이층집 단칸방에 월세로 살러 온 사정이야 뭐 그리 자랑스럽게 내놓을 사정은 아니지 않겠는가. 그걸 굳이 강조하는 국밥집 여자가 얄미웠다.

- 아줌마, 남의 사정에 웬 관심이 그리 많아요?

여자의 음성이 싸늘해졌다.

- 그렇다고 그렇게 발끈할 건 뭐요?

국밥집 여자도 새침해서 목소리가 싸늘해졌다. 여자가 국밥집 여자를 불편한 눈으로 흘겨보다가 숟가락을 놓으며 일어섰다. 계산대 앞에다 천 원짜리 넉 장을 던지듯 얹어두고 여자는 휭 하니 나가버렸다.

- 보나 마나 과부인 게야. 늙으면 헛껍데기라도 서방이 있어야 하는데. 혼자 살려면 갑갑하겠네. 쯔쯔.

국밥집 여자는 딱하다는 듯이 혀를 끌끌 차며 여자가 나간 문을 바라봤다. 어쩜 자신에게 하는 말인지도 몰랐다. 그는 또 술 한 잔을 마셨다. 아릿한 취기가 그를 휩쌌다.

- 아니지. 우연히 비슷한 사람일 뿐이야.

강수는 자신의 눈을 비비며 혼잣말처럼 중얼거렸다. 서러운 여자의 울음처럼 질척한 비는 여전히 추적추적 내렸다.

빈집은 썰렁하다. 집으로 들어서자마자 불을 켜고 보일러를 한껏 올린다. 으슬으슬 추운 게 몸살이 올 듯하다. 옷을 대충 벗어 던지고 침대에 몸을 던진다. 취기가 올라와 천장이 빙그르르 돈다. 이불을 머리끝까지 올려 덮고 눈을 감는다. 모처럼 마신 술에, 봄 아지랑이처럼 한 여인의 얼굴이 아른거린다. 강수의 청춘을 흔들었던, 아리고 아픈 기억 속의 여자. 갑자기 숨이 턱에 찬다. 가슴이 벌떡벌떡 뛴다. 어지럼증이 온몸을 덮친다. 마취 주사를 맞을 때처럼 정신이 아득해진다. 빙그르르, 물살에 휩쓸리는 낙엽처럼 어디론가 흘러간다.

아버지는 그가 서른이 되자 결혼을 서둘렀다. 집안에 손이 귀하다는 핑계로 일찍 결혼을 시키려는 생각이었다. 단단한 직장도 가졌겠다, 결혼을 미룰 이유가 없다고 생각하신 것 같았다.

아버지는 사흘이 멀다 하고 여자의 사진을 내보였다. 교사, 약사, 공무원, 얌전하게 신부 수업하는 여자, 간호사…. 강수는 그때마다 고개를 저었다. 마음속에 들어 있는 여인에게 아직 고백도 못한 처지였다.

그녀는 백화점 의류매장에서 일하는 여자였다. 어떻게든 만날 기회를 만들어야 하는데 그게 쉽지 않았다. 소심하고 우유부단한 그는 여자의 주변만 빙빙 돌다가 어느 날 술을 마시고 여자를 찾아갔다. 고백을 했다. 여자가 픽, 웃었다. 그 일이 뭐 그리 어려운 일이라고, 에베레스트산을 오른 듯했다. 여자는 강수의 그런 행동을 순수하게 받아들였다. 나중에 그녀가 말했다. 당신 같이 순수한 남자는 첨 봐요.

그 말을 생각하면 가끔씩 가슴이 따끔거렸다. 그는 절대로 순수한 남자가 아니었다.

꿈같은 시간들이 시작됐다. 강수는 학교 수업이 끝나면 백화점으로 달려가 여자를 기다렸다. 늦은 시간의 데이트는 더욱 뜨거웠다. 공원에서도, 그녀의 좁은 자취방에서도 그녀를 안았다. 이제는 서로가 없으면 안 된다고 생각할 즈음, 아버지는 또 다른 여자 사진을 그 앞에 내밀었다. 할머니가 돌아가시기 전에 손자를 안겨 드려야 한다는 것이 이유였다. 더 이상 미룰 수 없었다. 강수는 마음을 굳게 먹고, 아버지께 이야기했다. 마음에 둔 여자가 있노라고. 아버지는 여자를 보자고 했다. 백화점에서 일하는 여자라는 걸 알고 나서 아버지는 고개를 내저었다. 강수 몰래 여자를 만난 아버지는 그녀가 며느리가 될 수 없는 사항들을 조목조목 읊어댔다. 나이가 강수보다 세 살이나 많다는 것, 가난한 집의 장녀라는 것, 고졸이라는 것. 그중 가장 큰 걸림돌은 나이였다.

- 세 살이나 많은 애를 데려와 어쩌겠다는 것이냐?

아버지의 노여움은 컸다. 그럼에도 불구하고 강수는 여자와 헤어질 마음이 없었다. 아니 전보다 더 애틋해서 하루라도 보지 않으면 미칠 것만 같은 지경에 이르렀다. 하지만 집안의 모든 결정권은 아버지가 쥐고 있었다. 일찍 돌아가신 어머니를 대신해 들어온 새어머니는 할머니 눈 밖에 나서 아무런 실권이 없었다. 게으르고 씀씀이가 헤프다는 이유로 모든 걸 아버지에게 맡겼다. 새어머니라는 호칭이 입에 익기도 전에 여자는 도둑고양이처럼 사라졌다. 아마 돈을 좀 훔쳐 갔을 게다. 아버지는 아무런 말도 하지 않았다.

할머니는 꽤 많은 재산을 가지고 있었다. 그건 곧 강수에게 물려질 재산이었다. 없는 집 아가씨가 들어와 재산을 축내는 일을 아버지는 지극히 싫어했다. 그녀는 그러한 조건에 너무나도 딱 맞아떨어지는 이유를 다 가지고 있는, 아주 적합하지 않은 신붓감이었다. 아버지가 봐 둔 간호사가 며느리로 '딱'이라는 것이었다. 어쩜 그 간호사는 할머니를 담당한 간호사일지도 모른다. 강수는 그럼에도 불구하고 아버지의 뜻을 거역하지 못했다. 당당하게 이 여자와 결혼하겠습니다. 라고 말해야 하는데 그는 그러지 못했다. 미적거리면서 눈치를 보는 사이, 여자를 만나는 횟수가 뜸해졌고 급기야는 여자가 사라지는 사건이 터졌다.

- 우리 헤어져요. 다시는 찾지 마세요.

달랑 쪽지 한 장 남기고 여자는 사라졌다. 그는 여자의 말을 듣는 것처럼 여자를 찾지 않았다. 아니 찾을 수 없었다. 종적을 감춘 여자는 찾아낼 수 없는 곳에 숨어버린 것 같았다.

강수가 그녀를 찾아다니지 않은 것은 아니었다. 그녀의 귀여운 얼굴이 그리웠고, 그녀의 따듯한 몸이 그리웠다. 하지만 그녀를 더 이상 찾을 수 없는 긴박한 사정이 생겼다. 할머니의 병세가 깊어지자 그는 학교에 휴직계를 내고 할머니 곁에 있어야 했다. 삶의 가장 큰 목적이 손자를 보살피는 일이었던 할머니는 숨을 거두는 순간까지도 그의 손을 놓지 않았다. 아버지는 간호사와의 결혼을 서둘렀고 그는 거역하지 못했다. 결혼과 동시에 마흔 평이 넘는 신혼집이 마련됐고 할머니의 유산이 바로 강수 앞으로 넘겨졌다. 그러나 할머니는 그토록 바라던 손자를 안아보지도 못하고 그가 결혼한

한 달 후에 숨을 거두고 말았다. 간호사인 아내는 일을 그만두는 조건으로 결혼을 하였으므로 무료한 시간들을 집안에서 보내야 하는 것에 싫증을 내기 시작하더니 급기야는 진저리를 치기 시작했다. 다툼이 잦았고 그때마다 아버지가 나서서 아내를 나무랐다. 항상 같은 말로 마무리가 됐다.

- 뭐가 부족해서 그러냐?

아버지는 늘 경제적인 잣대로 모든 걸 풀어냈다.

- 아버님, 저는 일하고 싶어요.

아내는 아버지의 눈을 똑바로 바라보며 또박또박 말했다.

- 결혼 조건을 잊었느냐?

- 하지만 너무 무료해요. 제가 인형도 아니고….

- 약속은 약속이다. 너는 피비린내 나고 고름 짜내는 더러운 일을 계속하고 싶으냐? 참 이상한 아이로구나. 편안한 삶을 살 수 있는데 왜 더러운 일을 굳이 하려 해?

'더러운 일'이라는 말에 아내는 발끈했다. 신성한 나이팅게일을 꿈꾸는 아내에게 그 말은 자신을 뭉개는 일이나 다름없었다.

아내는 불만 가득한 얼굴로 그를 쿡쿡 찔렀지만, 그는 무력했고 우유부단했고 소심했다. 아내는 그를 향해 목소리를 높이기 시작했다.

- 아버님께 당신이 말씀드려보아요. 난 이렇겐 못 살겠어요.

하지만 그는 아버지에게 아무 말도 못 했다. 마음에 드는 여자와 결혼하겠다는 소리도 못 한 남자가 무슨 용기로 아내가 다시 일을 할 수 있도록 도울 수 있단 말인가. 생각해보면 그는 그 자신의 의지로 해낸 일이 별로 없었다. 아내와는 사랑의 결합이 아니었다. 그런데 그 일로 그리 심각하거나 후회스럽지는 않았다. 그냥 모두들 그렇게 결혼해서 사는 거라고 생각했다. 젊은 밤이 지나면 아이는 절로 생겼다. 그것도 둘이나. 자손을 생산하는 일은 사랑 없이 본능만으로도 가능한 일이었다.

아버지는 아주 흡족해하셨다. 할머니가 남겨주신 유산을 아버지가 늘려보겠다고 손대지만 않았다면 그는 아무런 아쉬움 없이 노년을 보낼 수 있었을 것이다. 편의점 말아먹은 일은 그리 큰 실패도 아니었을 텐데.

그는 자신도 모르게 철물점 앞에 섰다. 전봇대 뒤에 몸을 숨기고 2층을 바라보았다. 드디어 여자가 나왔다. 간편한 차림으로 나오는 여자는 시간에 쫓기듯 발걸음이 허둥거린다.

걸으면서 머리 모양을 매만지고 거울을 꺼내 살피는 모습이 황망하고 어수선하다.

강수는 여자를 뒤따르기 시작한다. 그가 사는 수리 맨션에서 그리 멀지 않은 5층짜리 상가 건물 앞에서 여자가 걸음을 멈추었다. 건물 안으로 들어간 여자는 한참 동안이나 보이지 않더니 청소복 차림으로 출입구 앞에 나타났다. 아! 또 외마디 한숨이 나온다. 머리에 수건을 쓴 여자가 청소를 하기 시작했다. 마포걸레로 구석구석 바닥을 닦던 여자는 이내 숨이 차는지 바닥에 주저앉는다. 그러고 한참을 앉아서 숨을 고르다 다시 일어나 바닥을 닦기 시작했다. 신산한 그녀의 삶이 느껴졌다. 주머니 속에서 휴대폰이 부르르 떤다. 하지만 받을 생각이 없다. 여자의 행동을 지켜보는 게 더 급하다. 여자의 건강이 좋지 않아 보여 걱정이다. 미안한 마음도 생기고 후회하는 마음도 생겼다.

강수는 여전히 얼마만큼의 거리를 두고 여자를 살핀다. 가슴이 싸하다. 할 일 없이 지내던 일상에 번개가 친 듯하다. 폭우가 쏟아지는 듯하다. 강수는 용기를 내어 건물 안으로 들어섰다. 한 발자국쯤 앞에 그녀가 있다. 동그란 얼굴에 주름이 많이 졌지만 그녀가 틀림없다. 여자를 잡고 무슨 말이든

해 보아야 할 것 같다.

- 저어….

그는 여자에게 다가가 용기를 내어 입을 연다. 여자가 가슴을 치다가 그를 올려다본다. 통증이 오는지 진땀을 흘리고 있다. 그는 자신도 모르게 여자를 부축한다.

- 고맙습니다.

여자는 그를 알아보지 못한다. 그는 가슴을 쥐어뜯는 그녀만큼이나 가슴이 아프다.

- 여주야, 어디가 불편한 거야?

갑작스런 반말에 여자가 놀라 그를 올려다본다.

- 누구신지?

그녀가 그를 알아보지 못해도 괜찮다. 아니 몰라보는 게 오히려 다행스럽다.

- 나, 하강수다.

여자의 눈동자가 커지더니 한참 동안 그를 바라보았다. 그러다 통증을 이기지 못해 쭈그리고 앉으며 신음을 한다.

- 저 좀 병원에 데려다….

여자는 말을 끝내지도 못하고 그의 앞으로 쓰러졌다. 그는 여자를 받아 안았다. 아, 부드러운 그녀. 그랬던 그녀… 그는 여자를 안은 채 눈을 감았다.

이제는 너를 놓치지 않을 거다, 강수는 그렇게 중얼거리며 여자를 꼭 껴안았다.

병실에서 눈을 뜬 그녀는 그를 보자 어색하게 웃었다. 눈가의 주름이 깊었다.

- 도대체 어떻게 된 거예요?

- 나야말로 물어보고 싶었어. 어떻게 된 거야? 왜 사라진 거야?

비겁하게 물었다.

- 그럴 수밖에 없었죠.

- 뭐가 그럴 수밖에 없었다는 거야?

강수는 그녀의 손을 슬그머니 잡았다. 거칠고 메마른 작은 손이 강수의 손안에서 꼼지락거리다 빠져나갔다.

- 아버님이 저를 찾아오셔서 당신을 위해 떠나달라고 애원하셨어요.

- 이거 완전 신파극이군, 그렇다고 나한테 말도 없이 사라져?

강수는 다소 과장스런 표정을 지으며 그녀를 바라봤다.

여전히 비겁한 놈이었다.

- 미안해요. 가난한 집 장녀라는 것도 걸리는 결혼 조건인데 나는 건강도 좋지 않았거든요. 거기다 나이도 많고… 또 심장이 약해서 늘 치료를 받아야 했어요. 그건 당신한테도 말할 수가 없었죠. 사랑했기 때문에 짐이 되고 싶지 않았던 거죠.

- 나를 그렇게 떠났으면 잘 살든지.

그 또한 비겁한 말이다.

- 팔자가 그런가 봐요.

여자는 배시시 웃었다. 눈가에 진 주름이 부챗살처럼 환하게 펴졌다.

- 잊을 수 없었소.

그 말을 하면서 조금 미안했다. 늘 잊지 않고 살았던가? 아니다, 그건 아니지만 다시 만나니 새삼스럽게 옛날 감정이 봇물처럼 터져 나왔다. 못다 한 사랑의 아쉬움, 애타던 마음의 빚.

- 과거는 잊읍시다. 다시 만나게 된 것도 다 인연일 게요. 서로 혼자 몸인 것 같으니 어려움도 없을 것 같고.

세월이 거꾸로 흐르는 듯이, 감정의 물꼬가 자연스럽게

어우러졌다. 그는 거칠고 야윈 여자의 손을 슬그머니 잡았다. 따듯한 여자의 손이 그의 손을 마주 잡았다. 미진하게 머물러 있던 감정이 얼음 녹듯 스르르 풀렸다. 여자도 누군가에게 기대고 싶었던 듯 아주 순한 얼굴로 그의 얼굴을 바라봤다.

그렇게 여자와 다시 만났다. 그는 우선 그녀가 청소 일을 그만두게 하고 싶었다. 하지만 여자는 고개를 저었다. 그 어느 때처럼 짐이 되고 싶지 않다는 게 그녀의 주장이었다. 아직도 가슴에 맺힌 한이 서늘했다.

그는 날마다 철물점 앞으로 갔다. 그가 사는 수리 맨션에서 그리 멀지 않았다. 여자는 여덟 시가 넘으면 2층 계단을 내려왔다. 늘 아파 보여서 걱정이 됐다. 고집이 세서 그의 말을 듣지는 않았지만 일이 끝난 후에는 전처럼 데이트를 즐겼다. 젊은 애들처럼 영화도 보고, 맛있는 것도 먹으러 다니고, 햇살이 쏟아지는 창가에 앉아 커피도 즐겼다. 다시 봄날이 돌아온 듯이 즐거웠다. 여자의 표정도 밝아졌다. 환한 웃음을 머금은 여자는 그에게 여전히 어여뻤다. 그는 그녀에게 빠져드는 자신을 주체하지 못했다. 홀렸다 해도 좋고 빠졌다 해도 좋았다. 눈가에 주름도 어여뻤다. 나이가 들어도 마음은 그대로였다.

강수는 여자를 수리 맨션 집으로 불러들이기 시작했다. 기회를 봐서 같이 살자고 할 판이었다. 그러자면 집이 익숙해져야 좋을 것 같았다. 가슴 통증 때문에 가끔 힘들어하기는 했지만 여자는 대체적으로 잘 견디어내었다. 그는 여자가 안정을 찾을 때쯤 수술도 시킬 생각이었다. 그녀를 위해서라면 무엇이라도 해 주고 싶었다. 그것이 그녀에 대한 속죄의 방법이라 생각했다. 그녀는 잃어버린 기억을 되찾은 듯이 그가 좋아하던 음식들을 기억해 내어 만들었다. 매운 갈비찜이나 아귀찜 같은 손 많이 가는 음식도 척척해내었다. 그들은 부부나 다름없었다. 동네 여자들의 수군거림도 신경 쓰이지 않았다. 그런 데 신경을 쓰기에는 둘에게 남은 시간이 그리 많지 않다는 생각이 들었다.

여자는 자주 아팠다. 자다가도 힘들어했고 일을 하는 것도 힘들어했다. 형편만 된다면 우선 일을 그만두게 하고 싶었다. 하지만 그의 형편을 뻔히 아는 여자는 일을 그만두지 않았다. 그것도 그녀의 다친 마음이 작용하는 것이라 생각됐다. 그는 그녀를 수술하도록 도와주고 싶었다. 그러나 이제 그에게 남은 재산은 수리 맨션 22평짜리가 전부였다. 돈이 이렇게 그리운 날이 올 줄은 꿈에도 모르고 살아왔었다.

그는 마침내 일자리를 찾기 시작했다. 다만 몇 푼이라도 벌어 생활비를 보태고 싶었다. 연금 나오는 걸로 생활비야 충분하지만 그녀를 수술시키려면 보다 많은 돈이 필요했다. 그 마음은 절절하고 간절했다. 새벽에 신문을 돌리고 오후엔 세차장에서 일했다. 나이는 들었지만 다행히 그는 건강했다. 과거의 그를 아는 사람이 본다면 미쳤다고 할 것이 뻔했다. 젊은 꽃뱀 알바에게 홀렸다가 이제는 늙은 꽃뱀이야? 더러는 그렇게 말하는 사람이 있을지 모르지만 결코 그건 아니었다. 알바도 꽃뱀이 아니고, 그녀 또한 꽃뱀이 아니다. 다급한 상황에 몰려 알바도 그런 짓을 했을 것이고, 그녀 여주도 지난 세월이 혼곤했을 뿐이다. 마음 깊이 짚어 보면 다 딱한 인생살이 때문에 그리 살 수밖에 없었을 것이다. 이상하게도 나이가 들어가면서 자꾸 너그러워졌다.

그러던 어느 날이었다. 세차장 일을 마치고 그녀와 나란히 집으로 가는 중에 놀라운 일이 벌어졌다.

- 아버지!

아들의 목소리였다. 놀라서 눈을 들어보니 아들이 바로 앞에서 있었다. 아들의 눈은 아버지의 불륜을 목격한 노여운 얼굴이다.

- 어, 네가 여기는 어떻게?

더듬거리며 말하는 그를 아들이 노려보았다.

- 아버지, 왜 이러십니까? 노망이 나신 겁니까? 얼마 전에는 애송이 같은 애한테 홀리시더니 이번엔 ….

못 볼 것을 본 것처럼 아들은 씩씩대며 노골적으로 아비를 무시하는 눈빛이었다.

- 아, 아니다. 그게 아니고….

그는 허둥대며 변명을 하려고 애썼다. 그러다가 갑자기 화가 났다. 내가 왜 아들에게 이런 변명을 해야 하나 하는 생각이 들자 목소리가 높아졌다.

- 야 이놈아, 넌 애비를 찾아와서 한다는 소리가 겨우 그거냐?

- 이사 간 곳도 안 알려주시기에 왜 그러신가 했더니 이 할머니하고 이러시느라 잠적하신 겁니까?

기가 막힌 표정으로 아들은 강수와 여자를 노려보았다.

- 이러시느라? 그게 어때서? 니 엄마 죽고 내가 홀아비 된 지 이십 년이다. 그나저나 너는 어찌 여기를 찾았느냐?

- 아버지가 숨는다고 숨어지는 줄 아십니까? 위치 추적으로 찾았어요.

- 뭐 위치 추적? 내 폰에 그런 장치도 해 놓았었더냐?

전자 기기에 서툴러서 모든 걸 아들한테 해 달라 했다. TV 세팅도 그랬고 휴대폰에 앱 까는 것도 모두 아들이 해주었다. 그런데 추적 장치까지 설치해 놓은 줄은 몰랐다. 아들 딴에는 만약의 경우를 대비해 그렇게 해 놓았다 말하겠지만 상당히 기분이 나쁘다. 아버지에 대한 불신이 너무 노골적이다.

- 아버지, 이러지 마세요. 부끄럽지도 않으십니까?

아들은 이제 아예 제 아비를 파렴치한으로 몰아가고 있었다.

- 이놈아, 무슨 말을 그렇게 상스럽게 하느냐? 앞뒤 사정도 모르면서.

- 무슨 사정요? 이번엔 그나마 남은 집을 날리실 판인가 보죠?

아들의 험악한 말에 여자가 발끈하며 일어섰다.

- 나를 당신 아버지 등쳐먹는 늙은 꽃뱀쯤으로 아는 거요?

그는 아무 소리도 못 했다. 이런 자리에 그녀를 서게 해 미안하기만 할 뿐이었다.

- 미안하오, 저놈 말은 개가 짖는다 하고 그냥 갑시다.

그는 여자의 어깨를 감싸고 아들 앞을 지나쳤다. 아들이 기막힌 얼굴로 그를 지켜보고 있었다. 괘씸한 놈, 아비를 저질스런 노인네로 보고 있다니! 강수는 두 주먹을 불끈 쥐고 이를 악물었다. 여자는 놀라서 그런지 걸음을 제대로 걷지도 못하고 숨을 몰아쉬며 고통스러워했다. 아들은 한숨을 내쉬다가 돌아서 승용차 앞으로 걸음을 옮겼다.

- 야, 하지운! 이분 병원으로 모셔야겠다. 차 문 열어라.

아들이 놀란 얼굴로 그를 바라봤다. 얼결에 놀라 시동을 거는 아들이 백미러로 강수를 흘겨봤다. 불만스러운 표정이 역력했으나 모처럼 단호한 아버지의 행동에 아들도 놀란 눈치였다.

- 자세한 건 나중에 이야기하고 우선 병원으로 가자.

그의 어디에 그런 용기가 있었는지, 그는 모처럼 단호하고 용기 있게 자신의 주장을 말했다. 여자는 쓰러질 듯 그의 무릎에 누웠고 덜컹거리는 차 속에서 그는 여자의 손을 꼭 잡았다.

- 그러니까 이분이 아버지의 첫사랑이란 말입니까?

아직 깨어나지 않은 그녀가 누운 병실에서 아들은 믿을 수 없다는 듯이 물었다.

- 그래, 그렇다.

마치 취조 받는 듯한 기분이 들었지만 이제는 아들도 알아야 할 것 같아서 그는 순순히 대답했다.

- 그런데 어떻게 다시 만나셨어요?

- 우연이었다. 못다 한 인연이었으니 다시 만난 게지.

아들은 말이 없었다. 의심스러운 눈길을 거두지는 못했으나 평소 아버지의 소심한 성격을 아는 터라 거짓말을 하고 있다고 생각하는 것 같지는 않았다. 한참 만에 아들이 무겁게 입을 열었다.

- 그래서 어쩔 생각이신데요?

- 그거야 앞으로 의논을 해 봐야겠지만, 이제는 너희들 눈치 안 볼 생각이다. 내가 살면 얼마나 살겠느냐. 살아보고 싶은 사람하고 한 번 살아 볼란다.

그는 아들의 눈을 바라보며 속마음을 터놓았다.

- 그럼 이분도 동의하셨어요?

- 아니, 아직. 그러나 동의한 거나 마찬가지야.

- 예에?

- 혼자 살아온 세월이 힘들었던 모양이다. 내가 이 여인에게 지은 빚이 많다. 빚을 갚아야 해. 아니 그게 아니고 내가 이 여인을 사랑한다. 그래서 다시 시작하고 싶다.

그 말에 아들의 표정이 숙연해졌다.

- 아니 그럼 아버지 정말 이분이랑 사실 생각이세요?

- 그래, 그럴 생각이다. 이왕 너도 알게 됐으니 축복해다오.

그는 아들의 눈을 바라보며 목소리를 가다듬었다. 아들은 말이 없었다. 그러나 전처럼 사납게 굴지는 않았다.

- 만난 지가 얼마 되지 않았어. 하루하루가 아쉽구나.

아들이 한숨을 푹 내쉬며 고개를 저었다. 아들에게 마음을 터놓고 나니 후련했다. 아들이 일어나며 말했다.

- 뭐 도와드릴 일은 없을까요?

착한 놈이다. 아버지가 혹시라도 좋지 않은 일을 당할까 봐 걱정했을 뿐이다. 그는 아들의 손을 잡고 말했다.

- 아무것도 필요 없다. 너희들이 걱정하지 않아도 좋다. 봄날이니 따사롭고 여름에는 피서 가고, 가을에는 단풍놀이, 겨울엔··· 겨울이 오면 따듯한 방에서 둘이 손잡고 잠자면 되고···.

그 말에 아들이 눈을 껌벅거리다가 천장을 올려다봤다.

울컥하는 마음이 들어서일 것이다. 남은 생은… 남은 햇살은… 노루 궁둥이만큼이나 남았을까?

아들은 돌아갔다. 그는 비로소 마음이 편안했다. 아들에게 받았던 오해를 풀었고 자신의 진심을 아들이 알아주었기 때문이었다.

그는 여자의 표정을 살폈다. 조금 물기가 젖은 두 눈이 오늘따라 촉촉했다.

- 자기야, 우리 맥주나 한잔하러 갈까?

그는 젊은 아이들이 그러하듯, 여자의 손을 꼭 잡고 여자의 입술에 입을 맞추었다. 여자가 화들짝 놀라며 그를 밀쳤다.

- 왜 이러시오? 이제 우리는 다시 봄날이오. 되돌아 봄이란 말이오. 하하.

그의 웃음소리가 전에 없이 화통하고 넉넉했다. 병원을 나와 저녁이 올 때까지, 그들은 맥주를 시켜 놓고 서로의 눈을 바라보았다. 강수는 그녀를 바라보며 아침 신문에서 읽은 정현종 시인의 시 한 줄을 읊조린다.

벌써 삼월이고
벌써 구월이다

슬퍼하지 말 것

책 한 장이 넘어가고
술 한 잔이 넘어갔다.

목 메이지 말 것

노래하고 노래할 것….

강수는 어둠이 내리는 저녁 무렵에, 그녀의 야윈 손을 따스하게 감싸 쥐었다.

어둠이, 주름진 얼굴을 가려 주었다.

너의 말이 옳다

- 언니, 오늘이 무슨 날인지 알아?

모처럼 전화선을 타고 건너온 막내의 음성이 까칠하기 그지없다.

- 어디냐?

나는 그녀의 말에 대꾸는 하지 않고 엉뚱한 질문을 한다.

- 오빠 집이지.

뻔히 알면서도 서로가 딴청이다.

- 그래, 올케 도와주러 갔구나.

나는 남동생 집안의 풍경을 그리며 가능한 냉정한 어투로 말했다.

- 언니는 좀 오면 안 돼?

- 넌 해마다 왜 그래? 나도 내일 저녁 제사가 있잖아.

나도 모르게 목소리가 갈라진다.

- 제사가 없어도 언니는 늘 친정 일은 몰라라 하잖아. 아버지 제사 때도 안 오잖아. 더구나 어머니는 언니를 얼마나 그리워했는데.

그 말에 가슴께가 뜨끔하다. 사실 꼭 갈 마음만 있으면 KTX를 타고라도 가서 들여다볼 수는 있다. 그러고 서둘러 허겁지겁 내려오면 시아버지 제사를 모시는 일이 불가능한 것은 아니다. 그런데 나는 늘 핑계를 대고 그 일에서 빠져나온다. 할 말이 없다. 막내가 까칠하게 구는 이유에 대해 굳이 변명할 기력도 없다.

- 너의 말이 옳지. 하지만….

그쯤에서, 내 말이 끝나기도 전에 막내의 전화는 끊겨버린다. 내 말을 듣기 위해서가 아니라 냉정한 제 언니에 대한 불만을 토하기 위해 전화를 하는 거다.

나는 어머니에게도 그렇지만 동생들에게도 싸가지 없는 언니이자 누이다. 내가 감싸고돌았던 올케도 내 편은 아니다.

사는 일에 전력을 다한 세월이 저만치로 건너다보이게

되었을 때, 나는 불현듯 어머니의 얼굴을 떠올렸다. 가난을 벗어나려고 아등바등 애쓰던 어머니의 모습은 늘 편하지 않은 형상으로 가슴에 남아 있다. 가난하다는 것이 얼마나 수치스러운 일인지, 나는 그런 환경에서 태어난 걸 저주라 할 만큼 싫었다.

딸 둘에 아들 하나, 어머니가 뱃속을 열어 이 세상에 떨군 자식은 그렇게 셋이었다. 더구나 3대 독자를 낳은 당당함이 어머니의 모든 몸짓에 배어 있었다.

남동생 승규는 형제 서열 중 중간이었다. 내가 맏딸, 승규, 철부지 여동생 승미. 아들을 낳았다는 것이 대단한 유세였던 어머니는 승규가 태어나자 아버지에게도 당당해졌다. 무능한 남자 만나 지지리 고생이라며 3대 독자는 무엇으로 키우냐고 구시렁거렸다. 아버지는 아무 말이 없었지만 얼마나 좋아했는지는 알 수 있었다. 승규의 고추를 확인하고는 휭하니 밖으로 나가신 아버지가 사서 들고 온 물건이 그걸 말해주었다.

- 고생했소. 고맙소.

아버지는 반짝반짝 빛나는 까만 재봉틀을 사 와서 내려놓으며 어머니에게 그리 말했다. 재봉틀을 바라보던 어머니의 눈빛에는 만족감이 그득했다. 재봉틀의 검은 몸체를 쓰다듬는 어머니의 입매가 다물어지지 않았다. 아들 낳은 선물이 왜 재봉틀이었는지는 알 수 없다. 어머니도 그걸 묻지는 않았다. 그저, 아들 낳은 덕에 누리는 호사쯤으로 여기는 것 같았다.

- 이걸로 우리 맏딸 승주 옷 만들어줘야겠네.

어머니는 아들 낳은 덕으로 얻은 재봉틀로 왜 내 옷을 만들 생각부터 했는지 모르겠다. 나는 맏딸이라는 말도 싫었다. 어머니는 종종 재봉틀을 돌려 내 옷을 만들어주었다. 승미 옷도 만들고 승규 옷도 만들었지만 가장 먼저 만든 옷은 내 원피스였다. 하지만 나는 그 옷이 마음에 들지 않았다. 양재를 배운 적도 없는 어머니가 만든 옷은 모양새가 예쁘지 않았다. 그런데도 입지 않을 수는 없었다. 어머니는 그 옷을 나에게 입히며 생색을 냈다.

- 니 옷을 제일 먼저 만들었다.

그 말은 나에게 숨통이 막히는 말이었다. 이쁘지도 않은 옷을 입혀 놓고 자화자찬이라니! 어머니는 내 옷을 처음으로 만들어보았던 것뿐이었다. 그다음부터 만든 옷은 점점 솜씨가 나아졌다. 눈썰미도 있고 솜씨도 있어서 어머니는 종종

이웃 아이들에게 맞을 만한 옷을 만들어 팔기도 했다. 그러다 보니 아버지의 뜻은 아니었겠지만 어머니는 재봉틀로 돈을 벌기 시작했다. 어른들 여름 파자마나 아이들 원피스, 해진 옷을 수선해 주며 소소하게 돈을 벌었다. 밤새 재봉틀 돌아가는 소리가 듣기 싫지는 않았다. 달달달 돌아가는 소리가 가뭇없이 들리는 빗소리처럼 편한 적도 있었다.

재봉틀을 밤낮없이 돌리면서 어머니는 자주 말했다.

- 얼른 고등학교나 나와서 에미 짐 좀 덜어다오.

그런 말을 들으면 나는 화가 났다.

- 왜 날더러 짐을 덜어 달래? 3대 독자 아들한테 말하지.

하지만 그 말을 뱉은 건 아니었다. 그런 말을 뱉을 만큼 나는 아직 당차지 못했다. 하지만 그 말을 할 때 이맛살을 찡그리는 나를 보고 어머니도 내 마음을 읽어내는 것 같았다.

- 고등학교까지는 어떻게든 시켜주마.

어머니의 단언에 의하면 나는 고등학교까지는 다닐 수 있었다. 그것도 어머니가 큰 인심을 쓰듯 내린 결론이었다. 나는 고등학교까지만 나와서 어머니를 도와야 하고, 남동생의 뒷바라지도 도맡아야 했다. 그런 내 처지가 너무 싫어서 가출을 생각한 적도 있지만 나에게는 그만한 용기도 없었다.

이미 결정지어진 나의 운명은 고등학교 나와서 동생을 공부시키기 위해 직장을 가져야 한다는 것이다. 나는 그 사실에 무척 절망했다.

- 계집애가 너무 공부를 많이 해도 못 써. 그저 고등학교 정도 나와서 남자 잘 만나 시집가서 살림이나 야무지게 하고 살면 되지.

어머니의 꿈은 거기까지였다. 나는 속으로만 소리를 질렀다.

- 왜 여자는 공부를 많이 하면 안 돼?

목까지 차오르는 욕심은 한 번도 목소리가 되어 나오지 않았다.

- 공무원도 괜찮다더라, 그거 평생직장이고….

나는 어머니의 말을 잘랐다.

- 나는 선생님이 되고 싶어요.

나는 우회적으로 공부에 대한 내 욕심을 드러냈다. 그러자 어머니가 독화살을 내게 쏘았다.

- 매친 년, 그러려면 대학을 가야 하잖아? 그럼 니 동생들은 누가 보살피니?

'동생'이 아니라 '동생들'이었다. 승규는 중간이라는 위치를 죽어라 싫어했지만 나는 맏이라는 위치가 죽을 만큼 싫었다.

아버지는 그냥 그 자리에 놓인 정물이었다. 시도 때도 없이 기침을 해대면서도 담배를 입에 달고 사는 제멋대로의 남자였다. 그 역시 양반집 태생으로, 2대 독자였다. 양반이라는 걸 무슨 장신구 자랑하듯 자랑을 해댈 때는 귀를 막고 싶었다. 그렇다고 대단한 권세나 부를 지닌 양반집도 아니었다. 그저 그 시절, 할아버지가 서책을 가까이한 학자라는 것이 유일한 자랑인 집이었다. 아버지 방에는 실제로 할아버지가 지었다는 문집이 오랜 세월의 먼지를 뒤집어쓴 채로 고이 모셔져 있었다.

생활은 어머니 몫이었다. 두 분의 고모는 그런 어머니를 기특해했지만, 그럼에도 불구하고 아버지가 험한 일을 하는 것은 절대 반대였다. 벌집 같은 방이 일곱 개나 딸린 집을 사준 게 고모들이 어머니에게 당당할 수 있는 이유였다. 그 집은 우리 집안의 화수분이었다. 온갖 유형의 사람들이 드나드는 가난한 동네의 그 집은, 그래도 아버지에게는 어깨를 펼 수 있는 유일한 재산이었다. 그럼에도 불구하고 내가 아버지를 싫어하지 않은 것은 아버지의 말 때문이었다.

- 너는 할아버지를 닮았어.

몇 번인가 백일장에서 상을 타 온 후 아버지는 할아버지의 영혼을 나에게 투영하려 했다. 아, 얼마나 싫었는지. 제대로 뒷바라지도 안 해 주면서 기대치는 왜 그리 높으신지. 아버지에게 아들은 3대 독자라 귀하고, 나는 문학적 재능이 할아버지를 닮았다 하여 귀하게 여겼다. 그래서 막내는 늘 투덜거렸다.

- 왜 나만 미워해?

그게 미움이 아니라 무관심이었다는 걸 막내는 몰랐다.

- 미워하긴. 너는 막내니깐 뭐든 나중에 해 주게 되어 그렇지.

막내를 바라보는 어머니 눈은 특별히 따뜻했다.

자신의 처지를 읽어내고 수긍한 탓인지 막내는 나와 다르게 노력했다. 어머니의 그늘로 들어갔다. 생활을 짊어진 피곤한 어머니를 대신해 설거지를 하고 화난 어머니 앞에서 애교를 떨며 제 자리를 만들어 갔다. 실제로 어머니는 막내를 제일 귀여워했다. 눈치가 빠른 막내는 여상을 나와 그 당시 잘나가는 큰 회사에 경리로 취직했다. 월급날이면 꼭 어머니를 불러내어 불고기를 사드렸다. 어머니에게서 불고기 냄새가 배어 있는 날은 막내의 표정도 봄날이었다. 우리 집에서 가장 먼저 취직을 한 막내는 차츰 자신의 영역을 넓혀

갔다. 어머니의 사랑을 독차지하다시피 한 것이었는데 그건 그럴 만도 했다. 남동생 대학 등록금도 막내가 두 번이나 댔다. 그 기세가 등등했다. 어머니도 그걸 인정했다. 그러면서 오는 싸늘한 시선은 늘 나를 향했다.

- 넌 뭐하고 있냐?

어머니는 나를 닦달했다. 고등학교 나와서 공무원 시험을 보았지만 두 번이나 떨어졌다. 시험 보는 일에 정나미가 떨어졌다. 나는 어설프게 아버지를 닮아가기 시작했다. 아버지 말에 의하면 나는 공부를 해야 할 팔자라서 그런 시험을 보면 안 되게 돼 있다는 것이었다. 그 말을 믿고 싶었지만 어머니가 딴지를 걸었다.

- 빌어먹을 일 있어요? 괜히 애를 부추겨서 헛바람만 들게 왜 그래요? 취직을 해서 동생들 공부시켜야 하는데 왜 자꾸 그런 소리를 해서 애 마음을 흔들어요?

두 눈을 동그랗게 뜨고 대들 듯 말하는 어머니 앞에서 아버지는 꿀 먹은 벙어리처럼 입을 다물었다. 장에 끌려가는 송아지처럼 아버지 친구가 운명하는 가게에서 경리 노릇을 좀 했지만 여상 출신도 아닌 나는 하루 종일 숫자를 꿰맞추는 일이 지겹고 힘들었다. 막내가 그럴싸한 사무실에 취직해서 여상 나온 면모를 휘날리며 뽐내는 동안 나는 음지의 식물처럼 시들시들 시들어갔다.

남동생 승규가 대학을 나와 직장에 들어가는 동안 나는 겨우 한 번 등록금을 대주었을 뿐이다. 겨우 내 앞가림이나 하는 처지에 어머니가 원하는 만큼의 맏딸 노릇을 못했다. 나의 피난처는 책이었다. 읽고 또 읽었다. 남동생도 나에게 말했다.

- 누나는 할아버지를 닮았나 봐.

그것이 칭찬인지 비난인지 알 수 없지만 듣기 싫지는 않았다. 승규는 가끔씩 술을 마셨다. 그러면 꼭 나에게 주정을 했다. 그중에 가장 자주 하는 말은 아버지에 대한 원망이었다.

- 어떻게 남자가 돼가지고 집안을 몰라라 할 수 있어?

그건 무능한 아버지에 대한 원망이었지만 어머니에 대한 측은한 마음이 더 큰 것이었다. 승규는 어머니 말이라면 거의 절대적이었다.

- 예, 어머니.

어머니가 무슨 말을 하든 승규의 대답은 그거 하나였다. 어머니의 고생을 진실로 가슴 아파하여 어머니가 하는 말이라면 무조건 '예. 어머니'였다. 어머니는 자식을 잘 키웠다는 자신감에 어깨를 펴고 살았다. 막내는 철철이 어머니 옷이며 화장품을 사다 날랐고, 틈틈이 고기 좋아하는 어머니를 모시고 나가 회식을 했다. 승규도 못지않았다. 용돈도 넉넉하게 드리고 가끔씩 해외여행도 보내드렸다. 그런 면에서 본다면 어머니는 자식 농사를 잘 지은 셈이다. 나만 빼면.

나는 어머니에게 드리는 용돈도 가끔 조금씩밖에 드리지 못했다. 나는 제대로 된 직장을 못 구해 여기저기 옮겨 다니며 피곤한 청춘을 보내고 있었다.

- 내가 자식 농사는 잘 지었어.

어머니는 당당했다. 아버지의 술이 더 늘어갔지만 어머니는 그런 건 개의치 않았다.

사람들은 다들 눈앞만 보고 산다. 몇 발자국 앞에 어떤 운명이 있는지에 대해서는 관심도 없다. 어설프게도 나는 그런 인식을 책을 보며 알게 됐다. 인생의 숨겨진 뜻을.

그럼에도 불구하고, 어머니가 나를 의지한다는 생각을 하게 된 계기가 있다. 나는 머릿속에서 이미 어머니의 사랑이나 관심 따위는 지워버린 상태였고 점점 내부로 숨어들어 냉정한 사람이 돼가고 있었다. 아버지의 기침 소리는 점점 더

심해졌고 급기야는 병원에 입원하는 사태까지 벌어지고 말았다. 어머니가 눈물로 밤을 새운 것을 본 건 그때가 처음이었다. 나는 어머니가 아버지를 미워하는 줄 알았다. 무능한 남자에 대한 더없는 원망. 아버지는 병원에서 꽤 오랫동안 지냈다. 다행히 승규가 아들 노릇을 톡톡히 했는데 그럼에도 불구하고 문제는 어머니의 얼굴에 그늘이 자꾸 생기는 것이었다.

- 어머니, 왜 그래 기운이 없어요?

곰살맞은 막내가 어머니를 염려했다.

- 나는 니 아버지 없으면 못 산다.

뜻밖이었다. 어머니가 뱉은 그 말을 듣고 나는 어머니 얼굴을 찬찬히 바라보았다. 눈물이 맺힌 어머니의 얼굴이 울음을 참느라 일그러졌다. 승규의 눈빛에도 놀라움이 그득했다. 아버지는 그런 상황에서도 기침을 하느라 정신이 없었다. 그런 아버지를 한참 동안 바라보던 어머니가 무겁게 입을 뗐다.

- 승규야. 이제 니가 결혼을 했으면 좋겠다.

그건 아버지가 생전에 며느리 효도를 받아보게 하고 싶은 어머니의 욕심이었다. 제 아비 닮은 아들이라도 하나 낳아 안겨드릴 수 있다면. 나는 어머니의 뜻을 읽고 승규를 바라보았다. 잠시 생각에 잠기던 승규가 대답했다.

- 네. 어머니. 알겠습니다.

승규의 결혼은 생각보다 빠른 속도로 이루어졌다. 사랑했던 여자가 있었던 것도 아니고 점찍어 둔 여자가 있었던 것도 아닌데 마치 준비를 하고 있었던 것처럼 술술 풀렸다. 승규의 직장이 탄탄하다는 것이 큰 역할을 한 것 같았다.

여자는 수더분한 초등학교 선생이었다. 어여쁘거나, 특별히 똑똑해 보인다거나 하지는 않았지만 평균점 이상은 되는 여자였다. 애교스럽지도 않고 무뚝뚝하지도 않은 그녀의 성품으로 보아, 결혼을 했다고 해서 승규의 일상이 바뀌거나 사고의 틀이 바뀔 일은 없어 보였다. 그러나 결혼 이후 승규는 조금씩 달라지기 시작했다. 아니 승규가 달라지기 시작한 게 아니라 어머니가 달라졌다는 표현이 정확할 것이다.

- 넌 니 올케가 어떠냐?

어머니는 가끔 내게 물었다.

- 뭐가요?

- 사람 됨됨이가 어때 보이냐는 말이다.

어머니는 내게서 응원의 말을 듣고 싶은 거였다.

- 어머니가 고르셨잖아요.

나는 냉정하게 대꾸했다.

- 학교 선생이래서 반듯할 줄 알고 골랐더니….

뭔가 마뜩잖은 구석이 있는 모양이었다. 아침 식사는 어머니가 차렸고, 밥을 먹으면 출근하는 올케와 부딪칠 일은 없어 보였는데, 바위의 균열처럼 어머니 안에서 일어나는 변화를 나는 별스럽게 여기지 않았다. 하루는 어머니가 정색을 하고 나를 불러 앉혔다.

- 승주야, 니 올케가 말이다.

그렇게 시작한 어머니의 한탄은 삼십 분이 넘도록 계속 이어졌다. 주로 며느리의 행동과 언사에 대한 불만이었다.

- 애들 가르친다는 여자가 모범을 보여야지, 청소도 안 하고, 옷도 되는 대로 벗어던져 놓고, 집에 오면 컴퓨터 앞에만 붙어 앉았으니… 저녁때가 돼도 밥할 생각을 안 해. 그래 한마디 하면, 기다리세요, 어머니. 저, 일하고 있잖아요. 하더라. 젊은 것이 말하는 투가 시어미를 마치 식모 부리듯 해. 시어미를 뭘로 보는 건지… 게다가 요즘은 승규도 전 같지 않아.

아들에 대한 서운함에 더해서 고부간의 전쟁이 시작되는 조짐이었다. 그 불편한 심사를 나로 인해 위로받고 싶다는 것을 느낄 수 있었다. 하지만 나는 그럴 마음이 없었다.

- 그만한 며느리 없어요. 어머니도 며느리 흉보고 다니는 거 하지 마세요.

그렇게 말한 건 가정의 평화를 위해서라고 생각했다. 조용한 올케도 만만치는 않았다. 조용하되 고집이 있었고 시어머니에 대한 특별한 존경심도 없었다. 그저 한집에 살아야 하는 의무를 잘 지키고 있을 뿐, 그 이상도 그 이하도 아니었다. 애정이 있는 관계는 절대 아니었다. 끈끈한 정이 있을 리 만무했다. 난들, 시부모와의 사이에 진정한 존경과 애정이 있는 것인지. 어머니에게 그런 말을 할 때마다 나는 나를 살폈다.

미경이가 집으로 온 건 저녁 무렵이었다. 나는 혼자된 시간이 너무 무료하던 차라 미경의 등장이 무척 반가웠다. 내 배를 열어 얻은 나의 분신이다. 지나치게 나에 대한 기대가 높았던 어머니에 대해 무척이나 싫어했지만, 내가 낳은 아이에 대한 기대는 나 역시 높았다. 공부 많이 해서 아주 훌륭한 여성이 되기를 빌었지만 대학에 들어가자마자 남자에게 눈이 멀어 휘청거리던 딸애를 생각하면 속이 부글거렸다. 그래서는 안 된다고 생각했지만 그건 이성적인 생각일 뿐, 미경을 바라보는 내 마음은 항상 아쉬웠다. 그래서 대학을 중퇴하고 결혼을 한다고 했을 때 나는 미경의 머리채까지 잡으며 소리 질렀다.

- 이것아, 내가 너를 어떻게 키웠는데 이따위밖에 안 돼?

- 나는 사랑하는 남자와 결혼하는 거예요. 이게 왜 이따위에요?

나무 위의 달은 손이 닿지 않았다. 바라보아도 내 것이 될 수 없었다. 세상은, 혹은 사람은 내 맘대로 되는 게 아니었다. 그런 게 아니었다.

- 저녁은?

나는 가능한 부드러운 목소리로 말했다. 혼자 있던 시간들을 깨워 준 것만으로도 고마운 생각을 하기로 한다.

- 먹었어요.

- 아이는?

- 시댁에 맡겼어요.

미경과의 대화는 언제나 단답형이었다.

- 오빠는요?

- 둘이 여행 갔잖니. 결혼기념일이라나 뭐라나.

내 말에는 약간의 불만이 서려 있었다.

- 아, 그랬군요.

딸의 대꾸는 그뿐이었다. 딸의 입장에서 홀로된 친정어머니에 대한 애틋한 마음이나 깊은 애정은 보이지 않았다. 슬며시 화가 났다. 홀로된 친정엄마가 안쓰러워서 한 달에 두어 번 의무적으로 들르기는 하지만 애교스런 구석도 없이 데면데면했다. 이유는 알 수 없었다.

아버지가 돌아가시고 나서 수다스러워진 어머니는 막내를 붙잡고 하소연을 해댔다.

- 며칠 전에는 둘이만 외식을 하고 들어온 거야. 그래서 내가 말했지. 뭘 먹었니? 그랬더니 미안한 기색도 없이 며느리가 말하는 거야. 고기요.

그쯤 되면, 어머 죄송해요, 배가 너무 고파서 어머니 생각을 못 했네요. 다음에 모시고 갈게요 라든지, 뭔가 변명거리가 있어야 하는 거 아닌가 하는 말이었다. 그런데 그런 게 없다는 것이다. 어머니는 그걸 나에게 하소연하고 싶은 건데 그때마다 나는 냉정하게 말했다.

- 그만한 며느리 없어요. 참고 사세요. 요새 누가 시부모랑 살려고 해요?

그 말은 어머니한테만 해당되는 말이 아니었다. 나 역시 시부모를 모시고 사는 입장에서 눌리고 지친 마음이 가득

한데, 나는 나 스스로 틀지어 둔 원칙을 지켜 내야 하는 것에 대해 당연하다고 생각하고 있었다. 그러나 마음속은 당연 그렇지 못했다. 늘 가슴께가 답답하고 한숨이 절로 터졌다. 누구한테 하소연할 대상도 없고 너덜너덜한 내 개인사를 떠들고 싶지도 않다. 그러니 어머니에게 올케의 이야기를 할 때는 스스로의 감옥에 나를 집어넣는 것이다.

내가 만든 감옥. 출구는 없다. 내가 출구를 만들지 않았다. 이 집은 출구가 없는 집이야, 내 대답은 한결같은데 그래도 어머니는 수시로 여기저기 두드리고 다니시는 것이다. 특히 나에게는 더 집요하다.

인간은 누구나 자신의 처지를 이해받고 싶어 한다. 그 누구라도 거기에서 자유로울 순 없다.

- 어머니, 그래도 서운해하지 말아요. 요즘 시어머니랑 누가 살려고 그래요. 모시고 살아주는 것만 해도 다행이라 생각하세요.

그러면 어머니는 당신의 말에 호응해주지 않는 딸에 대한 서운함이 눈초리께로 올라붙었다.

- 모시고 살아? 흥, 빛 좋은 개살구다. 아니 돈 잘 버는 신랑 덕에 호사하면서 시어미 비위도 제대로 못 맞춰? 결혼한 지

몇 년인데 애 낳을 생각은 않고.

시어머니 비위를 못 맞추는 일과 애를 못 낳는다는 일이 어째 같은 기준으로 평가되어야 하는지. 어머니가 트집을 잡는 것은 며느리가 애를 못 낳았다는 것이 며느리를 탐탁잖게 여기는 이유였다.

- 애야 생기면 낳겠죠. 그런 일까지 참견하지 마세요.

나는 가능한 냉정한 시선으로 어머니를 견지했다. 나에게 며느리 흉을 잔뜩 퍼붓고 싶은데 그게 안 되니까 어머니는 나랑 얘기를 한 후에는 꼭 한숨을 쉬며 불평을 늘어놓았다.

- 애지중지 키워 놨더니 지어미 편은 안 들고 생판 남인 올케 편만 드냐?

- 애지중지?

- 내가 너를 어떻게 키웠는데?

- 뭘 어떻게 키워요? 애지중지? 그건 아니잖나?

- 차가운 년. 니 동생은 안 그런다. 어미가 힘들다면 절절매면서 위로를 한다.

- 그럼 승미한테 가서 이야기하지 저한테는 왜 오세요? 어머니는 싫어도 며느리랑 살아야 하는데, 며느리 흉만 보면 어쩌자는 거예요? 그렇게 해서 달라지는 게 뭐가 있어요?

막내가 어머니를 모시고 살기라도 하겠대요? 어차피 어머니는 아들하고 살 거잖아. 그런데 며느리랑 자꾸 어긋나면 어머니만 피곤해지는 거죠. 그만한 며느리도 없어요. 요새 누가 시어머니랑 같이 살아요? 물려줄 재산 하나 없는 집인데.

사실 나도 말끝이 맵다. 그건 자라온 환경 탓일 수 있다. 욕구불만의 시간들이 나를 삐딱하게 자라게 했을지도 모른다. 그럼에도 불구하고 나는 어머니의 불만과 불평이 가정에 미칠 영향을 생각해 언제나 며느리 입장에서 생각했다. 그것이 가정의 평화를 지키는 일이라 생각했다. 그래서 언제나 같은 말을 하는 어머니에게 같은 대답을 하고 마는 것이다. 승규는 지나가듯 나에게 말했다.

- 누나가 중간에서 교통정리를 잘해 주어 고마워요. 어머니 생각이 전하고는 달라요. 서운해하시는 것도 많고.

당연한 일이다. 금쪽같은 내 새끼를 나만큼 사랑하지 않는 며느리가 어찌 이뻐 보일 것인가. 다 큰 아들을 아직도 품 안의 자식으로 여기는 어머니의 간섭이 승규인들 좋기만 할 것인가. 승규도 슬슬 어머니에 대한 마음에 균열이 생기고 있는 것 같았다. 그러다 가끔씩 어머니에게 큰소리를 칠 때도 있었다.

- 어머니, 그건 이 사람 잘못이 아니잖아요.

처음 그 말을 들었을 때 나는 내 귀를 의심했다. 승규가 어머니 앞에서 제 마누라 편을 들다니. 생각도 할 수 없었던 일이었다. 어머니의 눈빛이 떨리면서 손도 바들바들 떨었다. 드디어 바위가 깨지는 순간이었다. 그런데도 그 광경은 평화로워 보였다. 승규에게 절대적 위치였던 어머니가 허물어지는 모습이 오히려 가정의 균형을 지키는 일이 될지도 모른다는 생각을 했는데, 그건 나의 기우였다. 어머니의 한탄은 막내에게 쏟아 부어졌다.

막내는 무조건 어머니 편이었다. 무조건 올케의 행동을 욕했고 때로는 올케와 드잡이를 한 적도 있었다.

- 올케, 어머니 용돈을 왜 그렇게 조금 드려요?

- 얼마나 드려야 하는데요?

- 이십 만 원이 뭐예요?

- 그럼 아가씨가 더 보태드리세요. 아들만 자식인가요?

만만찮은 올케의 대답. 그러면 막내는 제 올케를 잡아먹을 듯이 닦달해대며 으르렁거렸다. 올케의 기세도 등등했다.

- 어머니는 그런 이야기까지 아가씨한테 하는 이유가 뭐에요? 제가 하는 처사가 그렇게 불만이시면 아가씨랑 사시든지요.

올케는 오히려 어머니에게 대들 듯 따졌다. 그러면 어머니는 풀이 푹 죽어서 우물우물했지만, 그건 잠시 잠깐이었다. 막내를 붙잡고 며느리의 온갖 흉을 다 보며 가슴에 응어리진 한풀이를 해댔다. 나는 그런 어머니의 행동이 불만이었다. 좀 어른답게 굴지 않는 어머니의 처사가 늘 짜증스러웠다.

시어머니 이야기가 나오면 올케의 목소리도 높아졌다. 승규는 그런 고부간의 갈등에 부딪힐 때마다 한숨을 쉬었다. 냉정하게 생각하면 어머니의 잘못도 있고 올케의 실수도 있다. 결혼하는 순간부터 아들은 내 아들이 아니며 시어머니는 어디까지나 시어머니였다.

- 내가 니 아버지를 만나 얼마나 고생을 하며 너희들을 키웠는데….

그 뒷말에는 그러니 너희들이 나한테 잘해야 한다는 뜻이 숨어 있었다. 나는 그 말을 할 때마다 차갑게 대답했다.

- 다른 부모들도 다 그렇게 키웠어요. 왜 어머니만 유난스럽게 보상을 받으려고 그러세요?

그러면 팔짱을 끼고 있던 올케의 입매가 살그머니 벌어졌다. 동지를, 아니 응원군을 만난 듯한 표정이었다. 하지만 한 번도 고맙다거나 호의를 드러낸 적이 없었다. 사실 내가 올케를 감싸고 응원하는 이유는 어머니가 아들과 며느리 사이에서 평온하게 사시길 바라는 내 진심이 담겨 있었다. 내가 모실 상황도 못 되고 막내가 모실 수도 없는 처지라면 고생한 어머니를 보상하고 위로하는 건 아들과 며느리밖에 없다는 생각 때문이었다. 그럼에도 불구하고, 어머니는 무조건적으로 당신 말을 들어주기를 바라고 위로받기를 원했다. 그때마다 나는 냉정한 시선을 거두지 않았다. 무조건 어머니의 행동에 딴지를 걸었다. 의도적으로 올케의 편을 들었다는 말이다. 그것은 내 나름의 이성적 판단이었다. 어머니 편을 들면 올케에 대한 어머니의 태도가 더 극성스럽게 왜곡될 거라는 생각 때문이었다. 그런데 이상한 것은 늘 당신 편이 되지 않는 나에 대해 어머니가 집착하기 시작한 것이었다.

나는 그 당시 지방의 소도시에서 살고 있었다. 사는 일이 넉넉잖아서 그러기도 했지만 어머니와 만나는 일을 가능한 멀리했다. 언제나 들어도 뻔한 이야기를 듣고 또 듣고 싶지 않았다. 그래서 서너 시간 차를 타고 가야 하는 친정 내왕을 자주 하지 않았다. 그런데 어머니는 그게 아니었다. 내가 어머니의 뻔한 하소연을 듣기 싫어하는 걸 알면서도 틈만 나면 나에게 말을 걸었다. 일종의 응석 같은 거였다.

- 니 올케가 말이다. 지난주에는 저 혼자만 찜질방을 다녀오더라.

- 어머니도 가고 싶으면 가면 되지, 그런 것까지 사사건건 시비에요? 며느리가 시어머니랑 발가벗고 보고 싶겠어요?

나도 시어머니와 목욕탕에 같이 간 적이 없다. 그건 시누이가 하는 일이다. 그 룰을 나는 어머니에게도 대입했다.

- 니 동생은 나 같은 시어머니만 있으면 업고 다닌다는데?

- 그럼 막내 보고 업고 다니라 하세요. 그러지도 못할 거면서 말만. 그건 어머니 듣기 좋으라고 하는 소리라는 걸 몰라요?

- 그래도 니 동생은 인정스럽잖아.

나는 막내 이야기만 나오면 짜증이 났다. 어쩌자고 대책없이 어머니 비위만 맞추는가. 어머니가 막내의 말에 기가 나서 올케한테 하는 행동이 거칠고 사나워져도 책임질 처지도 아니지 않는가.

- 너는 너무 냉정해. 승규도 많이 변했고….

서운한 눈길을 나에게 보내는 어머니가 조금 애처로워 보이기는 했다. 아들에 대한 서운함이 깊어 보였다. 하지만 나는 태도를 바꾸지 않았다. 그럼에도 불구하고 나에게 하소연을 하고 싶은 어머니의 마음은 변함이 없어서 버스로 서너 시간 걸리는 길을 일주일이 멀다 않고 오셨다. 그러면 집으로 돌아가시는 그날까지 어머니의 불평을 내내 들어야 했다.

- 나는 너한테 이야기하는 게 좋아. 맨날 톡톡 쏘는데도 왜 그런가 몰라.

어머니는 어느 날, 고백하듯 그런 말을 했는데 그런 말을 들으면서도 듣기는 듣되, 나는 냉정함을 잃지 않았다. 그것이 가정을 지키는 가장 이성적인 방법이라 생각하면서.

막내는 말했다.

- 엄마한테는 언니가 기둥이야. 기대고 싶은 거야. 어머니 말 좀 들어줘.

그러면 나는 여전히 냉정하게 말했다.

- 나까지 어머니 얘기를 다 들어주면 올케가 더 힘들어져. 그건 가정의 평화를 위해 옳은 일이 아니야.

내 말에 막내는 언제나 고개를 저었다. 그러면서 그녀 역시 냉정하게 말했다.

- 냉정하게 판단할 수 있어 좋겠다.

그때까지 나는 내가 하는 일이 옳다고 믿었다.

내가 며느리를 얻고 딸을 시집보내고 나자 생각의 틀이

조금 바뀌는 걸 느꼈다. 그렇다고 해서 어머니에 대한 본능적인 애정이 식었다거나 올케에 대한 미움이 갑자기 늘어난 것도 아니었다.

- 며느리는 며느리다. 아들은 며느리의 남편이다.

나는 생각이 흔들릴 때마다 그렇게 중얼거렸다.

나를 닮은 냉정한 딸아이를 볼 때마다 중얼거렸다. 그래, 냉정한 게 감정적인 거보다 훨씬 이성적이야. 그게 평온한 가정을 지키는 데 훨씬 도움이 돼. 라고 생각하며 내 마음을 달랬다. 하지만 내 마음속에서는 어느 사이엔가 어머니에 대한 미안함이 자리 잡기 시작했다. 어머니는 그렇게 말했다.

- 니 말이 옳다. 그런데 꼭 그렇게 말해야 해?

그럴 때 어머니의 목소리에는 물기가 어렸다.

- 제 말이 옳은 줄 알면서 왜 자꾸 며느리 흉을 봐요? 그러지 마요.

그 말을 이제는 내 딸년이 나에게 한다. 자업자득이다. 내가 어머니에게 한 그 매깔스런 말을 내가 듣고 있는 것이다.

- 니 말이 옳다. 그런데….

갑자기 눈시울이 뜨거워진다. 아아, 나는 외로웠다. 나랑 같은 DNA를 가진 살붙이의 위로가 진정 그리운 것이다. 어머니도 외로웠을 것이다. 그래도 가장 기대고 싶은 맏이에게 마음을 얹고 싶었을 것이다. 재봉틀을 돌려 처음 내 옷을 만들어 준…. 그런데 나는 냉정을 가장해 어머니의 가슴에 못 박는 소리를 이성적인 말이라고 번번이 되뇌고 있었던 것이다.

- 엄마, 미안해.

비로소 진정으로, 어머니의 거친 손을 한번 따스하게 만져 주고 싶은 생각이 들었다. 나는 눈물을 거두고 전화기를 들었다. 그러나 어머니가 없다는 사실에 소름이 돋았다. 하지만 어머니가 살아 있다 해도, 오랜 습관처럼 이어지는 어머니의 말을 듣게 되면 가정의 평화를 위해서 나는 또 냉정한 말을 또 지껄일 것이다.

- 어머니, 며느리 잘 얻은 줄 아세요. 그런 며느리가 어디 있다고. 무조건 잘 하세요.

나는 가정의 평화를 수호하는 자다. 그런데 눈물이 흐른다. 나는 딸에게도 어머니가 한 말을 중얼거린다.

- 니 말이 옳다. 그런데….

아, 나는 위로받고 싶은 것이다. 그동안 내가 해온 냉정한 교통정리에 대해 나는 지금에 와서야 조금 후회하고 있다.

나는 아들과 따로 살았다. 아들이 나를 모시고 살려고 하지도 않았지만, 어머니가 겪었던 그 미세한 갈등의 시간 속으로 들어서고 싶지도 않았다. 다행히 혼자 살기에 충분한 아파트가 있고 아직은 건강하니 일을 해서 생활비를 벌어 쓸 수도 있다. 가끔 힘에 부친다 싶은 생각이 들 때도 있지만 자식들한테 아쉬운 소리를 할 자신도 없고 하고 싶지도 않다. 더구나 요즘 세상에 부모를 살뜰히 모시고자 하는 자식이 어디 있는가. 명절과 생일을 제외하고 아들이 주는 용돈을 받아본 적도 없고 달라고 해 본 적도 없다. 생일 때도 밖에서 만나 식사를 하는 정도이다. 친구가 말했다.

- 자식들한테는 죽는시늉도 좀 해야 해. 그런 소리 안 하면 부모가 힘든 줄을 몰라. 나는 당당하게 애들한테 생활비 내놓으라고 해. 딸, 아들 할 것 없이.

나는 친구의 말을 들으며 고개를 저었다.

아들은 한 달에 한 번 정도 왔다. 손자 아이 얼굴만 삐죽 보여주고는 밥만 먹고 갔다. 살가운 말을 기대하는 건 아니지만 늘 서운한 마음이 앙금처럼 남았다. 그럴 때마다 나는 어머니를 떠올렸다.

너의 말이 옳다. 그러나….

어머니가 하던 말이 자꾸만 떠올랐다.

딸아이는 나를 꼭 닮았다.

- 오빠가 같이 살자 할 때 어머니가 싫다고 했잖아요. 그러니 자주 안 온다고 서운해하지 말아요. 정이란 게 서로 부대끼고 마주쳐야 생기는 거잖아요. 어머니는 냉정한 판단을 잘 하시는 분이니까 현명하게 잘 견디실 거예요.

구구절절 옳은 말이다. 틀린 말은 하나도 없다.

아들은 며느리의 남편이다. 며느리는 며느리일 뿐이다.

나 역시.

나는 흐르는 눈물을 닦았다. 불쑥 배가 고팠다. 갑자기 몰려온 허기가 어지러웠다. 주방으로 가서 냉장고 문을 열었다. 냉기 사이에 놓여 있던 계란 두 알을 꺼냈다. 싸늘한 계란을 한참 어루만졌다. 내 손에 싸늘함이 전해졌다.

팬에 기름을 두르고 가스레인지를 켰다. 새파랗게 올라오는 불꽃에 가슴까지 서늘해졌다. 얼마쯤 열기가 느껴졌을 때, 나는 냉기가 가신 계란을 터트렸다. 닭이 품었던 눈물이 주르르 흘렀다.

아라쿠노캄파 루미노사

그곳에 가고 싶다는 그녀의 꿈은 꽤 오래된 것이었다. 그녀의 기억 깊은 곳에 반딧불이에 대한 추억이 있다는 것을 아는 수호는 그녀를 데리고 그곳에 갈 수 없는 형편에 대해 늘 미안한 마음을 가지고 있었다. 그런 마음을 아는지 모르는지, 아내는 늘 같은 표정으로 자신이 해야 할 일을 묵묵히 해내고 있었다. 얼굴조차 찌푸리지 않고 그 일을 해내는 아내를 바라보는 수호의 마음은 결코 편하지 않았다.

그녀가 하루 종일 하는 일은 노인의 식사 시중과 대소변을 처리하는 것이었다. 고약한 냄새가 진동하는 노인의 욕창을 치료할 때는 아예 마스크를 하고 숨을 참아가며 했다. 노인은 엄살에 가까울 정도로 끙끙 앓는 소리를 했다. 냄새나는 똥을 치우는 아내를 향해서도 살살 다루지 않는다고 짜증을 냈다.

"이년아, 아파. 살살해."

염치가 있다면 민망해서라도 그런 소리를 할 수 없으련만, 어머니는 자리에 누워 꼼짝을 하지 못하는 이후로 짜증만 늘었다. 자신을 낳아준 어머니라 해도 그런 소리를 할 땐 아내를 제대로 쳐다볼 수 없었다.

"어이구, 제발 가만히 좀 계세요. 자꾸 그렇게 움직이시면 똥이 손에 묻잖아요."

아내도 가끔씩은 화를 냈다. 얼핏 보기에 아내는 무던했지만 속까지 그런 건 아니었다. 본인 자신도 환갑을 넘긴 처지에, 팔십 넘은 노모의 뒷수발을 하는 처지가 탐탁할 리 없을 터였다. 늘 이맛살을 찌푸리고 있지만 그래도 노인을 요양원에 보내지 않고 보살피고 있다는 것만으로도 아내에게 감사해야 했다. 노인의 몸뚱이는 여기저기 기능을 상실하며 죽어가고 있는데 정신만 또렷한 것도 견디어내기 힘든 상황이었다. 차라리 치매노인을 돌보는 것이 나을 듯했다.

"난 죽어도 요양원엔 안 간다."

잊을 만하면 내뱉는 어머니의 그 말을 들을 때 아내의

표정은 이루 표현할 수 없을 만큼 복잡했다. 장모를 요양원에 입원시킨 일만으로도 그녀의 심정은 꽤나 복잡할 것이었다. 처남댁은 노인 수발을 해야 한다면 이혼을 불사하겠다고 펄펄 뛰었다. 요양원으로 끌려가다시피 떠난 장모는 그날부터 입을 닫고 눈길을 거두었다.

뭐 드시고 싶으세요? 어디 편찮으신 데는 없나요? 소화는 잘 되세요? 보고 싶은 사람은 없나요?

상냥하고 친절한 간병인이 그 어떤 질문을 퍼부어도 장모는 입을 닫고 먼 산만 바라보았다. 가끔씩 찾아가 뵙는 장모는 나날이 쇠약해져 갔다. 마치 오랜 세월 풍파에 시달린 낡은 나무 의자 같았다.

"잘 가셨수, 복도 많지."

장모는 가끔 혼자 중얼거렸다. 그 말이 누구에게 하는 말인지는 모두 알았다. 그 말을 할 때 장모의 목소리에는 물기가 흥건했다. 하지만 그 누구도 못 들은 척 먼 산을 바라보았다.

아내는 올케의 처사에 펄펄 뛰었지만, 어머니를 모시지 않는다고 해서 이혼을 부추길 수는 없는 노릇이었다. 처남에게는 어린 아들이 둘이나 있었다. 그들은 그들의 방식대로 삶을 영위해가려는 것뿐이었다. 그렇게 냉정하게 생각할 수 있는 것은 수호 자신도 그와 다르지 않은 상황이 곧 펼쳐지리라는 것을 알고 있기 때문이었다.

"나쁜 년, 제 어미 같음 저렇게 했겠어?"

아내는 이를 악물고 올케에 대한 반감을 드러냈지만, 그녀 역시 제 어미를 모시겠다는 말은 할 수 없었다.

팔팔하던 팔순 노모가 어느 날 아침, 목욕탕에서 쓰러졌다. 노모는 그 길로 몸을 쓰지 못했다. 아내가 노모를 병원으로 급히 모셨으나 이미 때가 늦었다 했다. 그때부터 아내의 생활이 엉키기 시작했다.

그렇게 되기 전, 그녀는 일주일에 세 번 장모를 보러 다녔다. 갈 때마다 올케에 대한 불평이 늘었다. 그래서인가, 노모에게 하는 정성은 꽤나 진실해 보였다. 하루 세끼 더운밥을 지어 상을 차리는 일이나 하루 서너 번의 똥 기저귀를 가는 일도 묵묵히 해냈다. 어머니는 먹는 것에 한이 들린 사람처럼 아구아구 먹어댔다. 먹은 만큼 배설도 많았다. 노인네의 똥 냄새는 너무 지독해서 머리가 흔들릴 지경이었다.

아내 앞에서 형을 욕하기 시작한 것도 그즈음이었다. 맏아들이 한 게 뭐 있어, 죽은 조상 제사만 지내면 다야? 일부러 아내 들으라고 목청을 높이기도 했다. 하지만 아내는 그런 일에 별로 반응을 보이지 않았다. 좋다거나 싫다거나, 짜증이 난다거나 화가 난다거나, 이혼을 하자거나, 요양원으로 시모를 보내자거나 하는 따위의 말도 일절 하지 않았다. 수호는 그런 아내가 오히려 무서웠고 슬그머니 미안했고 또 화가 나기도 했다. 도통 아내의 속을 알 수 없기 때문이었다.

"나한테서 똥 냄새 나요?"

아내는 가끔 그렇게 물었다. 당연히 아니라고 했다. 그건 비굴한 타협이었다. 슬그머니 아내의 손을 잡고 그윽하게 바라보는 일이 수호가 하는 일의 전부였지만, 아내는 손을 잡기 무섭게 수호의 손을 밀어냈다. 차라리 팔팔 뛰기라도 했으면 덜 무서웠을 것이다. 아내의 표정 없는 그런 반응이 얼음보다 차갑게 느껴졌다.

그러던 아내가 어느 날 뜬금없이 말했다.

"뉴질랜드에 반딧불이 동굴이 있대요. 거기 가보고 싶어요."

수호는 아내의 말을 듣고 당황스러웠다. 뭐 뉴질랜드? 해외여행이라고는 동남아 3박 5일 다녀온 것이 전부인 형편에 뉴질랜드? 아내를 낯설게 바라보았다. 아내의 저의를 알 수 없었기 때문이었다. 더구나 하루 24시간 눈을 뗄 수 없는 노모를 모시고 사는 처지에 해외여행? 그것도 뉴질랜드까지? 어떤 말도 가볍게 내뱉을 수 없는 처지임에도 머릿속에는 수많은 말들이 뒹굴뒹굴 굴러다녔다.

어머니는 어쩌고? 당신 제정신이야? 여행경비는? 동남아 다녀오는 거랑은 차원이 달라. 비행기는 또 얼마나 오래 타야 하는 줄 알아? 왜 뉴질랜드를 꼭 가야 해? 날씨도 우리나라랑 정반대라고.

수호는 여행을 갈 수 없는 합당한 이유를 찾기 위해 열을 올렸다. 아내가 속을 들여다본 듯이 덤덤하게 말했다.

"아가씨한테 어머니 며칠 돌봐달라고 하면 안 될까요? 동굴 속에 있다는 그 반딧불이를 꼭 보고 싶어요."

눈길을 저 멀리에다 두고 반딧불이를 상상하는 아내는 자칫 아름다워 보였다.

이혜령, 그녀를 처음 보았을 때 수호는 가슴이 뛰었다. 그녀에게 푹 빠졌다. 그녀 역시 수호에게 푹 빠졌다. 둘은 전생에서 이어진 인연처럼 틈만 나면 만났다. 데이트를 할 때는 일부러 으슥하고 어두운 골목을 찾았다. 어쩜 당연한 일이었다. 서로를 탐하는 일은 어둠 속에서 진실해졌다. 친구들과

일박 이일 여행을 가서도 친구들 눈을 피해 개울가 으슥한 자리로 숨어들었다. 미친 듯이 키스를 나눌 때 반딧불이가 날았다. 어둠 속에서 빛나는 반딧불이의 불빛에 잠시 그녀의 얼굴이 아름다웠다. 밤하늘을 수놓는 반딧불이를 보며 그녀는 탄성을 질렀다. 그것이 벌레인 줄도 모르고.

"너무 아름다워요. 마치 움직이는 별빛 같아요."

그녀는 반딧불이의 불빛을 따라 다니며 즐거워하였다. 첫 키스의 감미로움에 빠진 그녀가 사랑스러웠다. 그러다 우연히 반딧불이 한 마리가 그녀의 손에 떨어졌는데 그걸 본 이후에 그녀는 자지러지게 비명을 질렀다. 아아아악!

밤하늘을 수놓는 환상의 불빛이 한갓 벌레의 춤이라는 걸 안 그녀는 한동안 몸을 옹그리고 살았다. 그러다가 스스로 반딧불이에 대한 두려움을 떨쳤는지 다시 반딧불이에 대한 환상을 갖기 시작했다. 그것은 삶에도 영향을 미쳤다. 수호는 그런 그녀의 태도에 안도했다. 여름밤에는 일부러 냇가에 가서 그들의 비행을 보며 즐거워했다. 그러나 그런 것은 신혼 시절의 이야기였다. 환상이 현실이 된 후로 아내는 반딧불이 이야기를 하지 않았다. 사는 일에 바빠서 그녀나 수호나 저녁이나 되어야 만날 수 있는 고단한 인생이었다. 그러던 그녀가 어쩌다 반딧불을 기억해 낸 걸까? 반딧불이의 추억이 30년이나 지난 시점에.

수호는 지난달 정년퇴임을 했다. 말이 좋아 정년퇴임이지 박봉의 우편배달부로 평생을 살았다. 도시의 골목골목을 누비고 다녔다. 그렇게 살아온 일이 후회스러울 건 없지만, 그래도 달아난 세월이 다소 쓸쓸하기는 했다. 눈 속에 담긴 세월이 신기루처럼 흔들거렸다. 인생이 허망하다는 생각을 떨쳐 버리고 싶어 뭔가 즐거운 자극이 될 만한 것을 찾고 있었다. 마침 아내가 환갑을 맞이한 해이기도 해서 수호는 아내에게 모처럼 인심 쓸 생각으로 물었다.

"우리, 여행이나 갈까?"

"여행요? 어디로요?"

아내의 눈에 모처럼 생기가 차올랐다.

"말만 해. 내가 당신 원하는 거 다 사줄게. 갖고 싶은 거 있으면 말해, 뭘 해 줄까?"

그런 허세를 부린 건 어머니를 돌보는 아내에 대한 미안함 때문일 수도 있었다.

"맨날 말은. 됐네요."

아내는 수호의 말을 귓등으로 흘려들으며 시선을 딴 데로 돌렸다.

“빈말이 아니야. 당신 원하는 거 해줄 수 있어.”

수호는 시큰둥해하는 아내의 마음을 돌릴 양으로 목소리를 높였다. 말로만 아내에게 선심을 쓰려는 것이 아님을 증명이라도 하려는 듯이. 하지만 솔직히 아내가 무슨 말을 할지 불안했다.

“정말이죠?”

아내가 바짝 다가와 수호의 눈을 들여다보며 다짐하듯 말했다.

“그럼.”

수호는 조금 과장되게 입매를 끌어올리며 아내를 바라봤다.

“그럼 우리 뉴질랜드 가요.”

마치 오래전부터 작정했던 말을 뱉듯 아내는 거침없이 말했다. 수호는 순간 멈칫했다.

“뉴, 뉴질랜드?”

“지난번에 얘기했잖아요. 거기 가고 싶다고.”

아내는 수호의 눈을 똑바로 바라보며 또박또박 말했다. 한 번 마음먹으면 번복하지 않는 아내의 고집이 느껴졌다.

“하지만 그건 어려운 일이잖아. 병든 어머니를 두고 어찌 떠나나."

수호는 가능한 부드러운 목소리로 아내를 달래듯 말했다. 아내의 눈빛에 서운한 기색이 감돌더니 도끼눈이 되어서는 쏘아댔다.

"거 봐, 또 말뿐이지. 립 서비스! 평생!"

아내의 그 말에는 아내가 품어온 수호에 대한 불만이 그대로 녹아 있었다.

"그, 그게 아니라 병든 어머니를 두고 어찌…."

"그 소리 지긋지긋해! 나도 이젠 지쳤다구요. 벌써 몇 년째에요? 요양원 있는 엄마한테 못 가 본 지가 벌써 한 달이 넘었다구요!"

아내는 늘 가슴속에 폭탄을 하나 품고 있다가 기회만 되면 핀을 뽑았다. 사실 미안하기는 하다. 장모님 간병은 간병인을 두는 수밖에 방법이 없었다. 아내는 그것이 늘 불만이었다.

"그렇다고 어찌 어머니를 두고 …."

어머니는 핑계일 수도 있었다. 돈이 없어서라고 말하기에는 자존심이 상하는 탓이다.

"우리도 간병인 며칠 씁시다. 안될 일도 아니잖아요. 내 나이도 환갑이 넘었다구요. 나도 쉬고 싶다고요!"

아내는 몹시 화가 나서 전에 없이 씩씩거리며 숨을 몰아쉬었다. 수호는 시선 둘 데를 못 찾고 서성거리다가 슬그머니 아내의 손을 잡았다. 때로는 말보다 손으로 전하는 마음이 더 진실할 수도 있겠다 싶어서였다. 하지만 아내는 징그러운 벌레가 닿은 듯이 매몰차게 수호의 손을 털어냈다.

"알았어, 알았다고. 방법을 찾아보자."

아내의 마음을 더 이상 몰라라 할 수 없었다. 그대로 모른 척했다가는 이혼을 하자고 덤빌지도 모른다. 속으로 한숨을 삼키며 수호는 아내의 손을 다시 꼭 쥐었다.

퇴직금으로 아파트 대출금을 갚고 나니 통장이 헐렁해졌다. 빚만 없어도 살 것 같아 대출금을 갚고 한숨 돌리는 듯했지만 또 뭔가 일자리를 찾아야 노모의 병원비와 생활비를 댈 수 있을 것이었다. 그런 차에 아내의 요구는 당황스러웠다. 뉴질랜드라니. 하지만 아내의 요구를 더 이상 묵살할 용기도 없었다. 아내는 그렇게라도 여행을 떠나지 않으면 터져버릴 것만 같았다.

"갑시다, 뉴질랜드!"

며칠을 고민한 끝에 수호는 용기를 내어 말했다. 사실 가슴은 뜨끔거렸다. 아내의 눈이 휘둥그레지고 입이 귀에 걸렸다.

"어떻게요?"

"당신 환갑 때 아무것도 못해줬는데 이번에 눈 딱 감고 뉴질랜드 갑시다."

아내의 행복한 눈빛을 보고 수호는 자신이 피를 흘려도 감당해야 한다고 생각했다.

"어, 어머니는요?"

그 말을 할 때 아내의 눈빛이 조금 흔들렸다.

"간병인 한 사람 구하고 경애더러 좀 들여다보라 하지 뭐."

그 말에 아내는 아주 양순한 처녀처럼 볼까지 발그레해지며 즐거워했다. 이혜령이 거기에 있었다. 수호는 이번 여행에 아내의 이름을 불러주기로 마음먹었다. 아내는 당장 뉴질랜드 여행 안내서를 사 오더니 탐독하기 시작했다. 어차피 패키지여행으로 갈 건데 무에 그리 자세히 들여다보고 있는지….

"밀포드 사운드 가는 길이 그리 아름답대요. 비가 오면 순식간에 수십 개의 폭포가 생겨 장관을 이룬대요."

"혜령아, 이번 여행은 평생 정말 잊을 수 없는 멋진 여행이 되도록 해줄게.”

수호의 그 말에 그녀가 배시시 웃었다.

“아, 내 이름이 혜령이었구나. 호호호.”

아내는 그날부터 꿈꾸는 소녀가 됐다. 수호는 뉴질랜드 여행을 가자고 한 순간부터 경비며 용돈을 마련하느라 주유소 알바를 밤늦게까지 했다. 아내는 잔뜩 들떠서 가방을 싸느라 분주했지만 그래도 떠나기 전날까지 어머니를 모시는 일에 정성을 다했다. 어쩜 마음속에 숨어있던 천사가 나온 건 아닐까 싶은 생각까지도 들었다.

10시간 넘게 비행기를 타고 허공을 날았다. 좁은 좌석 때문에 오금이 저렸지만 혜령은 그런 건 아무래도 좋은 모양이었다. 졸다가 눈 뜨면 식사가 나오고, 사육되는 동물처럼 꾸역꾸역 먹고, 커피로 입가심하고 영화 한 편 보다가 또 졸았다. 몸이 배배 꼬였다. 슬쩍 짜증이 치밀어 올랐지만 꾹 참았다. 평생 믿고 살아준 아내에 대한 봉사라고 생각했다.

오클랜드 공항에서 만난 여행 가이드는 열두 명의 일행을 둘러보며 나름 신상 파악을 하는 듯했다. 어머니를 모시고 온 아가씨와 친구끼리 온 삼십 대의 여인 다섯, 부부인지 아닌지 모를 중년의 남녀, 이십대의 아가씨 둘, 그리고 수호와 아내가 여행 멤버였다. 수호는 긴 비행 때문에 몹시 지쳤다. 여행경비 마련을 위해 알바를 무리하게 한 여파도 있는 것 같았다. 수호는 건성 따라다니며 건성 가이드의 말을 들었다.

밀포드 사운드로 가는 길에도 수호는 졸았다. 잠시 꿈인 듯 어머니의 얼굴이 보였다. 최고의 드라이브 코스로 꼽힌다는 밀포드로 가는 길에 비가 내렸다. 운무가 끼어 산의 형체도, 숲의 형체도 흐릿했다. 어찌 보면 산수화의 절경으로 볼 수도 있는 그 풍경이 졸음을 이겨내지 못한 수호에게는 몽롱하기만 하였다.

"여러분은 아주 운이 좋은 손님들이십니다. 아마 전생에 나라를 구한 분들이었을 거예요. 밀포드의 이런 풍경은 가이드인 저도 몇 번 만나지 못한 비경입니다. 밖을 보세요. 산의 골짜기 골짜기마다에 폭포가 생겼잖아요."

과연 그랬다. 까마득한 산꼭대기에서 셀 수 없을 만큼의 폭포들이 생겨나 허연 물줄기를 쏟아내고 있었다. 껌벅거리며 졸다 밖을 내다보는 수호를 혜령이 툭, 치며 신경질을 냈다.

"혜령아, 미안해."

수호는 얼른 자세를 고쳐 앉았다. 이번 여행에서는 아내를 혜령으로 돌려놓고 싶은 생각에 틈만 나면 그녀의 이름을 불러주기로 마음먹었다. 아내도 싫어하는 기색은 아니었다. 하지만 환호성을 지르며 여행의 재미에 푹 빠진 일행들을 보며 수호는 오히려 어머니가 걱정됐다. 여동생 경애를 불러다 놓았지만 미덥지 않았다. 툴툴대는 경애의 속마음은 여행 떠나는 올케가 마뜩잖을 것이었다. 혜령은 그런 걱정 따위는 관심도 없는 듯, 여행 내내 소녀처럼 들떠있었다. 크루즈를 탈 때도 수호는 꾸벅꾸벅 졸았다.

"어마어마, 저것 좀 봐요. 백조가 흑조랑 같이 있어요. 옴마야, 저 폭포 좀 봐요. 기가 막히지 않아요?"

수호는 졸면서도 들뜬 혜령의 장단을 맞추느라 웃다가 고개를 끄덕이기도 하고 손뼉을 치기도 하고 건성 응응, 하고 대꾸를 하기도 했다.

그날은 밀포드 다녀오는 일로 하루가 다 갔다. 숙소가 있는 퀸스타운으로 돌아왔을 때 비는 그치고 해가 지고 있었다.

"내일은 드디어 와이토모 동굴에 간대요."

잠자리에 들면서 혜령이 한 말이었다.

"와이토모?"

기대에 찬 혜령의 말에 비해 수호의 목소리는 지쳐 있었다.

"반딧불이 동굴 말이에요. 아아. 드디어 보러 가는군요. 어둠 속에서 빛나는 불빛이 얼마나 아름다울까요."

혜령의 어디에 숨어 있던 감성이 저리 폭발적으로 쏟아져 나오는지, 수호는 혜령의 행복한 얼굴을 보며 몹시 낯설었다. 수호는 저녁을 먹고 일찍 잠든 혜령을 한참 바라보다가 거리로 나왔다. 낮에 많이 졸아서인지 잠은 오지 않았다. 거리를 어슬렁거리다가 이곳에서 유명하다는 와인 '쇼비뇽 블랑'을 한 병 사서 혼자 다 마셨다. 마음이 둥둥 떠서 불안했다. 어머니 얼굴이 자꾸만 어른거렸다. 취해서 푹 자고 싶었지만 그도 쉽지 않았다. 밤새 비몽사몽, 뒤숭숭한 꿈을 꾸다 말다 했다. 이미 지친 몸으로 나선 열흘의 일정이 수호에게는 고행이었다.

며칠 사이 친숙해진 가이드는 그새 일행들의 신상을 다 파악한 듯했다. 적당히 농담도 하고 장난도 치며 지루한 느낌이 들지 않도록 애쓰는 모습이 성실한 가이드다웠다.

"와이토모 동굴은 석회동굴입니다. 이곳은 원주민인 마오리족들이 관리하는 지역으로 뉴질랜드는 그들에게 이

지역의 자치권을 주었습니다. 그래서 이곳에서 생기는 관광 수입은 그들의 주 수입원이 됩니다. 동굴 관리 외에 번지 점프를 하는 곳도 마오리족들이 관리를 하지요. 타우포가 유명합니다."

지난밤 마신 와인의 취기가 가시지 않았으므로 수호에게는 가이드의 말도 웅웅거리는 소음일 뿐이었다. 모든 게 귀찮았다. 어디 가서 벌렁 누워서 잠이나 실컷 자고 싶었다. 입 밖으로 낼 수 없는 그 말이 목까지 차올랐다.

동굴로 들어가기 전, 마오리족 남자들의 위협적인 민속공연을 보았다. 싸우자고 덤비는 전사들 같았다. 어쩜 그들은 전사일지도 모른다. 인생을 걸고, 목숨을 걸고 그들이 지켜냈을 자치권은 전사들이 거둔 소득일지 모른다. 생의 투쟁에서 이긴 그들의 호전적인 모습이 무척 용맹스러워 보였다.

갖가지 기념품 파는 가게를 지나서 암흑의 동굴 탐험이 시작됐다. 눅눅하고 어두운 동굴로 들어서자 차라리 다행이다 싶었다. 길이 편편하고 어두우니 눈이 훨씬 덜 피로했다.

"이곳에서는 침묵을 지켜야 합니다. 절대 소리를 내어선 안 됩니다. 여러분들이 반딧불이로 알고 오신 글로우 웜은 소리와 빛에 아주 민감한 생물입니다."

글로우 웜? 처음 듣는 그 단어가 당연 낯설었다. 수호는 반쯤 감았던 눈을 뜨고 가이드를 바라보았다. 희미한 불빛 아래서 그가 아주 조용한 목소리로 주의사항을 이야기하고 있었다.

"이 동굴을 한 바퀴 도는 배도 무동력선입니다. 동굴 내에 밧줄로 이어진 길을 손으로 더듬어 따라갑니다. 절대 정숙, 여기서부터는 절대 침묵입니다."

그의 말에 사람들의 목소리도 사라지고 발소리도 조심스러워졌다. 마치 주인의 주문대로 움직이는 로봇 같았다. 어둠을 더듬어 자그마한 목선에 몸을 실었을 때는 눅눅한 물냄새가 훅 끼쳐왔다. 수호는 눈을 크게 떴다. 혜령은 낯선 어둠이 두려운지 슬그머니 수호의 손을 잡았다. 캄캄한 어둠 속에서 배가 물을 밀고 나가는 소리만 조용하게 들렸다. 천장에서 물방울 떨어지는 소리가 텀벙, 하고 크게 울렸다.

수호는 눈을 감고 있는 거나 다름없는 어둠 속에서 조용히 눈을 감았다. 물을 미는 목선의 움직임이 아주 조용하게 느껴졌다. 물에 오래 잠겨있는 나무 냄새도 났다. 그때였다. 보이지는 않으나, 여기저기서 낮은 탄성이 조심스럽게 흘러나왔다.

"야아… 우와…."

눈을 떴다. 놀라운 광경이 눈앞에 펼쳐졌다. 캄캄한 동굴 천장 벽에 수많은 별들이 반짝이고 있었다. 은하수 같았다. 천장 빼곡하게 빛나는 빛의 띠는 아름다운 은하수와 다르지 않았다. 얼굴도 보이지 않는 마오리족 처녀 사공은 여전히 조용히 줄을 잡고 배를 밀고 있었다. 캄캄한 동굴 속의 물길을 그녀는 몸으로 익힌 것 같았다. 아무것도 보이지 않는, 물소리만 들리는 그 어두운 행로를, 그녀는 손으로 밧줄을 잡아 길을 더듬었다. 그것은 아무것도 알 수 없는 인생의 미로를 걷는 것과 비슷하게 느껴졌다. 관광객들은 빛나는 천장을 쳐다보느라 정신이 없었다. 아름다운 밤하늘이 거기 펼쳐져 있었다. 혜령은 흥분해서 수호의 손을 더욱 힘주어 잡았다. 감미롭던 첫 키스의 기억이 아련하게 떠올랐다.

수호도 천장을 똑바로 올려다봤다. 반짝반짝, 빛나는 형광빛들이 더할 수 없이 아름다웠다. 수호는 혜령의 작은 어깨를 조용히 힘주어 안았다. 아마, 10여 분 정도였을 것이다. 어둠이 걷히고 아름답던 별빛이 사라지고 푸르른 숲의 색깔이 시야에 들어올 때까지의 시간이.

햇살 아래로 나오자 가이드가 손차양을 하며 말했다.

"다시 말하지만, 지금 여러분이 보고 나온 건 반딧불이가 아닙니다. 글로우 웜이라고 합니다. 한국에서 오신 분들이 자꾸 반딧불이로 부르시는데 한국의 반딧불이와는 전혀 다른 종입니다. 천장에 빛나는 것은 유충들이 내뿜는 물질입니다. 그런데 재미있는 것이 이 곤충은 성충이 되면 입이 없어진다는 겁니다."

"예에? 입이 없어져요?"

혜령이 놀라서 눈을 동그랗게 뜨며 가이드를 바라봤다.

"네, 성충이 되면 날개가 생기면서 입이 없어집니다."

"그러면 먹이는 어떻게 먹나요?"

떨리는 혜령의 목소리에 물기가 느껴졌다.

"입이 없는데 어찌 먹을 수 있겠습니까. 그냥 그렇게 굶어 죽는 거지요."

"어머나…."

여자들의 낮은 신음이 따뜻하게 들렸다.

"아사하기 직전 며칠 동안 짝짓기를 하고, 알을 낳은 후에는 대부분 유충이 내뿜는 끈적한 물질에 걸려 유충의 먹이가 되어 삶을 마감합니다. 완전한 자유를 누리는 기간, 즉 날개를 갖고 사는 기간은 불과 3일에 불과합니다."

가이드의 말에 혜령은 큰 충격을 받은 듯했다. 떨리는 음성으로, 불과 3일…이라는 말을 조용히 중얼거렸다. 날개를 얻는 대가로 입을 잃는다는 말에 혜령은 멍하니 가이드를 바라보았다. 수호 역시 그랬다. 수호 역시 혜령만큼 충격이었다. 날개를 얻는 대신 입을 잃는다…. 죽음의 정적 같은 동굴 속에, 거의 움직이지 않고 천장에 매달려 있는 야광벌레의 일생이 혜령을 적잖이 놀라게 하고 있었다. 그 벌레의 존재 확인은 불빛뿐이었다.

"야광벌레 글로우 웜은 아사 직전 천장에 알을 낳습니다. 알은 어둠 속에서 약 7개월간 유충 상태로 사는데, 그 기간 동안은 거의 움직이지 않습니다. 입에서 끈적한 긴 실을 뽑아낸 후 늘어트려 여기에 걸린 곤충들을 잡아먹고 삽니다. 번데기 기간을 거칠 때까지 그렇게 살다가 비로소 날개를 갖게 되지만, 날개를 갖는 순간 입이 없어지는 거죠."

가이드는 모든 여행객들에게 했을 그 말을 덤덤하게 말했지만 그 말을 듣고 난 혜령의 표정은 심각하리만치 두려워 보였다.

"글로우 웜… 날개를 갖는 순간 입이 없어진다고요…."

혜령의 눈매가 촉촉해졌다. 가이드의 그 말이 큰 충격인 것 같았다.

"정식 이름은 아라쿠노캄파 루미노사. 세계 각국에서 연간 40만 명이 글로우 웜의 빛을 보기 위해 이곳을 찾습니다."

"아라쿠노캄파 루미노사?"

혜령이 되풀이하듯 따라 했다. 그가 또박또박, 한 글자씩 다시 힘주어 말했다.

"아, 라, 쿠, 노, 캄, 파, 루, 미, 노, 사."

"아라쿠노캄파 루미노사?"

난생 처음 듣는 이름이었다. 그 동굴에 사는 빛을 내는 유충을 혜령은 반딧불이라 불렀다. 아름다운 추억으로 간직된 반딧불이에 대한 기억으로 그리 불렀으리라. 동굴 속 천장에 몸을 밀착한 채 거의 움직이지 않고 생존하는 그 유충은, 보이지 않는 상황에서는 더없이 아름다웠다. 실체에 대한 직시가 아닌 우리가 갖는 환상이었다. 극한의 상황에서 생존하는 그것들은 조용히 촉수를 뻗어 끈적끈적한 액체를 실 늘어트리듯 허공에 늘어트리고 먹이를 유인한다. 약간의 바람과 공기 중에 떠도는 작은 벌레들을 잡아먹고 사는 그 벌레 또한 끈끈이주걱 같은 어둠 속에서, 별빛처럼 빛나는 건 그들이 짝을 찾고 먹이를 유인하기 위해 내뿜는 생존의 빛살일 뿐이다….

수호도 글로우 웜의 일생을 듣고 놀랐지만 혜령의 충격은 대단히 큰 것이었다. 소녀처럼 발랄하던 혜령은 글로우 웜의 일생을 듣고 나서는 말수가 줄었다. 혜령은 오클랜드 공항에서 다시 한국행 비행기를 탈 때까지도 뭔가 골똘하게 생각에 빠져 있었다. 그러다 불쑥 물었다.

"아까, 글로우 웜의 다른 이름이 뭐라 했죠?"

"아라쿠노 뭐라 했던 것 같은데?"

"정확히요."

혜령은 신경질적으로 말했다.

"정확히는 모르지. 건성 들었는데. 아라쿠나 캄파?"

혜령은 수호에게서 고개를 돌리고 한숨을 내쉬었다. 한국으로 돌아와 집에 도착할 때까지 말 한마디 하지 않았다. 혜령은 한국으로 돌아오자 아내로 돌아갔다.

아내가 어머니께 인사를 드리러 방으로 들어가자 곧 어머니의 노여운 목소리가 들려왔다.

"늙으면 죽어야지, 살아 뭐하누."

병든 자신을 두고 아들 내외가 해외여행을 갔다 왔다는 사실에 어머니는 몹시 화가 나신 것 같았다. 계속해서 떠드는 어머니는 아직 날개가 생길 때가 아닌 것 같았다. 입을 닫은 장모의 얼굴이 자꾸 떠올랐다.

두 어머니는 우리를 키우기 위해 질곡의 세월을 견뎠다. 그런 공통의 슬픔이 사돈지간임에도 불구하고 두 사람을 가깝게 했다. 남편을 앞세운 것도, 가난한 삶을 살아온 것도 비슷해서 두 어머니는 종종 만나면 하루해가 모자랐다. 두 어머니 사이를 모르는 사람들이 보면 친자매라 여길 만큼 살갑게 보였다. 그러나 두 어머니의 대화법은 아주 달랐다. 어머니는 입을 여는 순간부터 팔자타령이 이어졌다. 내가 지지리도 복이 없어서 못난 서방 만나 죽을 고생하다가… 할 말, 안 할 말 가리지 않고 떠들어대는 어머니의 단골 레퍼토리는 마지막에 손자 타령으로 이어지고 그 말을 할 때는 꼭 눈을 흘기고 아내를 돌아봤다. 그럴 때마다 아내는 주눅이 들었다. 그래도 장모는 다행히 입이 무거웠다. 그게 고마웠다. 미안하기도 했다. 손자를 못 낳은 딸의 험담에도 장모는 의연했고 말을 아꼈다.

딸만 둘 낳은 며느리를 향한 서운함이 어머니에게는 있었다. 그래서 입만 떨어지면 손자 하나 낳지 못한 원망이 이어졌다. 수호는 그런 어머니가 정말 싫었다. 그런 어머니로 인해 아내에게 늘 당당할 수가 없었고 늘 죄인처럼 눈치를 보며 살아야 했다. 그런 중에 아내가 가진 반딧불이에 대한 환상은 그녀를 견디게 해주었다. 그것이 벌레가 아니라 하늘에서 내려온 불빛의 요정이기라도 한 듯이 그녀가 가졌던 꿈, 그것이 그녀를 견디게 한 힘이었을 것이다.

그들의 이름이,

아라쿠노 캄비오노사, 인지

아라쿠 노캄파오, 노사, 인지

아라 쿠노 캄비오 루미노사, 인지 정확히 모른다. 뭐, 그리 애써 알려고 할 일도 아니다. 수호의 입장에서는 그렇다는 이야기다. 하지만 아내는 달랐다.

아내는 그날 저녁 내내 컴퓨터를 뒤지기 시작했다. 확실하지 않은 학명을 가지고 글로우 웜에 대한 모든 것을 찾아 헤매는 것 같았다. 그러나 그녀가 하루 종일 컴퓨터를 뒤져 찾아낸 것은 정확한 학명뿐이었다. 아라쿠노캄파 루미노사. 그것만으로도 아내의 표정은 진지하기 그지없었다.

"생긴 건 너무 볼품이 없군요."

우리가 그 동굴에서보지 못했던 아라쿠노캄파 루미노사의

실체는 그저 실지렁이 같은 형상을 가진 벌레일 뿐이었다. 아라쿠노캄파 루미노사의 사진을 본 아내의 눈빛은 잠시 낙담한 듯 실망스러워 보였지만, 곧 마음을 추스르듯 한마디 했다.

"인생인들 다르겠어요. 우리가 가진 환상이."

그렇게 덤덤하게 말하는 그녀는 마치 큰 깨달음을 얻은 승려 같았다. 밤늦도록 거실에 앉아, 그토록 좋아하던 텔레비전을 켜지도 않은 채 중얼거렸다.

아라쿠노캄파 루미노사.

수호는 맘속으로 혼자 중얼거렸다.

"그래, 인생에 대한 환상도 우리가 보고 온 벌레와 다를 것이 없지. 우리가 만든 환상인 거지. 지치지 않으려고, 견디어 내려고."

아라쿠노캄파 루미노사.

이제 그녀는 글로우 웜의 학명을 정확히 말했다. 그것은 글로우 웜의 생을 정확히 인지했다는 뜻이었다.

동굴을 탈출하듯 여행을 떠나기로 했던 아내는 돌아온 후 입을 닫았다. 환갑이라는 핑계로, 그동안 힘들었다는 핑계로, 더 이상은 견디기 힘들다는 핑계로 떠날 이유를 만들기에 바빴던 그녀는 마치 다른 사람이 된 것처럼 변했다. 우두망찰의 깨우침이 그녀를 달라지게 한 것 같았다.

장모가 입원해 있던 요양원에서 비보가 날아든 건 며칠 후였다. 아내는 넋이 나간 듯 앉아 있다가 유령처럼 집을 나섰다. 수호는 자석에 이끌린 듯 아내를 따라나섰다. 처남이 눈이 퉁퉁 부은 채로 우리를 맞았지만 처남댁은 보이지 않았다.

생에 대한 단정은 금물이다.

생이 아름답다거나 혹은 비참하다거나, 절망의 늪이라거나 찬란한 축복의 시간이라거나.

파이를 깨물면 파이의 결들이 파사삭 부서진다. 결결의 층이 모여, 수천수만의 결이 모여 한 조각의 파이가 되듯. 그럼에도 불구하고 먹는 것만큼이나 흘리는 것이 많은 파이 조각.

피곤하고 우울하고 때로는 짜증스러운 생의 조각들일지라도 그것이 한마디의 말로 정의될 수는 없는 것이다.

날개를 갖는 순간 입을 잃어버리는 슬픈 생존의 틀 속에서도 생은 경건하다. 아내는 장모의 시신을 만지면서 울지도 않았다. 살아있는 어머니를 바라보는 듯 따스한 눈길이었다.

"엄마, 이제 편히 쉬세요. 엄마에게 생긴 날개로 훨훨 날아가세요."

약간 물기가 느껴지는 목소리로 작별 인사를 한 아내는 영안실을 나와 바로 화장실로 들어갔다. 그녀가 그곳에서 수도꼭지를 틀어두고 울었을지 아니 울었을지 나는 모른다. 다만 아내의 마음속에 새겨졌을 글로우 웜의 일생이 통곡하는 일만은 막아주었기를 바랄 뿐이다. 철없는 인생을 사는 모든 자식들은 제 어미를 먹고 산다. 수호도 어미를 먹고 살았다. 수호 또한 자식들의 먹이가 되어야 함을…. 몰라도 좋았을 이 아이러니가 가슴에 상처로 남아 있지 않기를.

"어머니, 불편한 데는 없으세요?"

아내의 목소리가 부드러워지고 애잔해졌다. 그것은 날개를 가진 순간 입이 없어지는, 섬뜩한 생의 순환을 깨우친 현자의 목소리였다. 아내의 목소리가 수호에게는 분명 그렇게 들렸다.

"이 썩을 년아, 편한 데가 한 군데도 없다."

이를 악물고 며느리를 바라보는 팔순 노모의 얼굴에 분노와 절망이 그득했다. 아랫도리를 움켜잡고 용을 쓰는가 싶더니 머리를 들 수 없을 정도의 지독한 똥 냄새가 방안에 퍼졌다.

"에고, 또 똥을 싸셨네. 그렇게 많이 드시니 똥을 이렇게 한 바가지나 되게 싸시죠."

그렇게 말하는 아내의 모습은 예전과 달랐다. 수호는 아내를 낯설게 바라보았다. 아내는 전보다 더 경건한 자세로, 마스크도 하지 않은 채로, 고약한 냄새가 진동하는 어머니의 아랫도리를 치우기 시작했다. 젖은 옷을 벗겨내고 허벅지까지 묻은 똥을 치우는 손길이 바쁜가 싶더니 젖은 수건으로 아랫도리를 정성껏 닦았다. 민망해서 더 이상 지켜볼 수가 없었다. 괜한 헛기침을 두어 번 하다가 밖으로 나왔다. 가슴이 먹먹해지고 눈물이 났다. 눈물을 흘리지 않으려고 하늘을 올려다봤는데, 하늘은 무심할 만큼 말짱하게 맑았다. 수호는 하늘을 향해 혼자 중얼거렸다.

어머니는 언제쯤 날개가 생길까?

민들레를 꿈꾸다

잇몸이, 뾰족한 무엇으로 쑤셔대듯 아프기 시작한 건 벌써 열흘이 넘었다. 그럼에도 그 통증을 견뎌낸 것은 치과에 가서 느껴야 하는 소음과 고통을 견뎌낼 자신이 없어서였다. 몇 해 전, 어금니의 통증을 견디지 못해 찾아간 병원에서 처음으로 맞닥트렸던 소리에 대한 공포를 느낀 이후 나는 치과에 가지 않았다. 그동안 조금씩 이가 상해가고 있다는 증거는 소리 없는 통증으로 나타났지만 진통제 몇 알 먹는 걸로 그 고통을 잠재우곤 했다.

오늘은 가야지, 하고 마음먹은 게 벌써 며칠째다. 더 이상 견딜 수 없는 충치의 고통을 어금니 하나 빼버리는 것으로 마무리하고 싶었다. 하지만 오늘도 아이를 만나러 가야 한다는 핑계를 앞세워 또 병원 앞을 지나치고 말았다.

오늘도 어김없이 그 아이는 평상 위에 쪼그리고 앉아 있었다. 비닐장판을 씌운 낡은 평상은 여전히 그 집 앞에 기우뚱하게 기울어진 채 놓여 있었다. 장마가 지나고 난 후 땅이 패고 나서부터 그 평상은 기울어지기 시작했다. 하지만 아무도 그걸 바로 놓으려는 사람은 없었다. 내가 할까 하는 생각을 해 보았지만 비쩍 마른 몸으로 혼자서 평상을 옮긴다는 건 아무리 생각해도 무리였다. 그렇다고 해서 도움을 청할 사람도 없다. 제일 먼저 지우의 얼굴이 떠올랐지만 지우는 해외로 자원봉사 활동을 떠난 지 보름이 넘었다.

-위험하게 왜 그렇게 쪼그리고 앉아 있니? 그러다 평상이 기우뚱하면 어쩌려고….

나는 나를 바라보고 있는 아이의 손을 잡고 아이를 일으켜 세웠다. 아이가 해죽 웃었다.

나는 그 아이가 사는 집에 하루 한 번은 꼭 들른다. 처음에, 지우에게 그 아이를 돌봐 달라는 부탁을 받았을 때는 잠시 망설였다. 내가 하는 아르바이트 시간을 희생하고 해야 하는 일이기 때문이었다. 지우는 나를 설득했다.

- 돈 조금 버는 일보다 훨씬 보람 있는 일이야.

나는 그가, 돈밖에 모르는 여학생으로 나를 기억한다는 것이 싫었다. 봉사 동아리에서 처음 그를 만났을 때 나는 가슴이 살짝 뛰었다. '살짝'이라고 말하는 건 내 마음에 확신이 없기도 하려니와 그 선배를 좋아하는 여학생들이 너무 많았던 탓이기도 하다. 모범 학생 박지우. 그는 모든 면에서 뛰어났다. 학업 성적이 좋은 것은 물론이고, 외모도 집안도 수준 이상인 데다가 가슴까지 따뜻한 남자였다. 그런 그가 수많은 여학생을 제쳐두고 나에게 그 아이를 부탁했다는 사실에 나는 조금 흥분했다.

- 어떤 아인데요?

내가 아르바이트하는 커피 전문점에 그가 들러서 부탁할 때 나는 조심스럽게 물었다.

- 일 년 넘게 돌봐온 아이인데 내가 해외봉사 나간다고 하니까 '그럼 그렇지'하는 표정이더라고. 그 아이의 눈빛을 보고 마음이 편치 않아서 그래.

- 난 학비를 벌어야 해요.

나는 그의 간절한 눈빛을 보며 새침한 표정으로 말했다.

- 바쁘겠지만 부탁해. 마음만 먹으면 할 수 있는 일이라고 생각해.

- 왜 하필 나에게 부탁하는 거예요?

그에게 무슨 말을 듣고 싶었던 것일까….

- 너라면 그 아이를 잘 돌볼 수 있을 거라고 생각했으니까.

망설이지 않고 준비한 답을 말하듯 그가 말했을 때, 그의 말을 거절할 수 없었다.

- 내가 돌아올 때까지만 그 아이를 돌봐 줘. 돌아오면 고마운 뜻으로 한턱 쏠게.

싱그러운 미소로 내 마음을 휘젓는 남자. 나는 조용히 고개를 끄덕였다. 해외봉사 끝나고 돌아올 때까지만 돌본다는 단서를 붙여서. 그런데 그 일은 그렇게 쉽게 끝나지 않았다. 해외봉사를 마치고 돌아온 그는 목발을 짚고 있었다. 머리에도 붕대를 칭칭 감고 있었다. 일을 하다 넘어져 산 아래로 굴렀다 했다.

- 미안하다. 조금 더 돌봐줘.

나는 그의 말에 고개를 끄덕일 수밖에 없었다.

내가 아이를 만나는 시간은 주로 그 아이가 학교에서 돌아와 가방을 내던지고 하염없이 아랫동네를 바라보고 있을 때이다.

- 학교 잘 다녀왔니?

다정한 내 목소리에 아이가 마지못해 끄덕였다. 학교 이야기를 하면 별로 반가운 기색이 아니다.

- 추운데 들어가자.

나는 아이의 차가운 손을 잡고 집으로 들어섰다. 어디선가 생선 썩는 듯한 퀴퀴한 냄새가 났다. 며칠째 그 냄새의 근원을 찾기 위해 집안을 다 뒤졌지만 허사였다. 방안은 언제나처럼 난장판이다. 옷가지가 이리저리 널려 있고 찌그러진 알루미늄 밥상 위에 그릇 몇 개가 뒹굴고 있다. 말라붙은 김치 조각이 피처럼 진하다. '이런 곳에서 무슨 공부를…'

이 집에 들어설 때마다 드는 생각은 늘 절망적이다. 하지만 나는 밥상을 좁은 부엌으로 내놓고 구석에 있던 나무 상을 폈다. 그것이 그 아이의 책상인 셈이다. 아이는 책가방을 열어 공책과 연필을 꺼내고 마지못해 상 앞에 앉았다.

- 오늘은 가족 그림을 그려보자.

나는 아이의 손을 살며시 잡고 부드럽게 말한다. 아이가 살짝 웃다가 고개를 끄덕인다. 그림을 그릴 때 아이는 무척 즐거워했다. 구구단을 외울 땐 산만하기 그지없는 아이가 그림을 그리라 하면 전혀 딴 아이가 되었다.

- 내 이름이 왜 소망인지 아세요?

그림을 그리다 말고 아이가 불쑥 물었다. 아이는 백지 위에 머리가 큰 여자를 하나 겨우 그려두고 저만치 떨어진 구석에 벌벌 떨고 있는 토끼 한 마리를 그리다가 그렇게 물었다. 마침 심리검사 리포트를 제출해야 했던 시기라서 나는 그 아이를 대상으로 삼기로 했다.

- 참 예쁜 이름인데 누가 지었을까?

나는 아이와 눈을 맞추며 다정하게 물었다. 아이가 빨간색 크레파스를 집어 들고 말했다.

- 그건요, 우리 엄마가 지었는데요. 원하는 모든 일이 이루어지라고 그렇게 지었대요.

아이는 그럴 때 코를 찡긋하며 웃었다. 기분이 좋을 때 아이는 이야기를 곧잘 했다.

- 아, 그렇구나. 엄마가 널 아주 소중하게 생각하시는구나.

그 말에 행복한 표정을 짓던 아이가 금세 표정을 바꾸더니 갑자기 무섭게 생긴 형상 하나를 그리기 시작했다.

- 이건 뭐야?

아이가 몹시 흥분한 목소리로 말했다.

- 이건 엄청 무서운 도깨비요. 이 도깨비가 엄마를 잡아먹으려 해요. 그래서 죽여야 해요.

아이의 눈빛에 분노가 차오르는 걸 느낀 순간, 아이는 도깨비 형상을 검은색 크레파스로 거칠게 문지르기 시작했다. 도깨비는 금세 형체를 알아볼 수 없을 정도로 시커멓게 칠해졌다. 그제야 만족한 듯 아이가 차분한 목소리로 말했다.

- 우리 엄마는요, 나를 이뻐할 때도 있어요. 선생님도 내가 예뻐요?

아이는 때때로 감정의 기복이 많았다. 그럴 때 아이의 눈빛엔 갈증이 서렸다.

- 물론이지, 소망이는 아주 예뻐. 얼굴도 마음도 다 예뻐.

아이는 내 말에 함박웃음을 지었다. 나는 아이를 따뜻하게 안았다. 아주 작은 심장이 콩닥콩닥 뛰는 것을 느끼며 나는 아이의 머리를 쓰다듬었다.

아이답지 않은 아이. 문제는 늘 거기서 생긴다. 그 아이를 누르고 있는 깊은 어둠. 그 어둠에 손을 넣어 휘저어보면 거기 분명 걸려드는 게 있을 것이다. 나는 그것을 찾고 싶었다. 그래서 그 아이에게서 어둠을 걷어내고 싶었다. 햇살같이 환한 아이의 표정을 되찾아주고 싶었다. 어쩜 지우가 이 아이에게 관심을 두는 것도 그런 이유가 아닐까 싶었다.

- 지우 선생님은 좀 무서워요.

내 생각을 읽은 듯 아이가 말했다.

- 왜?

- 내 얘기는 들어주지도 않아요. 문제만 풀라 하고….

입을 삐죽거리는 아이의 표정이 오히려 천진하다.

- 지우 선생님 올 때 됐는데?

나는 일주일만 더 봐 달라던 지우의 표정을 떠올리며 그렇게 말했다.

- 그냥 선생님이 계속 오면 안 돼요? 난 선생님이 더 좋아요.

헤실헤실 웃는 모습에서는 제법 영악함이 묻어났다.

- 지우 선생님은 소망이를 굉장히 이뻐하시는데? 그러니까 나한테 부탁하고 봉사활동 떠났지.

- 음, 그렇긴 한데…. 나는 선생님이 더 편하단 말이에요.

아이는 그 말을 하며 뭔가를 내 앞으로 내밀었다. 조그만 머리핀이었다.

- 이거 어디서 났어?

- 훔친 거 아니에요. 할머니가 주신 용돈으로 샀어요. 선생님 드리려고.

가슴이 아릿했다. 마음을 얹는다는 것이 얼마나 조심스러운 일인지 아는 아이였다. 그런 아이가 내미는 선물, 그것은 나에게 기대고 싶은 아이의 마음이었다. 나는 그 아이의 마음이 무거워지기 시작했다. 그 아이가 나에게 기대려는 만큼 안아줄 자신이 없었기 때문이었다.

부드럽고 나긋한 아이의 목소리가 내 마음 안에서 잘랑거릴 때, 갑자기 문 흔드는 소리가 들렸다. 아귀가 제대로 맞지 않는 문은 삐거덕거리며 흔들렸다.

- 엄마다!

아이가 용수철처럼 튀어 올랐다. 부드러운 눈빛은 간데없고 불안한 눈동자로 문 쪽으로 달려 나갔다. 나도 일어섰다. 몇 번 부딪친 여자의 모습이 떠올라 나도 모르게 긴장한 것이었다.

- 선생님 오셨어요?

방안으로 들어선 여자는 멀쩡해 보였다. 예의를 갖추어 인사하는 여자의 모습은 단정하기까지 했다. 아이가 여자의 손을 잡고 환하게 웃었다. 여자는 방안으로 들어서더니 이내 방과 연결된 부엌으로 들어갔다. 어질러진 부엌을 치우려나 보다 생각했다. 어쩌다 조금씩 이상해지기도 하고 더러 멀쩡

하기도 한 여자의 행동을 이해할 수는 없었지만 정신적으로 조금 문제가 있는 정도일 거라 생각하고 있었다.

- 목이 마르실 텐데 음료수 한 잔 들고 하셔요.

부엌에서 나온 여자는 쟁반 위 유리컵을 내 앞으로 내밀었다. 컵에는 음식 찌꺼기가 든 구정물이 담겨 있었다. 여자의 초점 없는 눈에 서린 서늘한 공기에 몸이 움츠러들었다.

- 엄마, 왜 그래? 미쳤어?

아이가 내 앞에 놓인 컵을 빼앗아 부엌을 향해 던졌다. 날카로운 소리와 함께 유리컵이 박살 났다.

- 아니 이것이, 어미에게 하는 말투가 그게 뭐야? 상스럽게.

여자의 손이 아이의 뺨을 후려쳤다. 난 볼을 감싸 쥐고 제 어미를 노려보고 있는 아이를 내 등 뒤로 감추었다.

- 어머니, 왜 이러십니까?

여자가 조용히 나를 바라보았다. 지극히 낮은 목소리로 여자가 말했다.

- 내가 지엄한 몸이거늘 어찌 예를 갖추지 않느냐.

여자의 눈빛에 이상한 광채가 돌았다. 지엄한 몸?

- 엄마, 제발!

아이가 내 그늘에서 나와 여자 앞에 섰다. 한두 번 겪어본 일이 아닌 듯 아이의 행동은 침착했다. 아이는 여자의 손을 잡고 여자를 앉히려 애를 쓰고 있었다. 그럴수록 여자는 버둥대며 알 수 없는 소리를 중얼거렸다.

- 무엄한지고, 나를 우러르라. 내 어머니, 내 할머니를 우러르라.

떨리는 그 목소리에는 물기도 묻어 있었다.

- 엄마, 피곤해서 그러지? 그만 누워요. 한숨 자고 나면 괜찮을 거예요.

아이는 간절한 눈빛으로 여자를 달래고 있었다. 여자의 눈빛은 서늘했다. 사라진 것들에 대한 열망이 눈빛 가득 넘쳐났다.

- 내 어머니의 한을 풀어야 해. 내 할머니의 한을 풀어야 해.

여자의 목소리가 단단했다.

- 엄마, 자고 나서 얘기해요. 응?

여자를 달래는 아이의 행동은 결코 아이가 할 수 있는 행동이 아니었다. 나는 지우가 하던 말을 떠올렸다.

- 아주 사연이 많은 아이야. 그 아이를 지켜주지 않으면 우리는 더 큰 죄를 짓게 돼.

그게 무슨 소릴까, 궁금했었다. 그저 아이를 나에게 맡도록 하기 위한 궁색한 변명이려니 했었다. 하지만 막상 여자의 이상한 행동을 보자 뭔가 깊은 사연이 있는 건 분명하다는 생각이 들었다. 그러나 뭘 어떻게 해야 할지는 알 수 없었다.

- 소망아, 어머니가 편찮으시니?

그렇게밖에 말할 수 없었다. 현실과 현실 밖의 세상을 오가며 헤매는 여자에 대해 한껏 예의를 갖춘 말이었다.

- 엄마가 많이 아파요, 불쌍해요.

아이는 여자의 두 손을 잡고 눈물을 흘리기 시작했다. 여자는 이제 발작의 지경에까지 이르러 온몸을 부들부들 떨며 방바닥에 웅크리고 있었다. 조그만 아이가 여자의 어깨를 안고 있는 모습이 측은하기 그지없었다.

- 구급차를 부를까?

- 아니에요. 그냥 한참 저러다 괜찮아져요. 선생님은 가세요.

아이의 두 눈에 찬 눈물이 곧 떨어질 듯했다. 침착하게, 나를 가라고 하는 아이 앞에서 순간, 지우가 생각났다. 목발을 짚기는 했어도 그가 오면 도움이 될 것 같았다. 나는 다급하게 핸드폰을 눌렀다.

지우가 도착했을 즈음에 여자는 잠이 들었다. 아이도 지쳐서

인지 여자의 옆에 쪼그리고 앉아서 꼬박꼬박 졸기 시작했다. 말라버린 눈물 자국이 슬픔의 길처럼 아이의 얼굴 위에 또렷했다. 나도 난생처음 겪는 일에 놀라서 정신이 멍한 상태였다. 지우는 그런 나를 보자 피식 웃었다.

- 얼이 빠져 있네.

- 놀릴 생각이 나요? 이 상황에?

나는 원망 어린 눈빛으로 그를 바라봤다. 지우가 웃음을 거두며 내 옆에 앉아 아주 옛날이야기 같은 이야기를 하기 시작했다.

- 소망이 엄마를 다들 미친 여자로 알고 있지. 그래서 이 집에서 어떤 난리가 나도 아무도 돌보지 않아.

그러고 보니 여자가 이상한 행동을 할 때 아무도 나타나지 않았다. 집이 다닥다닥 붙은 산동네인데도.

- 그냥 미친 여자가 아니라 뭔가 깊은 사연이 있는 것 같아. 내가 알기로, 소망이 엄마는 이혼도 3번이나 했대. 얼굴이 곱상하니까 어찌어찌 인연을 맺기는 하는데 일 년을 넘기지 못하고 남자들이 도망가지 않으면 같이 미쳐 날뛴다는 거야. 소망이가 아빠라고 부르는 남자가 있는데 가끔씩 들르는 것 같더라고. 쌀 포대라도 들여 주고 고깃근이라도 끊어다 주는

것 같아. 어떤 땐 씩씩대며 달려와서 모녀를 사정없이 두들겨 패기도 하고. 소망이 엄마도 일을 하기는 하는데 정신이 저러니 어디 가도 두세 달을 못 버티고 쫓겨나기 일쑤래….

지우의 말끝에 한숨이 붙었다.

- 할머니 이야기도 하던데 할머니는 멀리 있나요?

- 할머니? 글쎄, 소망이가 몇 번 이야기하기는 하던데 나는 아직 뵌 적이 없어.

- 할머니가 한 번씩 다녀가신다고 그러던데….

- 지금은 할머니가 다녀가느냐 아니냐의 문제보다는 소망이의 정신세계가 문제야.

- 무슨 소리예요?

- 소망이 엄마만 문제가 아니라 아이의 정신 상태가 더 걱정스럽다는 거지.

점점 모를 소리만 지껄여대는 지우를 보면서 나는 그들의 관계가 더 궁금해졌다. 그냥 불쌍한 아이를 돌보는 수준이 아닌 것 같은 느낌. 나는 지우의 그늘진 얼굴을 찬찬히 올려다봤다. 저 그늘은 어디에서 오는 것일까. 그런 생각을 하다가 나는 슬그머니 짜증이 나기 시작했다. 어쩌다 이런 일에 휘말려서….

나는 벌떡 일어났다. 시급 5,000원의 일자리를 줄여가며 지우의 부탁을 들어준 일이 새삼 억울했다. 나는 미래를 위해 고군분투하는 가난한 고학생이다. 반면 그는 있는 집안의 행복한 대학생, 모든 걸 누린 그가 소망이에게 봉사를 한다는 건 어찌 보면 정신적 허영일 수도 있다. 그런데 그 일에 엮여서 같이 고민을 하다 보니 더욱 억울하다는 생각이 들었다. 나는 날개를 얻기 위해, 하늘로 날아오르기 위해 알바를 해야 하는 것이다.

- 나, 소망이 공부 봐주는 거, 오늘로 그만할래요.

나는 냉정한 목소리로 선언하듯 말했다. 그가 고개를 끄덕이며 한숨을 내쉬었다.

- 알겠어. 그동안 미안했다. 하지만 소망이를 돌보는 일은 우리 사회를 밝게 하는 일이야. 단순하게 그냥 봉사활동만 하는 게 아니란 말이지.

지우의 표정은 아주 진지했다. 그러거나 말거나. 내가 사는 일만으로도 머리가 지끈거리는데 무슨 정신적 허영심? 나는 내 결정에 대해 못을 박듯 벌떡 일어섰다. 시급 5,000원 곱하기 하루 다섯 시간. 2만 5천 원이다. 2만 5천 원씩 두 달이면 쉬는 날 빼고도 100만 원은 족히 벌 수 있는 시간이다. 나를 따르는 소망이를 생각하면 마음이 조금 불편하기는 하지만 이쯤에서 발을 빼는 것이 현명한 일이라고 결론지었다. 나는 소망이가 깨기 전에 이 자리를 빠져나가는 것이 옳은 일이라 생각했다. 아이는 아직도 지친 얼굴로 쪼그리고 앉아 졸고 있었다. 여자는 자면서도 땅이 꺼질 듯 거친 숨을 내쉬고 있었다. 삐거덕거리는 방문을 조심스럽게 열고 밖으로 나올 때 지우는 내다보지 않았다. 머리핀을 빼서 마루턱에 올려 두고 나는 빠른 걸음으로 골목을 빠져나왔다.

다음 학기 학비를 마련하려면 그동안 봉사를 한답시고 놓친 시간들을 벌충해야 했다. 시간을 잘라먹는 유령이 있는 것처럼 하루하루는 분주하게 후다닥 지나갔다. 그래서 더 피곤했다. 지우도 연락이 없었다. 어쩜 현실적이고 속물적인 나에게 실망했을지도 모른다. 그러나 그뿐이다. 내 인생은 나 혼자 개척해가야 하는 험로이다. 불가능한 일일 테지만 나는 아르바이트를 하면서도 장학금 탈 생각을 하고 있었다. 그것처럼 좋은 일이 또 있을까. 그렇게만 된다면 나는 오빠나 아버지에게도 큰소리를 치며 내 선택에 대해 당당해질 수 있을 것이다.

- 집안 형편 뻔히 알면서 대학은 무슨.

어머니의 그 말은 적당한 직장 잡아 공부하는 오빠를 도우라는 말이었다. 어머니를 배신하고 몰래 집을 나왔다. 그러고 아르바이트를 하면서 2년을 잘 버티어냈다. 집에는 내려가지 않았다. 졸업할 때까지, 교사자격증을 딸 때까지 내려가지 않을 거라는 맹세는 나 스스로에게 채운 족쇄였다. 나는 점점 메말라가고 있었다. 영혼조차 그러했다. 마른 모래바람. 한 움큼 움켜쥐어도 어느새 손에서 스르르 빠져나가는 모래를 가지고 성을 쌓으려 하는 꼴이었다. 거기에 자꾸만 깊어지는 이의 통증까지! 나는 밤마다 진통제를 먹으며 통증을 달랬다. 흔들리는 이, 그리고 신경을 쑤시는 듯한 통증. 견디는 일에 한계가 있었다.

나는 기어코 치과의 문턱을 넘고 말았다. 하얀 가운에 흰 마스크를 한 의사는 엉망진창인 내 입속을 들여다보고 나서 짧게 말했다.

- 신경이 다 들떠 있어요. 스트레스가 많으신가요?

- 스, 스트레스가 없는 사람도 있나요?

의사는 내 말에 대꾸도 하지 않고 제 할 말만 떠들어댔다.

- 어금니 충치도 치료하지 않으면 빼야 해요. 젊은 사람 이가

이리 약해져 있다니…. 우선 치료부터 합시다. 약해진 신경 잡는 거는 그 후에 하고요.

더 이상 견딜 수 없는 통증으로 이틀 밤을 새우고 온 터라 나는 의사의 말에 무조건 고개를 끄덕이고 말았다. 쉐~하는 기계음은 언제나 공포스러웠다. 그 기계가 내 입언저리로 다가오자 두 주먹을 불끈 쥐고 나도 모르게 이를 앙다물었다.

- 입을 벌리세요. 입을 크게 벌려야 치료를 빨리 끝낼 수 있습니다.

의사는 차가운 금속의 기계를 내 입속으로 밀어 넣으며 나를 달래듯 말했다.

- 썩은 이는 빼내야 하지만 굳이 빼지 않으려면 치료해야 해요. 아프다고 외면해서 되는 일이 아니죠. 자, 진통제를 놓습니다. 조금 따끔할 거니까 참으세요.

잇몸을 밀고 들어오는 진통제의 바늘은 또 다른 통증이었다. 이마에서 진땀이 났다. 얼마 지나지 않아서 입언저리가 얼얼해지기 시작했다. 통증을 느낄 수 없는 상태가 된 것이었다. 이제부터 의사는 내 잇새를 마구 헤집으며 통증의 뿌리를 찾아 치료할 것이다. 나의 잇속은 무방비 상태로 놓여 있다. 통증도 느낄 수 없고 저항도 할 수 없는.

그런데 그 순간 이상하게도 아이의 얼굴이 불현듯 떠올랐다. 나는 아이를 껴안듯이 내 두 주먹을 꽉 쥐고 벌벌 떨었다.

- 왜 이렇게 긴장하시죠? 마음을 편히 가지세요.

의사는 내 행동이 불편한지 가끔씩 한숨을 쉬었다. 그러나 결코 마음을 편히 가질 수 없었다.

무리하지 말라는 의사의 말을 무시하고 나는 무리하게 알바를 했다. 커피를 나르고, 식당의 빈 그릇을 씻고 하는 일로 내 몸은 젖은 솜뭉치 같은 상태였다. 더구나 이 치료가 끝났을 때 의사가 하던 말이 짐으로 남아 있어서 더 그랬다. 의사는 친절했고 정중했지만 병원 문을 나서는 내 심정은 무척 불편했다. 내 형편에, 빠진 이를 새로 해 넣어야 한다는 것이 큰 부담이었다. 다음 학기 등록금을 만들어야 하는 처지에서는 더더욱. 진통제를 처방받았으니 한동안 진통제로 통증을 견디어 낼 생각이었다. 나는 이를 악물고 일을 하기 시작했다. 토요일, 일요일도 없이 연거푸 일한 탓에 눈앞에 별들이 오락가락하는 지경이었다.

아이의 전화가 온 것은 어디 가서 잠시라도 눈을 좀 붙일 수 있었으면 좋겠다는 생각을 하며 애써 몸을 추스르고 있을 때였다. 더없이 뜨거운 햇살이 잔인하다는 생각도 했다.

- 선생님, 우리 엄마 좀 살려주세요.

거의 울음에 찬 아이의 목소리는 정말 절박하게 들려왔다. 머리핀 생각이 났다.

- 소망아, 왜 그러니?

애써 다잡았던 마음이 흔들렸다.

- 지우 선생님도 전화를 안 받아요. 엄마가 숨을 안 쉬어요.

아이의 말에 나는 잡고 있던 커피 잔을 놓쳤다. 앞뒤 생각할 겨를 없이 유니폼을 벗었다. 아이가 사는 산동네로 향했다. 다 찌그러져 가는 평상은 여전한 채로 아이의 집 앞에 놓여 있었다. 사람들이 웅성웅성 모여서 있는 자리에 칼을 든 여자가 괴로운 눈빛으로 온 몸을 뒤틀고 있었다.

- 아, 벌레를 떼어 줘. 저것들이 나를 죽이려 하고 있어.

여자는 몹시 고통스러운 목소리로 칼을 이리저리 휘둘렀다. 이미 자신이 휘두른 칼에 다쳐서 팔과 다리에 피가 흐르고 있었다.

- 우리 엄마 좀 살려주세요.

아이는 눈물범벅이 되어 나를 붙잡고 늘어졌다. 당황한 건 오히려 나였다. 벌건 대낮에 반라의 여인이 미친 듯이 온몸을 흔들어대며 우는 장면도 낯설고 황당했지만 아주 조그만 아이가 나를 붙잡고 늘어지는 일도 생경하고 황당하기는 마찬가지였다. 아이는 잔뜩 쉰 목소리로 악을 쓰듯이 떠들었다.

- 우리 엄마 좀 살려주세요.

햇살은 비수처럼 쏟아졌다. 눈을 뜰 수 없을 정도의 강한 햇살은 화살 같았다. 반사된 빛에 노출된 여자는 오히려 잘 보이지 않았다. 하얀 장막을 친 듯이 웅크린 여자의 몸은 하나의 보호막처럼 단단해 보였다. 그건 거북의 등껍질 같았다. 여자는 잔뜩 몸을 웅크린 채 알아들을 수 없는 말을 중얼대며 온몸을 떨고 있었다. 사람들이 조금 더 가까이로 모여들었다.

- 저 여자, 자기가 왕의 핏줄이라고 우겨대는 여자 맞지?

중년의 여자가 옆의 여자에게 물었다.

- 글쎄, 그런 사정이야 미쳐서 그렇다 치더라도, 참 딱하네.

그들은 혀를 차면서 동정했지만 아무런 행동도 취하지 않았다. 처음 보는 풍경도 아닌 듯했다. 무심했고 냉정했다.

- 우리 엄마 미친 거 아니에요. 마음이 아파서 그래요.

아이의 목소리는 간절하다 못해 애절했다. 사람들은 웅성웅성 모여서 서로의 얼굴만 쳐다보고 있었다. 나는 아이의 비장한 얼굴을 바라보다 여자 앞으로 나섰다. 그리고 온몸을 열어 여자를 안았다. 여자의 몸은 얼음덩어리처럼 차가웠다. 그 한기가 나에게까지 옮아왔다. 나는 여자를 안고 함께 덜덜 떨기 시작했다. 여자는 여전히 알 수 없는 소리를 웅얼대며 눈물을 흘리고 있었다.

- 도와주세요. 누가 병원에 연락 좀 해 줘요.

나는 여자를 안은 채 소리쳤다. 낯선 풍경이 생목 오른 듯 거북했다. 지우가 그리웠다.

- 안 돼요, 병원에 가면 안 돼요.

아이가 자지러질 듯이 몸을 떨며 악을 썼다. 나는 여자를 안은 채 한 손으로 휴대전화 문자판을 눌렀다.

소망이 집으로 빨리 와줘요. 지우에게 문자를 남겼다.

- 엄마 이야기를 들어주면 돼요. 우리 엄마 나쁜 사람 아니에요.

아이의 간청은 눈물겨울 정도였다. 나는 아이의 간청을 거절할 수 없어서 그냥 여자를 힘겹게 안고 있을 수밖에 없었다.

- 저 여자, 도대체 정체가 뭐야?

나이 든 한 남자가 안경을 고쳐 쓰며 물었다.

- 저 여자 엄마가 덕혜옹주 딸이래요.

중년의 여자가 심드렁하게 말했다.

- 덕혜옹주? 고종의 딸?

- 허허, 진짜 미쳤군. 고종이 언제 사람인데 고종을 입에 올려? 그런데 그 손녀라고? 어이가 없네. 미친 게 맞는 모양이군.

- 우리 엄마 안 미쳤어요!

아이가 당돌하게 대들며 소리를 질렀다.

- 어미가 미치니 아이도 같이 미치는 모양일세. 저 아이 눈빛 보게, 살기가 서려 있지 않아?

그때였다. 아이가 제 어미가 들고 있던 칼을 빼앗아 그 남자에게 겨누었다.

- 왜 우리 엄마 말을 믿지 않아요? 왜 들으려고 하지도 않아요? 우리 할머니가 거짓말을 한단 말이에요?

- 네 할머니가 어디 있는데?

- 할머니는 밤에만 다녀가셔요. 사람들 안 보이는 시간에만 다녀가셔요.

아이의 목소리에 간절한 호소가 담겨 있었다. 그러나 아무도 믿으려 하지 않았다. 나도 믿을 수 없는 이야기였다. 도대체 밑도 끝도 없고 신빙성도 없는 이야기가 아닌가. 나는 여자를 안고 있던 손을 풀었다. 갑자기 맥이 빠졌다. 그냥 미친 여자를 보호해야 하는 일이라면 그럴 수 있다. 그런데 거기에 잘 알지도 못하는 역사가 끼어들다니. 나는 호흡을 가다듬고 아이에게 다가갔다.

- 소망아, 그 칼 이리 줘.

- 싫어요!

- 어서 그 칼 이리 내. 그런 후에 내가 엄마 이야기 다 들어 드릴게.

나는 상당히 지쳐 있었지만 그 상황에서 내가 취할 수 있는 최선이었다. 주춤하는 아이의 손을 잡았다. 다행히 아이는 저항하지 않았다. 부들부들 떠는 손이 불안하기 그지없었다. 아이는 칼을 순순히 내어 주고는 제 어미의 곁으로 가 두 팔을 벌려 방어 자세를 취했다.

- 미친 여자 때문에 동네가 어수선하구먼. 에이!

기분이 상한 남자가 침을 내뱉으며 돌아섰다. 여자의 사나운 눈길이 그 남자의 뒤통수에 달라붙었다. 아이가 제 어미를 단단히 붙잡고 있었다.

- 엄마. 나랑 이야기해요, 할머니 이야기.

나는 제 어미에게 더할 수 없이 따듯한 눈길을 보내는 아이를 보며 그들의 이야기를 들어보고 싶다는 생각이 깊어졌다.

그때였다.

- 소망아, 어머니를 방안으로 모시자. 마음을 진정시키고 엄마의 이야기를 들어드리자.

지우가 나타났다. 아이의 얼굴에 반가운 기색이 역력했다. 그의 얼굴을 보자 긴장이 풀렸다. 무심한 사람들이 머리 위에다 손가락을 휘휘 돌리며 사라진 뒤 여자는 조금 정신을 차리는 듯했다. 불안한 시선으로 흐트러진 머리를 매만지면서도 지우를 의식하는 것 같았다.

- 정신병원에서는 우리 엄마를 입원시키래요. 격리 입원을 시켜야 된다고요, 전에 아버지가 입원을 시켰었어요. 그런데 더 나빠졌어요, 결국은 입원비가 없어서 나오게 됐는데 나오자마자 아버지 집에서도 쫓겨났어요. 미친년하고 살 수 없다고요.

- 음, 힘들었겠구나.

그렇게 말하는 내 옆에서 지우가 한숨을 내쉬었다. 그는 이미 모든 정황을 알고 있는 듯했다.

- 나는 엄마가 좋아요. 정신이 멀쩡할 때는 나에게 참 잘해줘요. 하지만 엄마는 마음이 많이 아파요. 견딜 수 없을 땐 울기 시작하죠. 밤새도록 울기도 해요. 나는 곁에서 엄마를

불러요. 엄마, 엄마, 엄마, 엄마 엄마 엄마…. 엄마의 울음이 그칠 때까지 그렇게 불러요. 동네 사람들이 재수 없다고 나가라고 한 적도 있어요. 그런데 이 집은 할머니가 사 준 집이에요. 그러니까 우리를 내쫓지는 못해요.

- 할머니가 언제 집을 사 주셨니?

- 나도 잘 몰라요, 할머니 심부름을 하는 아저씨가 와서 할머니가 돈을 주었다고 했어요.

나는 아이의 말에 신경을 기울이기 시작했다.

- 할머니를 뵌 적은 있어?

- 한 번도 뵌 적은 없어요. 하지만 자고 나면 머리맡에 예쁜 옷이 있을 때도 있고 할머니가 쓴 편지가 놓여 있을 때도 있어요.

- 할머니가 아닐 수도 있잖아. 다른 사람이 네가 측은해서 그렇게 했을 수도 있지. 그런데 왜 할머니라고 믿는 거지?

아이의 눈빛에 경계가 어렸다.

- 왜 할머니라고 안 믿는 거죠? 보지는 않았지만 느낄 수 있어요. 엄마도 할머니를 보지는 못했지만 전화 통화는 한 적이 있대요.

- 그럼 할머니는 왜 네 앞에 안 나타나시는 걸까?

- 그건 할머니도 우리 앞에 나타나면 잡아가는 사람이 있댔어요.

환상의 전이. 그렇게 생각할 수밖에 없었다. 아이어머니 머릿속의 환상이 그대로 아이에게 옮아가는. 나는 그쯤에서 아이에 대한 호기심을 접고 이 자리를 모면할 생각을 하고 있었다. 그때 여자의 목소리가 들려왔다.

- 으으 물감이 섞여 있어요. 노랑과 빨강, 파랑과 흰색, 빨강과 하양…. 빨강과 하양색이 섞이면 분홍색이 되고요, 파랑과 흰색이 섞이면 하늘색이 되지요. 아아, 나는 분홍이에요. 내 어머니 이름은 마사에고요. 1912년에 태어나신 우리 할머니 존함은 덕혜옹주예요. 그런데 그런 말 하면 잡혀간다고 말하지 말래요. 우리 소망이는 내가 낳았답니다. 할아버지 존함은….

여자의 말을 듣다가 나는 깜짝 놀랐다. 덕혜옹주의 이야기가 나왔기 때문이었다.

- 덕혜옹주?

내 말에 지우가 조용히 하라는 손짓을 했다. 검지를 들어 조용히 내젓는 그의 표정은 진지했다.

- 어머니 이름은 마사에고요. 1912년에 태어나신 우리

할머니 존함은 덕혜옹주예요. 그런데 그런 말 하면 잡혀간다고 말하지 말래요.

몸을 앞뒤로 흔들며 말하는 여자의 넋두리는 나름대로 리듬이 있었다. 여자는 그 넋두리에 리듬을 실어 노래처럼 처연하게 읊조리고 있었다.

- 우리 할머니의 아버지는 고종 황제시구요, 황제께서는 우리 할머니 덕혜옹주를 지극히 어여뻐하셨답니다. 나도 우리 어머니가 지극히 사랑해 주셨고요, 그들이 나타나기 전까지는 아주 행복했답니다. 그들은 악마에요, 그들은 도둑이에요. 평화로운 사람들을 집에서 내쫓아 거리를 방황하게 만들고 사랑하는 이들을 갈라놓았답니다.

여자는 어느새 평안해져서 몸을 조용히 흔들며 노래하고 있었다. 그런 광경을 소망이가 넋을 놓은 듯 바라보고 있다가 조용히 입을 달싹거리기 시작했다. 제 어미에 대한 화답 같았다.

- 우리 왕할머니는요 마츠자와 정신병원에서 아주 오랫동안 고생하셨대요. 우리 할머니도 우리 엄마 분홍이가 중학교 때 어디론가 사라지셨대요. 우리 엄마는 인정 많은 어떤 아주머니 집에서 컸대요. 그런 중에도 나쁜 아저씨들이 엄마를

괴롭혔대요. 그들은 아주 나빠요, 분홍이를 가두고 분홍이를 때리고 분홍이를 힘들게 했어요. 나에게서 아빠를 뺏어가고 할머니를 뺏어갔어요. 할머니는 언제나 내 곁에 있지만 만날 수는 없어요. 꿈길에서나 만날 수 있죠. 어둠이 깊어져서 아무도 깨어 있지 않을 때나 살짝 다녀가지요. 우리 엄마 분홍이는 할머니를 봤다지만 나는 아직 한 번도 본 적이 없어요.

아이의 넋두리를 들으며 나는 온몸에 소름이 돋았다. 분홍이와 소망이는 같은 노래를 하고 있었다. 그런 내 표정을 보고 지우가 슬며시 내 손을 잡았다.

- 처음엔 나도 놀랐어. 그런데 그 횟수가 잦아지면서 진지하게 저들을 바라보게 됐지. 지금도 확신은 없지만 무시할 수 없다는 생각을 하고 있지. 대한제국사를 다시 살펴보고 잊고 싶고 외면하고 싶은 아팠던 그 시절의 역사를 곰곰 되새기고 있어. 사람들 눈에 저들은 같이 미쳐가는 2대지만 나에게는 역사에 대한 새로운 시선을 주는 사람들이야. 돕고 싶어. 방법도 모르고 어떤 게 돕는 건지도 모르지만 그들을 지켜주고 싶어.

지우는 무척 진지했다. 둘이서 부르는 노래를 말없이 듣고 있던 지우가 조그만 소리로 반응을 한 건 분홍이가 춤을 추기 시작할 무렵이었다. 마치 아름다운 춤꾼을 보고 화답하듯 지우는 아주 조심스럽게 화답하고 있었다.

- 당신의 할머니를 본 적은 없지요. 고종 황제를 뵌 적은 더더욱 없구요. 당신의 어머니가 마사에인지도 나는 몰라요. 하지만 당신을 믿어요. 당신의 꿈을 믿고 당신의 믿음을 믿어요. 소망이의 꿈을 믿고 소망이에 대한 당신의 사랑을 믿어요. 세상이 당신을 광녀라 불러도 나는 당신을 분홍이라 불러요. 당신의 그 아름다운 춤을 찬미하고 당신을 가두고 있는 세계에 짙은 어둠이 있음을 믿어요. 어둠 속의 그 세계는 견디기 힘들지만 언젠가 당신은 길을 찾을 거예요. 아무리 깊은 어둠에도 한 줄기 빛이 스미는 길은 있어요. 그 길을 찾아 어둠을 이겨내는 당신을 믿어요. 분홍이 당신을 믿어요.

나는 내 눈앞에 펼쳐진 풍경을 낯설게 바라보았다. 사람들이 이 광경을 보았다면 미친 이가 또 하나 생겼다고 말할 것이다. 그것도 전도유망한 청년이. 나는 지우를 찬찬히 바라보았다. 그의 눈자위에 이슬이 살짝 맺혀 있었다. 분홍이가 눈물을 글썽이며 다가와 지우를 껴안았다. 소망이가 다가가 지우를 껴안았다. 살짝 웃는 듯한 표정의 분홍이가 다시 그 둘을 감싸 안았다. 그것은 피에타의 모정과 같은 표정이었다.

꿈속의 꿈, 나는 꿈을 꾸고 있는 것 같았다. 한바탕 난장을 치른 듯한 그 방의 풍경은 아주 오래도록 남을 풍경이었다. 그들은 한 덩어리처럼 얽힌 채 서로를 감싸 안고 있었다.

이가 다시 욱신거리기 시작했다. 이번에는 어떤 이가 탈이 난 건지. 하나를 잠재우면 또 하나가 탈이 나는구나. 나는 내 이를 갉아먹고 있는 미세한 세균들을 박멸하고 싶었다. 하지만 보이지 않는 적을 물리칠 방법이 없다. 극도의 긴장 상태에서 나는 몹시 지쳐 있었다. 무겁고 지친 몸을 쉬고 싶었다.

나는 방안의 우울한 풍경을 바라보다 답답해서 방문을 열었다.

- 나는 민들레가 되고 싶어. 홀씨가 되어 훨훨 날아다니고 싶어….

꿈을 꾸듯 내뱉는 분홍이의 목소리가 내 목덜미에 달라붙었다. 어두워져 가는 하늘 위로 보이지도 않는 민들레 홀씨가 바람에 휘휘 날아다니는 것만 같았다.

※어느 해, 덕혜옹주 묘소에 나타났던 모녀. 자신이 정혜의 딸이라고 주장하는 여자와 이야기를 나누었다. 사실 여부를 떠나서 그녀의 기구한 삶이 아파 오래도록 잊히지 않았다. 이 소설은 그 결과물이라 할 수 있다.

마치 아무 일도 없었던 듯이

약속시간은 오후 3시였다. 애초에는 점심을 함께할 생각이었으나 그분의 사정이 여의치 않아 늦은 티타임을 갖기로 했다.

- 그래, 정말 반갑다. 그런데 점심은 선약이 있어. 오후 3시쯤 거기서 보자. 정말 보고 싶구나.

그분의 음성이 봄날의 아지랑이처럼 아른거렸다.

모처럼 올라온 서울은 낯설지만 정겨웠다. 여고시절 헤매고 다니던 기억이 훈풍처럼 몰려왔다. 인사동 골목으로 접어들자 가슴이 쿵덕대기 시작했다. 마치 바로 앞에 그분이 서 있는 듯이.

인사동 거리는 여전히 붐볐다. 낯선 외국인들이 언 도로를 살금살금 걸어 다니는 것이 영화 속 풍경 같았다. '늦은 오후'라는 찻집을 찾으며 수연은 인사동 골목을 한적하게 걸었다. 고만고만한 화랑과 전시관들이 여전히 골목을 메우고 있었다. 그분에 대한 추억이 소물소물 올라왔다. 고등학교 2학년 때, 그분은 인사동의 아주 작은 갤러리에서 전시회를 열었다. '얼굴, 그 추억'이란 부제를 단 전시회였는데 전시장 중앙에 걸려 있던 여인의 얼굴이 모든 사람의 관심을 끌었다. 쓸쓸한 듯 고독한 듯, 가까운 듯 멀리 있는 듯한 그녀의 눈빛에 사람들은 저마다의 추측을 앞세워 물었다.

애인인가? 아님 어머닌가? 하지만 그분은 미소만 지을 뿐 말이 없었다. 궁금증은 더욱 증폭되었다. 어느 날, 은숙이가 말했다.

- 얘, 저 얼굴 자세히 봐봐. 날 닮지 않았어?

은숙이뿐만이 아니었다. 얼추 꼽아도 열 명은 될 듯한 아이들이 은숙이와 똑같은 생각을 하고 있었다. 전시 기간 보름 동안 은숙을 포함한 여학생들이 갤러리를 메웠다.

세월이 쏜살같다는 말을 믿지 않을 수 없다. 40년 가까운 세월이었다. 단발머리 여고생 때 가슴에 새긴 얼굴이었다.

그분의 길고 고운 손만 보면 가슴이 쿵덕대던 기억이 새로웠다.

- 얘, 저 선생님, 너무 멋지지 않니? 게다가 총각이래.

은숙이 수연의 옆구리를 치며 목소리를 낮추었던 건 미술 시간이었다. 구불구불한 파마머리가 자유로워 보이던 그분은 단박에 여학생들의 가슴에 자리를 잡았다. 특히 은숙이의 관심은 남달랐다. 미술 시간만 되면 거울을 앞에 놓고 머리를 매만지고 입술에는 글로즈를 발라 윤기를 더했다. 겉치장에 열심이던 은숙은 정성만 있으면 모든 것이 해결될 듯이 미술 시간만은 모범생이었다. 그림 솜씨는 수연이나 은숙이나 별로 눈에 띄는 수준이 아니었다. 그럼에도 불구하고 그분은 따뜻한 눈빛으로 여학생들의 서툰 데생을 지적해 주었다.

- 여기는 그림자가 있어야 할 부분이지? 그런데 이렇게 음영이 살지 않으면 얼굴에 윤곽이 없어 보이지.

하지만 그 누구도 그 지적을 귀 기울여 듣는 학생은 없었다. 그렇게 말하는 그분의 얼굴이나 입매를 넋이 빠진 듯이 바라볼 뿐이었다. 그분은 여학생들에게 '백마 탄 기사'였다. 백설공주를 구한 이웃나라의 왕자이며 영화 속에서나 봄직한 멋진 배우였다. 은숙은 저돌적으로 그분에게 자신의 존재를 드러내려 하였다. 그분의 눈에 뜨이기 위해 치마 길이를 올리고 입술을 더욱 촉촉하게 만들었다. 밤새 그렸다는 그분의 초상을 책상 위에 올려두기도 했다. 매일매일 피나는 훈련을 해서인지 은숙의 데생 솜씨는 조금씩 나아졌다.

- 난 미대 갈 거야.

급기야 은숙의 꿈은 미대가 되었다. 그걸 핑계 삼아 은숙은 틈만 나면 그분의 주위에서 얼찐거렸다. 하지만 그분의 눈길은 저 멀리에 가 있었다.

고등학교를 졸업하기 전 그분은 여고를 떠나 남자학교로 옮기셨다. 은숙은 정말로 미대에 가서 그분을 찾아갔다.

- 선생님 덕분이에요.

그것은 핑계일 뿐이었다. 은숙은 그분을 만날 때마다 수연을 끌고 다녔다. 수연은 그때마다 못이기는 척 따라갔지만, 사실은 앞장서고 싶었던 적도 있었다.

- 수연이는 무얼 공부하기로 했나?

말수가 적은 수연을 그분은 신경 써 주었다.

- 저, 저는 국문학이요.

떨리는 목소리로 겨우 말했다.

- 아, 그래. 수연이는 글 쓰는 솜씨가 남다르지? 상도 많이 탔고.

그때, 은숙이의 입매가 비죽거렸었다.

날씨는 차가웠다. 바람이 불어 더욱 차갑게 느껴졌다. 거리 군데군데 군밤장사가 보이고 호떡이며 풀빵을 굽는 허리 굽은 노인들도 보였다. 점심을 거른 탓에 배가 조금 고팠지만 참기로 했다. 그분 앞에서 밥 냄새나 김치 냄새를 풍기기 싫어서였다.

'늦은 오후'로 들어서는 발걸음은 조금 무거웠다. 결혼 전 간간이 뵙기는 했지만 그분의 결혼 이후 뵙는 거는 처음이었다. 그림에만 몰두하다 늦은 결혼을 하셨다는 이야기를 큰 아이를 낳은 후에 들었고 그 일로 은숙이가 사네, 못 사네 하며 자살소동을 벌인 기억도 있다.

'늦은 오후'는 한산했다. 창가로 놓인 작은 다탁들이 소꿉장난하는 아이들의 살림처럼 앙증맞았다. 전체적으로 어두운 실내 분위기에 마음이 진정되는 듯했다. 3시가 가까워 오고 있었다. 가슴이 아까보다 더 쿵덕거렸다. 문득 은숙이 생각났다.

- 얘, 선생님이 전시회를 여신대.

은숙의 해바라기는 멈추지 않았다. 지방에 사는 수연에게 오라는 소리는 아니었어도 그간의 상황을 보고하는 건 어쩜 자신에 대한 소리 없는 탄식이었을지도 모르겠다. 늘 선생님 곁에서 맴도는 것이 은숙에게는 삶의 진정한 이정표인지도 모르겠다. 자신이 운영하는 미술학원 아이들까지 동원해서 전시회를 관람시킬 만큼 선생님에 대한 은숙의 열정은 식을 줄 모르고 여전했다.

- 어디서? 언제?

세월 속에서 눅진해지던 기억이 요동쳤다.

- 이번이 마지막 전시회가 될 거라 하시네. 하긴 연세도 있으시니….

그 말을 듣는 순간, 그동안 미루어 왔던 결심을 확인했다. 그래, 선생님을 한 번 찾아뵙자. 그렇게 결심한 데는 나름의 욕심도 있었다.

혼자서 끙끙대며 속앓이를 해 온 문학이라는 것이, 떼어 낼 수 없는 종양처럼 자리한 것을 아는 데는 참 오랜 시간이 걸렸다. 그러다가 어쩌다 보니 등단이라는 걸 하게 됐고 그러구러 써놓은 소설이 이십여 편에 이르자 수연은 조금 욕심을 내기 시작했다. 존재 증명처럼, 자신의 이름을 건 소설집이 갖고 싶어진 것이다. 그동안 이리 살았노라, 허송세월은 아니었노라 하는 무언의 증명 같은 게 필요할 만큼 가슴이 휑하니 비어 있었다. 아니 버적버적 말라 있었던 것 같다. 여자 나이 오십을 넘어선 세월은 그저 서걱거리는 모래 마당이었다. 고여 든 것은 하나 없고 물기도 윤기도 사라진 몸뚱이처럼 마음도 그렇게 시리고 어둡고 허허했다.

- 너도 이제는 작품집 낼 때 되지 않았니? 다들 그즈음에 책 하나 내던데.

그래도 수연을 생각해 주는 건 은숙이었다. 그녀의 말에 용기를 내어 쓸데없는 짓 하지 말라는 남편의 말을 묵살하고 일을 진행하기로 마음먹었다. 묵혀두었던 소설과 여기저기 발표한 소설을 모아 놓고 십여 편을 골랐다.

- 내가 표지 그림 그려 줄까?

은숙은 아주 따듯한 표정으로 말을 했지만 그 순간 수연은 그분을 떠올리고 있었다. 수연은 조용히 고개를 저었다. 은숙이가 입을 삐죽거리며 고개를 돌렸다. 흥, 네까짓 게 어디 가서 표지 그려줄 사람을 구해, 하는 듯한 표정이었다. 상관없었다. 급하게 내야 할 일도 아니고 꼭 내야 할 일도 아닌 바에 시간을 두고 그분의 그림을 받고 싶었다. 그래서 어렵게 전화를 드렸고 만나기로 약속을 한 것이었다.

- 어서 오세요~

상냥한 종업원의 목소리와 함께 문이 열리며 찬바람이 몰려들어 왔다. 젊은 여자 둘이 어깨를 움츠린 채 들어서고 있었다. 뒤를 따라 들어온 남자는 조금 나이가 들어 보였다. 그들은 저만치 구석으로 가서 자리를 잡았다. 캐러멜 마키아토, 에스프레소, 아메리카노. 긴 머리의 여자가 앉자마자 주문을 했다. 세 사람 다 각각의 취향이었다. 주문을 받고 돌아선 종업원이 약간 인상을 썼다.

- 어서 오세요.

다른 종업원의 경쾌한 목소리가 들리고 또 한 무리의 여학생들이 몰려 들어왔다. 찬바람이 몰려들어온 그 뒤로는 아무도 들어오지 않았다. 수연은 시계를 보았다. 3시 20분. 갑자기 늦으실 일이 생기신 걸까, 하는 생각을 하며 전화번호를 눌렀다. 신호음이 한참 울려도 반응이 없었다. 오시겠지. 조급한 마음을 들키지 않으려고 물을 한 모금 마셨다. 다탁에 놓인 작은 화병에 꽂힌 아이비 잎을 만지작거렸다.

그분을 마지막으로 본 건 2년 전이었다. 여고 동창회에서였다. 머리카락이 희끗해졌음에도 불구하고 그분의 인기는 여전했고 은숙은 여전히 그분의 곁에서 맴돌았다. 여고 동창회에는 잘 가지 않는데 그해에는 은숙이 전화를 해서 갔다. 사실은 그분을 모신다기에 참석했다. 동창들은 물을 머금은 화초처럼 생생하게 피어올랐다. 소녀들처럼 깔깔댔다. 세월이 거꾸로 가고 있었다. 그분은 조금 피곤한 표정을 지으면서도 분위기를 맞추어 주고 있었다. 마지막에 그분이 노래를 불렀다.

못 잊어 생각이 나겠지요 그러다가 한세월 지나시구려, 사노라면 잊힐 날 있으리다.

은숙이 조금 훌쩍거렸다. 그러면서 나직하게 말했다.

- 저 샘은 왜 늙지도 않으신다니.

머리가 허예지는 그분을 보고도 은숙은 그렇게 말했다. 그녀는 눈을 뜨고는 있는 걸까.

어느새 또 10분이 지나있었다. 다시 전화를 걸었다. 여전히 불통이었다. 수연의 마음만 건너가고 그분의 마음은 어디 있는지 알 수 없었다. 늦으신다면 분명 늦으실 이유가 있으실 텐데, 왜 전화는 안 받으시는지.

단팥죽을 하나 시켰다. 점심을 거른 뱃속이 쓰리고 헛헛했다. 단팥죽을 다 먹도록 그분은 오지 않았다. 슬그머니 걱정이 되기도 하고 슬그머니 화가 나기도 했다. 사정이 있으면 알려주실 일이지, 왜 이리 무시하시는지.

하늘에서는 희끗희끗한 눈발이 날리기 시작했다. 오후 6시 고속버스표를 예매해 두었다. 고속버스표를 꺼내 한참 들여다보다가, 밖을 멍하니 내다보다가, 전화를 들었다 놨다, 불안하고 서운한 시간들이 흘렀다. 팥죽 그릇은 깨끗하게 비웠고 물도 다 마셨다. 마치 바람맞은 기분이었다. 벽에 걸린 오래된 괘종시계가 뎅, 뎅, 뎅, 뎅, 네 번을 울었다. 수연은 일어섰다. 하늘이 그녀의 마음처럼 자무룩하게 가라앉아 있었다. 우울했다. 마지막으로 한 번만 더 통화를 시도해 보자 생각하고 전화번호를 찬찬히 눌렀다. 여전히 전화는 불통이었다.

찬바람이 몰려다니는 거리로 나섰다. 얼어버린 미끄러운 도로를 벌벌 기듯이 걸으면서 그분에 대한 서운한 마음을 달랬다.

분명, 무슨 일이 있으신 게야. 그렇지 않고서야 그분이 그럴 리 없어.

그분에 대한 고운 기억이 생채기라도 날까, 수연은 조바심이 났다. 사고가 났을까? 아님 전화기를 놔두고 어딜 가셨을까? 그도 아님 약속을 잊으신 걸까?

그 어떤 경우가 될지라도 걱정이 된다. 하루를 살고 나면

기적이라 할 만큼 사고가 많은 세상이다. 아, 제발 그런 일은 아니기를! 갑자기 머릿속이 복잡해지기 시작했다.

전화기를 두고 나갔을 경우도 생각해 본다. 그럴 수도 있다. 수연도 자주 그러니까. 그렇다면 내일쯤 미안하다는 연락이 올 것이다. 그러면 다행이고. 약속을 잊으셨다면? 그건 아니지 싶다. 왜냐하면 어제도 확인 전화를 했고 3시에 만나서 차밖에 할 수 없어서 미안하다고 하셨는데.

화도 나고 서운하기도 하지만 지금 상황에서는 그 무엇도 확인할 방법이 없다. 수연은 그냥 집으로 가기로 마음먹는다. 내일이면 연락이 올 거야. 그렇게 스스로에게 주문을 걸며 걸음을 옮겼다. 하늘에서 희끗희끗, 눈이 내리고 있었다.

서울과는 달리 수연이 사는 지방에는 눈이 오지 않았다. 텔레비전에서 서울 경기지방에 눈이 왔다고 호들갑을 떨었다. 길이 미끄러워 넘어진 사람들의 영상이 지나가고 차들과 차들의 접촉사고 영상도 지나갔다. 그런 판에 다친 사람이 있을 수도 있겠다.

그렇게 너그럽게 생각하며 오후가 되어서 다시 전화번호를 눌렀다. 여전히 불통. 궁금증은 불안감으로 바뀌고 곧 걱정으로 바뀌었다. 그럼에도 여전히 확인할 방법은 없었다. 다만 불행한 일이 없기를 간절히 빌었다.

오후에 은숙에게 전화를 걸었다. 그분을 만나기로 했다는 이야기는 안 했기 때문에 그냥 안부전화인 양 걸었다.

- 웬일이야, 나한테 전화도 다 하고?

- 응, 그냥 궁금해서. 서울에 눈이 온다기에.

- 그래. 여기 눈 와. 너 사는 데는 눈이 안 오지?

- 응.

- 눈 구경하러 서울 한번 와. 맛있는 거 사줄게.

- 그래, 나중에.

- 너 책은 언제 나와?

- 아직 그러고 있어.

- 표지는 어쩌기로 했어?

- 아직 결정 안 했어. 책을 낼지 안 낼지도 결정 안 했고….

- 얘는, 너는 맨날 그렇게 망설이다가 되는 일이 없더라. 나처럼 확 질러버려, 뭐든지.

- 글쎄… 요즘은 선생님 안 만나니?

- 아, 얼마 전에 한 번 뵈었는데 건강이 전 같지 않으신가 봐. 걱정이야.

- 어디가 안 좋으셔?

- 백내장 수술을 하셔야 한다나 봐.

- 저런, 그런 일이 있었구나.

- 하긴 선생님도 연세가 있으시니 마냥 건강하시기만 하겠니. 원래 건강 체질도 아니시잖아.

- 그렇지.

- 너는 어때?

- 나는 잘 지내. 그럭저럭.

- 아, 그래. 나 애들 올 시간이다. 나중에 전화하자. 그런데 선생님 소식은 왜 물어?

- 아니야, 그냥 궁금해서.

- 기집애, 싱겁기는. 너도 외로운가 보다. 수업 준비해야 돼, 그만 끊자.

- 그래 나중에 또 연락할게.

아마 근래에 들어 가장 긴 통화를 한 것 같다. 은숙은 여전히 활기차게 미술 학원을 운영하고 있다. 수연은 요즘 자꾸 말을 잃어간다. 말을 할 사람도 없고, 말을 하기도 싫고, 듣기도 싫다. 이룬 것도 없고 욕심도 없다. 자꾸 땅속으로 가라앉는 것만 같다. 우울증 증세일 거라고 걱정하던 여동생의 얼굴이 떠올랐다.

요 며칠, 시간이 무척 더디다는 생각이 들었다. 오후 3시의 약속이 어그러진 후 여전히 그분에게서는 연락이 없다. 하루에 한 번쯤 전화를 해 보지만 여전히 불통. 닷새째다. 이는 분명 불우한 곡절이 있을 것이고 그 곡절은 분명 우울하고 참담한 것일 것이다. 닷새의 시간은 모든 것이 정리될 수도 있는 시간이다. 그런 생각을 한 것은 어제저녁 읽은 소설 때문이다.

황혼의 남자와 여자가 만났다. 서로 좋은 감정이 생겨 애인 관계가 되어 둘은 모처럼 행복한 시간을 보낸다. 그러다가 갑자기 여자가 연락이 두절된다. 내일 만나자고 약속을 하고 헤어졌는데 그 뒤로 연락이 안 되는 것이다. 남자는 안절부절못하고 여자의 흔적을 찾아 나선다. 그러다 여자의 전화번호로 다시 연락을 해 보는데 여자의 아들이 전화를 받는다. 어머니를 바꿔달라는 남자의 말에, 아들이 대답한다. 어머니는 돌아가셨습니다. 모처럼 찾아든 아련한 감정이 죽음으로 단절돼버리는 슬픔이 남자에게 남는다. 겨우 닷새, 닷새가 지났을 뿐인데, 여자는 저세상으로 가고 없다….

남자의 아득한 절망감에 감정이입이 돼서 자신도 모르게 눈물을 흘리며 수연은 그 소설을 읽었다. 인간의 삶이란 것이 기약할 것이 없구나….

수연은 스스로 정리를 한다. 좋은 쪽으로. 백내장 수술을 하셔서 병원에 계실 것이고, 전화는 챙겨가지 못해서 연락을 못하시는 걸 거라고. 그래도 개운하지는 않다. 만약에, 만약에 그 닷새 동안 생각하고 싶지 않은 일이 일어났다면? 고개를 젓는다. 용기를 내어 전화를 건다.

- 여보세요?

몇 번 울리지 않아 들려오는 그분의 음성이 수연을 당혹하게 한다.

- 선생님?

- 아니오. 저는 아들입니다.

목소리가 똑같다.

- 아드님… 이라고요?

목소리가 떨린다.

- 그러잖아도 부재중 전화가 있어서 제가 살피던 중이었습니다.

- 왜요?

- 아버님이 전화기를 놔두고 떠나시는 바람에….

온몸의 기운이 다 빠져나가는 것 같았다.

- 떠나시다니… 떠나시다니.

아득했다. 저 멀리 있던 산이 울렁울렁 우그러지며 다가왔다. 온몸의 힘이 다 빠지고 사물의 경계가 흐릿하다.

- 여보세요, 여보세요!

그분 아들의 목소리가 전화기 속에서 다급하다. 닷새. 닷새의 시간. 소설 속의 시간과 똑같다. 소설 속의 상황과 똑같았다. 뜨거운 눈물이 볼을 타고 흘러내렸다. 그 이후 수연의 시간은 깊은 바닷속으로 가라앉듯이 모든 소리가 차단되었다. 소리가 사라진 곳에 무성영화 같은 움직임만 일렁거렸다. 수연은 며칠 동안 주검처럼 누워 있었다. 그곳이 바로 무덤이었다.

삶과 죽음의 경계는 그리 명확하지 않다. 살아있어도 죽은 것과 진배없는 목숨이 있고, 죽었어도 가슴에 살아있으면 곁에 있는 것이다.

- 언니. 왜 이래? 눈 좀 떠봐.

여동생이 아니었다면 죽은 듯이 더 누워 있었을까? 수연을 닮은 얼굴 하나가 눈앞에 어른거리는 걸 보고 수연은 몸을 일으켰다. 입술이 다 갈라져서 핏물이 배어 나왔다. 얼굴은 바짝 말라서 물 빠진 웅덩이 같다. 윤기라고는 하나 없는 손으로 여동생의 손을 잡았다.

- 꿈이 안 좋더라니. 이게 무슨 꼴이우? 그러게 혼자 있지 말고 우리 집에 와 있으랬잖아.

이혼 후 수연은 원룸에 혼자 살았다. 그 누구와도 어울리고 싶지 않았다. 여동생의 말을 듣는 둥 마는 둥 하고 헝클어진 머리칼을 묶었다. 어지럼증이 휘이잉, 수연의 몸을 휘돌았다. 수연은 전화기를 움켜잡았다.

- 어디다 전화하게?

동생이 전화기를 빼앗았다.

- 몸이나 추스르고 나서 뭘 해도 해.

동생은 마치 언니처럼 굴었다. 죽을 생각은 없다. 그냥 몸 안의 모든 기운이 빠져나갔을 뿐이다. 허깨비처럼 휘청휘청 흐느적거릴 뿐이다. 그런 모습이 동생에게는 생을 놓으려는 모습으로 비친 모양이다.

- 배고파. 밥 좀 줘.

수연은 동생에게 삶을 놓을 이유가 없다는 것을 증명해야 했다. 시들하던 모든 것이 생기 어린 새싹처럼 솟아올랐다. 동생이 어이없는 표정으로 수연을 바라보았다.

- 밥 좀 줘. 배고파.

수연은 아까보다 조금 큰 목소리로 동생에게 말했다. 긴 한숨을 내뱉고 동생이 일어서서 밖으로 나갔다. 곧 주방에서 쌀 씻는 소리가 들렸다. 이어 도마 소리가 나고 또 이어 음식 냄새가 코끝으로 흘러들었다.

수연이 쓰러진 사정을 아는 사람은 아무도 없지만, 그 모든 정황상 그분의 타계로 인해 타격을 받은 건 사실이다. 인생이 너무 허무하다는 생각 때문이었다. 아니 허무한 것만이 아니라 너무 어이없기도 하다. 대체 살아있다는 것이 무엇인지. 마음이 가 있다는 건 무엇인지. 하지만 그런 회의적인 생각에 골몰해 있을 게 아니다. 몸이 살아있는 한 마음도 더불어 악착같이 살아내야 하는 것이다.

수연은 동생이 차려온 밥상을 허겁지겁 받아들고 욕심 사납게 밥을 먹었다. 일용할 양식은 육체의 양식이었다. 밥을 다 먹고 나자 기운이 좀 돌아오는 것 같았다.

수연은 은숙에게 전화를 걸었다. 마치 아무 일도 없었던 듯이 말했다.

- 은숙아, 표지화 좀 그려줘. 책을 내야겠어.

수연은 당연히 은숙이 오케이 할 줄 알았다. 그런데 돌아온 대답은 '노'였다.

- 왜 안 된다는 거야?

- 나, 요즘 정신이 없어. 전시회 준비 중이거든.

- 전시회?

- 그래, 명색이 미술학원 원장인데 전시회 한번 안 했다는 게 영 마음에 걸려서. 인사동에서 하기로 했어. 왜 있잖니, 선생님이 전시회 했던 갤러리.

그분의 이야기가 나오자 가슴 한구석이 다시 싸했다. 은숙도 선생님을 그리워하며 그 갤러리에서 전시회를 준비하는구나….

- 언제 하기로 했니?

- 다음 주에.

- 축하한다. 그런데 어쩜 그렇게 앙큼하게 준비를 했어?

- 앙큼한 걸로 치면 너를 따를 자가 있겠느냐. 하하하.

은숙의 웃음소리가 시원하고 호탕했다. 뜨끔하기는 하다. 그녀 몰래 그분을 만나려 했던 마음속에는 비밀한 그리움도 있었지.

- 넌 바쁘면 안 와도 돼.

슬쩍 서운했다.

- 왜 나는 초대를 안 해?

- 넌 그런 행사에 얼굴 내미는 거 싫어하잖아. 지방이라 올라오라 하기도 미안하고.

- 그렇긴 하다….

그녀의 말을 부정할 수는 없다. 사실 상당히 사회성이 떨어지는 부분이 있으니까. 하지만 말을 그렇게 흐림으로써 수연은 의중을 감추었다.

- 그래, 바쁜 거 끝내고 보자.

은숙의 목소리는 이상하리만치 밝고 쾌활했다. 그동안 그분을 향한 해바라기를 끝낸 것일까? 어찌 그렇게 간단히 끝낼 수 있는 것인가? 은숙의 밝은 목소리에 수연은 심한 배신감마저 들었다. 하지만 그녀는 수연의 유일한 친구이고 해바라기도 함께 해 온 친구이다. 미워할 수 없다. 수연은 달력에다 동그라미를 쳤다. 말과는 달리 올라갈 생각을 하는 거였다.

다음 주 수요일 오후 3시. 오프닝이 3시라는 것에 또 가슴이 아렸다.

그 어느 때보다 은숙은 예뻤다. 짙은 청색의 고급 벨벳 원피스가 그녀에게 썩 잘 어울렸다. 큼직한 진주반지와 유난히 빛나는 목걸이도 그녀를 우아하고 아름답게 만드는 데 한몫을 했다. 미술 학원의 수강생들과 친구들, 미대 친구들, 학부형까지 동원된 그녀의 전시회는 성공한 듯이 보였다. 그림 아래 빨간 하트가 많이 붙어있었다. 그리 넓지 않은 갤러리가 사람들로 꽉 찼다. 축하의 인사가 오가고 그녀가 주인공답게 환하게 웃고 그림을 보며 덕담을 하는 사람들까지, 아름다운 한 폭의 그림이었다.

- 야, 은숙이 그림 정말 많이 늘었다. 너, 완전 꽝이었는데. 선생님 사모한 덕에 용 됐다. 호호호.

여고 친구들이 가려진 그녀의 과거를 들먹이며 짓궂게 굴었다. 그래도 은숙은 불쾌해하지 않았다. 오히려 옛날을 회상하듯, 아득한 눈길로 그림들을 응시했다. 아주 작은 그림부터 100호의 대작까지 그녀의 그림은 아련한 그리움이 묻어 있었다. 그녀에게서 느껴지는 넉넉한 영혼의 울림은 그림 속에서도 드러났다. 그 영혼의 울림 속에 숨어있는 사람은 물론 선생님이었다. 불쑥 나타난 수연을 보고 잠시 놀라는가 싶더니 곧 어깨를 끌어안고 가벼운 포옹을 했다.

- 못 올 줄 알았는데 와줘서 고마워.

- 와야지.

수연의 대답은 간결했다.

- 나는 선생님이 아니었으면 그림을 그리지 않았을 거야.

그녀의 눈가에 맺히는 이슬을 보자 수연도 가슴이 먹먹해졌다.

- 저기 저 그림은 내가 바라는 세상이야.

은숙이 갤러리 중앙에 걸린 100호짜리 그림을 가리켰다. 가장 빛나는 자리에서 환하게 드러난 그림은 '환생'이라는 제목을 달고 있었다. 비구상의 그림은 숨겨진 그녀의 마음이라 생각됐다. 그림을 전혀 모르는 이가 봐도 그녀가 원하는 세상의 판타지라는 것을 알 수 있을 정도로 솔직했다. 커다란 연꽃잎에 숨겨둔 슬픈 남자의 눈동자가 바로 선생님일 터였다. 그 옆에 '얼굴, 그 추억'이 복사를 한 듯이 그려져 있었다.

- 선생님이 없었더라면 나는 뭐가 됐을까?

은숙이 말했다. 수연은 찬찬히 그 그림을 훑어보며 건성 말했다.

- 결혼해서 아줌마가 됐겠지.

- 아이구 생각만 해도 아찔하다. 지지고 볶으면서 사는 여자의

삶. 지겹다, 우리 어머니, 너희 어머니, 우리 할머니….

은숙이 고개를 절레절레 흔들며 몸서리를 쳤다.

- 여자들이 자아의 소중한 존재감에 대해 눈을 뜬 순간, 결혼은 먼 이야기가 되고 말아. 차라리 환상을 가지고 사는 편이 훨씬 나아.

스스로의 이야기를 하고 있는 거였다. 사막에서 오아시스를 만나기 위해 그녀는 무던히도 걷고 있는 것이었다. 그러면서 시간을 들여다보는 은숙의 눈에는 초조함이 일렁거렸다. 오프닝 시간, 3시가 다 되었다.

- 누구 기다리니?

- 응, 꼭 오신다고 했는데….

- 누가?

- 선생님.

순간, 은숙의 말을 들으며 수연은 무엇에 얻어맞은 듯이 띵했다.

- 누구? 선, 생, 님?

수연은 은숙의 얼굴에 시선을 고정한 채로 띄엄띄엄 말했다.

- 어머, 마침 저기 오시네.

은숙의 얼굴에 화색이 도는가 싶더니 빠른 걸음으로 출입구 쪽을 향해 걸어가기 시작했다. 또각또각, 하이힐 소리가 갤러리 안을 메웠다. 수연의 눈길은 은숙의 구두 끝을 좇았다. 그러다가 수연은 그 자리에 얼음처럼 굳었다. 저만치에서 낯익은 얼굴이 이쪽을 향해 부지런히 다가오는 모습이 보였다.

- 아!

수연은 신음 같은 외마디 소리를 내뱉었다.

- 미안하다. 차가 많이 밀려서.

그분이었다. 아니 그분의 아드님이었다. 아니 그분이었다…. 말쑥한 양복 차림에 붉은 넥타이를 맨 그분이 성큼성큼 은숙이 쪽으로 다가와 손을 내밀었다. 분명 그분이었다. 수연은 혼란의 구렁텅이로 빠져들었다. 이게 뭔가? 지금 이 상황은 뭔가?…

- 아니에요. 선생님, 와 주셔서 고맙습니다. 자, 이쪽으로 앉으세요. 곧 식을 시작하겠습니다.

달뜬 은숙의 목소리가 이명처럼 울렸고, 그분이 천천히 걸어서 테이프 커팅이 마련된 탁자 쪽으로 가서 흰 장갑을 끼었다. 가면서 힐끗, 수연이 있는 쪽을 바라보았지만 수연은 얼른 고개를 돌려버렸다. 그 상황을 감당할 수 없었다.

그때부터 진행된 오프닝 행사는 은숙의 환한 웃음과 요란한 색종이 테이프와 사람들의 박수 소리로 어지러웠다. 수연은 그 자리를 떠나고 싶었다. 아니 그 상황을 제대로 이해하고 싶었다. 수연은 그분을 뚫어지게 바라보며 마음속의 소란을 어찌 다스려야 할지 난감했다. 테이프 커팅이 끝나고 축배도 끝나고 그분이 수연이 쪽으로 걸어오는 사이, 수연은 자신의 감정을 얼른 감추었다.

- 어머, 선생님. 안녕하셨어요?

마치 아무 일도 없었던 듯이 그렇게 말했다. 그러나 머릿속은 온통 뒤죽박죽이었다. 수연은 그분의 표정을 살폈다.

- 아, 수연아. 반갑다.

마치 아무 일도 없었던 듯이, 그분도 그렇게 말했다. 잠시 어색한 침묵이 흘렀다. 무슨 이야기를 어떻게 물어보고 대답해야 할지 판단이 서지 않았다. 마치 무성영화 속 장면처럼 현실감이 느껴지지 않았다. 그러는 중에도 수연은 침착하려 애썼다.

- 별일 없으셨어요?

- 응, 그래. 일이 좀 있긴 있었어….

수연은 그분의 흔들리는 눈을 바라봤다. 그분의 아드님은 왜 선생님이 떠나셨다고 말했던 것일까? 아니 아니, 아드님이 말한, 떠나셨다는 말을 수연이 오해한 것일 수도 있다. 그렇다 해도 왜 연락을 안 하셨던 걸까? 머릿속이 너무도 뒤죽박죽이었다. 하지만 모른 척할 셈이었다. 그분이 무안하지 않게, 그분이 기억하지 못한다면, 약속을 깜빡하고 잊으셨다면 수연도 그냥 없었던 일로 덮어두리라. 오해가 있다 해도 웬만한 건 다 용서할 수 있다. 그렇게 마음을 다졌다. 그분이 수연 앞에서 뭔가 변명을 하려 할 때 은숙이 나타났다.

- 어머, 선생님, 여기 계셨네요. 저쪽에 갤러리 관장님이 기다리고 계세요, 그리 가시죠.

은숙이 다가와 그분을 낚아채듯이 모시고 사라졌다. 수연은 한참 동안 포도주잔을 든 채로 멀거니 서 있었다. 그분이 다시 수연에게로 오신 건 한참이나 지나서였다.

- 미안하다. 그날 너 만나기로 해 놓고 약속을 어겨서.

- 네?

- 그날 말이다. 내가 수술이 잡혀 있는 걸 모르고 너랑 약속을 했고, 병원 가면서 핸드폰을 또 빠트리고 갔다. 수술은 그리 어려울 것도 없다는데 내가 당뇨가 있어서 문제가 좀

생겼어, 그래서 며칠 더 입원했는데 네 번호를 기억하지 못했던 탓에 연락을 못했어. 그래서 아들한테 그 시간대쯤 온 전화를 찾아서 전화를 드리고 사과하라고 했는데 아들 말이 병원으로 떠나셨다니까 그냥 전화를 끊더라는구나. 그런 후에 그 전화를 우리 아들이 잃어버렸다네. 연락할 방법이 없더군. 그래서 내가 퇴원한 후에 은숙이한테 네 번호를 물었는데 은숙이도 모른다고 하더군.

- 으, 은숙, 이가 제 번호를 모른다구요?

- 그래. 그래서 어찌하면 만나나 걱정하던 차인데 여기서 만나는구나.

- ….

저만치에서 은숙은 환한 웃음을 지으며 아름답게 서 있었다. 진실한 표정으로 사람들과 이야기를 나누고 고개를 끄덕이며 우아한 몸짓으로 자신의 축제를 만끽하고 있었다….

- 미안하다, 정말 미안해.

그분은 정말 미안한 표정으로 수연의 표정을 살폈다. 수연은 잠시 흔들렸지만 곧 환하게 웃으며 말했다.

- 그런 사정이 있으신 줄 몰랐어요. 저는 걱정을 많이 했어요. 무슨 피치 못할 사정이 있으신가 하고요. 이제 알게

됐으니 괜찮아요.

미처 염색을 하지 못한 그분의 머리칼이 하얗게 반짝거렸다. 삼켜야 하는 말, 내뱉어서는 안 되는 말들이 수연의 마음속에서 우글거렸다. 만약에 그분이 그런 말을 하지 않았다면 수연은 그냥 아무 일도 없었던 듯이 인사를 했을 것이다. 그렇게 하고 싶었다.

- 그리 이해를 해주니 고맙구나. 그런데 그때 무슨 부탁을 한다고 하지 않았던가?

그분의 기억력은 아직 건강했다.

- 네. 저는 제 부탁이 귀찮아서 안 나오시는 줄 알았어요. 호호호.

어울리지도 않게 수연은 목소리를 높여 웃었다.

- 그래, 무슨 부탁이지?

그분이 수연을 보며 부드러운 음성으로 물었다.

- 이따 행사 끝나고 봬요. 늦은 오후에서 기다릴게요.

수연은 건너편에서 이쪽을 흘깃거리는 은숙을 향해 웃어 보이며 그분의 손을 잡았다. 마치 아무 일도 없었던 듯이.

- 암, 은숙이한테 먼저 간다고 말하고 곧 따라갈게.

- 이번에는 꼭 약속 지켜주세요.

수연은 콧소리를 조금 섞으며 웃어 보였다.

- 그래, 그래, 무슨 부탁이든 들어주마. 지은 죄가 있으니. 허허허.

그분의 넉넉한 웃음이 마음속에 메아리쳤다. 다행이다. 그 분이 건강해 보여서 다행이다.

마치 아무 일도 없었던 듯이 수연은 그 갤러리를 빠져나왔다.

도둑과 풀

여름날 소나기는 언제 쏟아질지 모른다. 말짱하던 하늘에서 비가 쏟아지기 시작하자 사람들이 허둥거렸다. 우산을 준비하지 않은 것은 일기예보 때문이다. 일기예보는 장마전선이 북상해서 이번 주는 비가 오지 않을 것이라 말했다. 사람들은 그 말을 믿었다. 나도 믿었다. 대개는 그런 일에 의심을 하지 않는다. 비를 맞고서야 관상대를 '꽝상대'라고 욕한다. 그러나 비가 그치면 쉽게 잊고 비 맞은 기억을 접는다. 그뿐이다. 생각지도 않은 소나기를 맞고 카페에 들어섰을 때, 그녀가 다가와 수건을 내밀었다.

- 소나긴가 봐요. 많이 젖으셨네요.

그녀의 붉은 입술이, 지나치게 붉은 입술이 오히려 추워 보였다.

- 순식간에 엄청 쏟아지더군.

나는 그녀가 내민 타월을 받아 흠뻑 젖은 머리칼을 닦았다. 금세 수건이 축축해졌다. 그녀가 마른 수건 한 장을 더 가져왔다. 나는 수건을 받아들고 얼른 노트북 가방을 정성스럽게 닦았다. 사실 머리칼 닦는 일보다 노트북을 젖지 않도록 하는 것이 급선무였다. 그 안에 나의 모든 것이 들어있기 때문이다.

- 고마워.

대충 가방의 물기를 닦고 나서야 나는 그녀를 쳐다보며 말했다. 내 눈길이 닿자 그녀가 얼른 고개를 돌렸다. 그러더니 주방 쪽으로 달아나듯 가버렸다.

- 작가님 오셨어요?

낭랑한 목소리의 주인공은 카페의 여주인이다. 그녀는 나를 꼭 '작가님'이라고 불렀다. 나는 그 소리가 그리 싫지 않아, 아니 그 소리를 듣고 싶어 이 카페에 자주 들르는지도 모르겠다. 나는 얼른 손을 들고 그녀를 향해 웃어 보였다.

<길목>

카페 이름이었다. 오다가다 들르라고 그렇게 지었다 했다. 사실 나도 오다가다 들르는 손님 중 하나다. 신흥 주거지로 부상하기 시작한 시 외곽에 자리한 카페는 창이 넓어서 툭 트인 시야가 좋았다. 노을이 질 때면 핏빛으로 물드는 붉은 햇살이 뭉크의 '절규'를 떠오르게 했다. 실제로, 모작이긴 하지만 길목의 한 귀퉁이에도 뭉크의 '절규'가 걸려 있었다. 사람들은 그 그림을 그리 눈여겨보지 않았다. 홀로 외로운 타인처럼 벽에 걸린 그 그림은 허영자의 취향이라 했다. 그 그림 말고도 루벤스의 그림이 한 장이 더 걸려 있었다. 물론 조잡한 모작이었다. 흔히 <조선인 남자>로 알려진 그림이었다. 그녀는 나와 마주 앉으면 미술에 대한 자신의 지식을 알뜰하게 펼쳤다.

- 저 그림은 미국 L.A에 있는 폴게티 미술관에 가면 볼 수 있어요. 루벤스가 그린 <조선인 남자>라는 그림이죠. 그걸 처음 본 순간 심장이 멎는 줄 알았어요. '안토니오 코레아'로 불리는 루벤스 소묘 '한복 입은 남자'는 조선인이죠. 그런데 루벤스가 어찌 조선인을 알았을까요?

그녀는 나의 동의를 구하듯 눈을 반짝이며 나를 바라보았다. 기대와 선망이 그득한 눈빛이었다. 그 그림이라면 나도 알고 있었다. 나 역시 한동안은 그리 알고 있었다.

- 그 그림에 대해 의견이 분분했죠. 조선인이라는 설이 한동안 정설처럼 회자되었죠. 그런데 바로 그 작품이 네덜란드 베스트 스테인 교수에 의해 '중국 상인 이퐁(興浦)'임이 밝혀졌다고 합니다. 모 신문에서 단독 보도한 일이 있었어요.

나의 말에 허영자의 입매가 실룩거렸다. 무안을 주려던 것은 아니었는데 마침 내가 그 그림에 대한 신문 기사를 본 적이 있었기 때문이었다.

- 1993년 처음 발표된 <베니스의 개성상인>은 200만 부 이상의 경이로운 판매고를 기록했는데 이 그림에서 영감을 얻어 작품을 구상했다고 합니다. 또한 '프란체스코 카를레티'라는 이탈리아인이 임진왜란 당시 포로로 일본에 끌려갈 때 조선 청년을 데리고 고국 이탈리아로 돌아갔다는 기록과 현재 이탈리아 남부의 '알비'라는 작은 마을에 '코레아'라는 성을 가진 사람들이 살고 있다는 사실이 소설의 탄생 배경이라는 이야기도 있고요.

- 어찌 그리 잘 알아요?

허영자의 시선은 나에게서 떠날 줄 몰랐다.

- 잘 아는 게 아니라 어쩌다 주워들은 거지요.

- 겸손하기도 하셔라.

겸손이 아니라 진실이었다. 때로 어떤 사실에 대한 오해는 눈사람처럼 커지는 경우도 종종 있었다.

허영자는 자신의 지식이 허실한 것을 알고는 무안했는지 자리를 떴다. 하지만 나에 대한 눈빛은 변하지 않았다. 조금 미안한 생각이 들었다. 모른 척해 줄걸. 때때로 그런 행동은 이로울 때가 있었다.

축축한 바깥 풍경을 바라보고 있자니 커피 생각이 간절했다. 나는 고개를 돌려 실내를 둘러보았다. 기다린 듯이 그녀가 커피를 들고 나타났다. 내가 좋아하는 카페모카였다. 달콤하고 부드러운.

- 고마워요.

내 인사에 그녀가 고개를 까딱하며 웃었다. 그런데 눈두덩이 시퍼렇다. 눈 화장이 과한가 싶었지만 자세히 보니 그건 멍자국이었다. 그녀에 대한 소문이 떠올랐다. 멍든 자국을 가리기 위해 화장을 진하게 한 그녀의 얼굴은 참 기묘했다. 시퍼런 눈두덩을 감추기 위해 유난히 시퍼렇게 칠한 섀도는 마치 해골의 눈두덩 같았다. 거기에 생뚱맞게 칠한 새빨간 입술에, 뽀얗게 바른 파운데이션이 제각각 따로 놀았다. 측은한 생각이 들었다. 내 시선을 느낀 그녀가 얼른 돌아섰다. 주방으로 들어가는 그녀를 확인하고 나서 카페주인 허영자가 맞은편 의자에 앉으며 혀를 끌끌 찼다. 아까의 무안함은 털어버린 것 같았다.

- 또 맞은 것 같아요.

- 하루 이틀도 아니고…. 이번엔 왜요?

- 물건이 없어졌대요. 할머니 금반지가 없어졌는데 그걸 쟤가 훔쳐 갔다고….

- 참 딱하군.

나는 뜨거운 커피를 한 모금 들이켰다. 목구멍이 따끔했다.

- 진 씨도 딱하긴 하지만 아무 죄 없는 애를 툭하면 때리니….

나는 할 말이 없어 커피를 또 한 모금 마셨다. 오늘 벌써 다섯 잔째다. 속이 쓰린 만큼 그녀의 얘기도 쓰라리다. 스물을 겨우 넘긴 어린 여자아이를 내팽개친, 얼굴도 모르는 그녀의 부모에 대해 화가 치밀었다.

비는 여전히 구질구질하게 내렸다. 아마도 늦장마가 시작되는 모양이었다. 장마가 올 거라는 이야기는 한 달 전부터 했는데 어찌 된 일인지 하늘은 해말갛게 푸르렀다. 그러던 것이 오늘 생각난 듯이 소나기가 쏟아졌다.

- 원고 좀 쓰시다 가실 거죠?

허영자가 내 얼굴을 들여다보며 물었다.

- 아, 예, 뭐….

나는 긍정도 부정도 아닌 어정쩡한 말투로 대꾸했다.

- 오늘 모임이 있어서 먼저 나가봐야 해요. 저녁만 먹고 올 거예요. 기다리시든지요.

그녀가 배시시 웃으며 나를 바라봤다. 기다리라는 말은 맥주라도 한잔하고 싶다는 말일 테지.

- 아, 뭐.

나는 여전히 어정쩡한 태도로 고개를 끄덕였다. 허영자는 향수 냄새를 풀풀 날리며 자리에서 일어섰다.

<길목>은 10시에 문을 닫았다. 자정까지도 영업을 하는 다른 커피 전문점과는 달랐다. 허영자의 말로는 자신이 몸이 약해서 늦게까지 할 수가 없다고 했다. 하긴 그녀는 카페를 운영해서 돈을 벌어야겠다는 생각은 없는 것 같았다. 하루 종일 시부모 그늘에서 지내는 것이 싫어, 큰애가 중학교에 들어가자마자 시아버지를 졸라 카페를 차린 것이라 했다. 허영자의 시댁은 지역 유지로, 알부자로 소문나 있는

집이었다. 아들들을 끼고 살고 싶어 아파트를 세 채나 사서 하나씩 나누어 주고, 아침저녁으로 손자들을 보는 재미에 산다고 했다. 지금도 일요일이 되면 다 모여 집안 잔치를 벌이는 집이었다. 아파트 아랫동네에 가족들이 모일 때만 사용하는 저택이 따로 있었다. 허영자는 그 집의 맏며느리고, 유독 시아버지의 총애가 깊어 꼼짝 못하고 시집살이를 하는 것이었다. 다행인지 불행인지, 남편은 사업차 늘 밖으로 돌고, 허영자는 무료한 일상을 카페를 운영하면서 달래는 것 같았다. 가끔 나를 불러 맥주나 하자고 청하는데 사실 반갑지는 않다. 하지만 그 집 소유의 원룸 하나를 빌려 쓰는 입장에서 딱 부러지게 거절할 수도 없어서, 엉거주춤 몇 번 술을 마신 적은 있다. 매사 어정쩡한 태도로 인해 오해를 살 수도 있는 행동이었지만, 그러나 그녀에 대해 관심이 있는 것은 아니었다.

그녀는 여고 시절 문학반이었다는 이유만으로 전폭적으로 나를 지원했다. 말하자면 스폰서인 셈이다. 고정 수입이 없는 나를 위해 그녀는 시아버지를 설득해 원룸 하나를 공짜로 빌려주었다. 시아버지도 성품이 따뜻한 사람이어서, 작가 한 명 후원하는 생각으로 방 하나 비워주는 일은 괜찮은 일이라고 생각하는 것 같았다. 룸이 12개나 되는 3층짜리 원룸은 그들의 고정 수입원 중의 일부분이었다. 나는 그중의 방 하나, 1층 제일 구석진 방을 제공받은 것이었다. 그건 순전히 허영자 덕분이었다. 그래서 작가에 대해 호의적인 그녀의 시아버지와도 가끔 맥주를 마시고, 그 남편과도 가끔 맥주를 마셨지만 자주 있는 일은 아니었다. 그저, 방 하나를 제공받는 대가로 치러야 하는 인사라고 생각했지만 그 또한 맘이 편한 것은 아니었다. 게다가 은근히 눈웃음을 흘려대는 허영자를 대하는 일이 편할 수만은 없는 일이었다. 설사 마음이 있다 한들 남편 있는 여자를 만나서 어쩌자는 것인가.

- 작카님. 커피 한 잔 더 드릴까요?

허영자가 나가고 나서 주방에서 밖을 내다보고 있던 그녀가 쪼르르 밖으로 나왔다.

이미 그녀의 손에는 콜드브루 라떼 한 잔이 들려 있었다. 속이 쓰리지만 마다할 수 없었다. 뭔가 할 말이 있는 듯한 표정이 심각했다.

- 오늘 커피를 많이 마셨는데….

- 이건 라떼예요. 우유를 많이 넣어서 괜찮을 거예요.

그녀는 내 맞은편 의자에 얌전하게 앉았다. 빨간 입술을 지우고 눈두덩의 푸른색 아이 섀도도 지운 얼굴이었다. 화장을 했을 때만큼이나 어색했지만 그래도 말개진 피부가 어린 티를 감추지 못했다.

- 작가님은 아는 게 많죠?

그녀는 동그란 눈을 더욱 크게 뜨며 내 눈을 똑바로 쳐다봤다.

- 부분적이지. 아는 게 많은 것도 있고 전혀 모르는 것도 있고.

나를 빤히 바라보던 그녀가 불쑥 물었다.

- 월터 휘트먼을 알아요?

나는 내 귀를 의심했다.

- 월터 휘트먼?

- 네, 월터 휘트먼.

- 월터 휘트먼을 어떻게 알지?

그녀를 무시해서가 아니라, 월터 휘트먼을 안다는 것이 너무 놀라웠다.

11세에 가정 사정으로 초등학교를 중퇴하고 인쇄소 직공으로 일하면서 호머(Homer), 단테(Dante), 셰익스피어

(Shakespeare) 등 여러 작가의 작품을 읽고 독학으로 교양을 쌓았다는 월터 휘트먼을, 베트남에서 팔려 온 소녀가 안다는 것을 믿을 수 없었다. 1855년 월터 휘트먼은 시집 '풀잎'(Leaves of Grass)을 자비로 출판했는데, 이 시집에서 전통적인 시의 형태를 뛰어넘은 작품들을 보여 주었다. 휘트먼은 내용뿐 아니라 형식에서도 기존의 방식을 과감하게 벗고 미국 문화의 정체성을 확립하려 노력한 작가로 알려져 있다.

사실 나도 휘트먼에 대해 아는 건 그리 많지 않다. 그저 풀잎에 대한 시를 몇 편 외우고 있을 뿐이다, 가장 강렬한 울림은 풀잎, 나 자신의 노래 6이었다.

<한 아이가 물었다. 풀잎이 뭐예요?>

그 문장이 굉장히 강렬했었다. 풀잎이 뭐냐고? 나도 모른다. 그가 의미한 풀잎을. 아니 알 것 같기도 하다. 그녀를 보면.

한 아이가 물었다. 풀잎이 뭐예요?
손안 가득 그것을 가져와 내밀면서.
내가 그 애에게 뭐라고 답할 수 있을까.
그것이 무엇인지 그 애가 알지 못하듯 나도 알지 못하는데.

어쩌면 그것은 푸른 실로 짜 만든 내 천성의 깃발인지도 몰라.

아니면 그것은 하느님의 손수건일지도.

어디엔가 은밀히 당신의 이름 아로새긴 향기로운 선물….

번역자에 따라서 조금씩 다른 번역 중에 내가 외우고 있는 건 이것이었다. 그런데 신산한 삶을 꾸려가고 있는 그녀가 월터의 이름을 들먹이다니.

나는 그녀를 빤히 바라보았다. 이 아이의 정체는 뭐지, 하는 그런 마음이었다. 그녀가 배시시 웃으며 대답했다.

- 고물상 아저씨가 책을 몇 권 주었는데 거기 월터 휘트먼의 시가 있었어요.

- 그래? 시를 좋아했나?

- 아니요. 저는 고등학교를 다니다 말았어요. 시 같은 건 관심도 없었고 잡화점에 취직해서 돈을 벌었죠.

- 그런데 휘트먼의 시가 좋던가?

- 그런 것도 아니고요. 읽다 보니까 풀잎이 뭐예요?라는 구절이 머릿속에 강렬하게 들어오더라구요.

- 으흠, 그랬군.

- 그러면서 막연하게 내가 풀잎이 아닐까 하는 생각을 했어요.

그녀는 자신이 한 말이 어색하고 부끄러운지 고개를 숙이고 입매를 가리며 쿡쿡 웃었다.

- 풀잎이라….

나는 언제나처럼 어정쩡하게 말을 우물거렸다.

- 사장 언니가 나 보고 맞고 살지 말라고 했어요.

- 으흠.

마치 친정 오라버니에게 이르듯 말하는 그녀의 표정을 보며 나는 짧은 신음을 쏟았다. 나는 그녀의 시퍼런 눈두덩을 보며 물었다.

- 오늘은 왜 맞은 거야?

- 할머니가 나 보고 도둑년이라고 했어요.

- 도둑년?

- 네, 할머니 반지가 없어졌다고. 그런데 그걸 내가 훔쳤다고. 아니라고 하니까 때리기 시작했어요.

그녀가 가녀린 손으로 제 뺨을 감싸며 말했다.

- 사실은 어떤 남자가 할머니 방에서 나오는 걸 봤어요. 그래서 그 얘기를 했더니 거짓말까지 한다면서 또 때렸어요.

그녀의 눈에 눈물이 그렁그렁 차올랐다. 카페 안에는 손님이 없었다.

- 내가 분명히 봤거든요. 나는 도둑이 아니에요. 그 남자가 할머니 방에서 나오는 걸 봤어요. 반지를 훔쳤는지 아닌지는 모르지만, 분명 그 남자가 할머니 방에서 나왔어요. 나와 눈이 마주치자 그 남자가 주먹을 쥐어 보이며 험악하게 인상을 썼어요. 나, 도둑 아니에요. 그랬더니 남편이 나를 때리면서 말했어요. 도둑년이라고요. 내가 왜 도둑년이냐고 따지니까, 너 데려오는데 얼마 들었는지 알아? 하면서 또 때렸어요. 따지고 덤비지 않았으면 덜 맞았을 텐데, 억울해서 자꾸 대들다가 더 맞았어요. 나, 도둑 아니에요! 작카님, 믿어줘요.

그녀는 어느새 울고 있었다. 가여웠다. 내 누이보다도 어린 아이였다. 겨우 스물둘의, 스물둘에 벌써 아이 엄마가 된, 어이없이 가녀린 목숨이었다. 보호받아야 마땅할 생명이었다. 가슴이 아팠다. 하지만 어떤 행동도 할 수 없었다. 내가 그녀의 눈물을 닦아주거나 등이라도 토닥거려 주면 그것 또한 매를 맞을 빌미가 될 것이기 때문이었다.

그녀의 남편 문 씨는 택시운전사였다. 나이가 많음에도 불구하고 개인택시 덕에 적당히 일을 하며 밥벌이를 하고 있지만 사실 그는 월남전에 참전했던 아버지가 겨우 건진 귀한 아들이라 했다. 고엽제의 후유증으로 온몸이 성한 곳이 없었다는 아버지의 핏줄을 받아 그 자신도 태어나면서 이런 저런 병을 앓기 시작했다고 했다. 문 씨는 그것을 월남전에 참가한 아버지 때문이라고 생각해서 툭하면 아버지에게도 폭력을 휘둘러 왔다는 것이다. 그러다 그녀를 색시라고 데려왔는데, 그것은 화풀이하기 위한 인형을 데려온 게 아닐까 할 정도로 그녀를 무차별하게 팬다고 했다. 어쩜 일부러 베트남 여자를 데려온 건 아닐까 하는 의심도 들었다. 문 씨는 몸이 아프기만 하면 온갖 욕을 퍼부으며 그녀를 때린다 했다. 할머니가 말려도 소용이 없다 했다. 오죽하면 할머니가 도망가라고 했을까. 그런데 그녀는 어쩌다 생긴 아들 때문에 꼼짝을 못하고 살고 있다고 했다. 따지고 보면 그녀도 피해자고, 문 씨도 피해자고 그 아버지도 전쟁의 피해자였다. 직접적이든 간접적이든 그건 문제가 되지 않았다. 역사의 그늘에서 피해갈 수 없었던 그들의 운명일 뿐이었다.

- 작가님, 나 잘 살고 싶어요.

그녀의 애원에 가까운 목소리가 파르르 떨리고 있었다. 나는 콜드브루 라테를 단숨에 마셨다. 그리고 말했다.

- 견디어야 해. 우린 모두 생을 견뎌야 해.

어쩌면 비겁한 변명일지도 모른다. 타인의 인생에 대한 동정은 금물이다. 나는 그녀를 보듬어 줄 수가 없다. 마음뿐이다.

나는 이름도 모르는 그녀를 <풀>이라고 부르기로 했다.

- 할머니는 아주 좋은 분이에요, 나를 불쌍하게 생각해요. 아이가 아기를 낳았다고, 기특하다고 나를 만져줬어요. 아버지보다 나이 많은 남자를 따라올 때는 지옥으로 오는 것 같았지만 아기를 낳고 나니 그런 마음이 사라졌어요. 사실 어려운 형편 때문에 애정도 없는 남자를 따라온 건 분명 제 잘못이죠. 돈 때문에 온 게 맞으니까요. 하지만 도둑질은 안 했다구요.

나는 그녀를 안아주고 싶었다. 그녀의 눈물을 닦아주고 싶었다. 하지만 그건 마음뿐이었다. 우리 모두는 타인의 슬픔에 대해 간섭할 수 없는 투명한 유리창 저 너머에 있다.

- 탕탕탕!

새벽의 고요를 흔드는 소리에 잠이 깼다.

- 누, 누구요?

- 문 열어!

거칠고 사나운 목소리였다. 새벽 시간에 그렇게 무례하게 문을 두드릴 사람은 내 주변에 없다. 잠이 덜 깬 눈을 비비며 문을 열자 한 남자가 들이닥쳐 다짜고짜 내 목덜미를 움켜쥐었다.

- 누, 누구요?

나는 기습적인 놈의 행동에 화가 나서 놈의 손목을 비틀었다. 놈은 움찔하며 잡힌 팔목을 필사적으로 빼려 했다. 나는 놈의 팔을 꺾었다. 나는 한때 운동을 했으므로 호신술 정도는 익히고 있었다. 힘없이 주저앉는 놈은 씩씩대며 나를 노려봤다. 희미한 달빛에 드러나는 얼굴은 바로 풀의 남자 문 씨였다.

나는 불을 켜고 남자의 얼굴을 들여다봤다. 분노가 가득한 얼굴로 씩씩대는 문 씨는 금세라도 무슨 일을 저지를 것만 같은 험악한 표정이었다. 분노의 수위로 보아선 그가 나를 이길 것 같지만 나는 젊은 남자고 그는 늙은 남자일 뿐이었다.

- 한밤중에 이게 무슨 일입니까?

나는 가능한 내 감정이 드러나지 않도록 애쓰면서 목소리를 낮추었다.

- 내 놔!

문 씨의 목소리는 여전히 격앙돼 있었다. 거친 숨을 헐떡이며 그는 다시 내 목을 움켜쥐려고 달려들었다. 나는 그를 가볍게 피하며 물었다.

- 뭘 내놓으란 겁니까?

- 내 마누라.

- 아저씨 마누라를 왜 여기 와서 찾습니까? 그것도 야심한 시각에.

그렇게 말하면서 나는 풀의 얼굴을 떠올렸다.

- 이리로 들어가는 걸 봤다는 사람이 있어.

- 무슨 소리요?

- 잔소리 말고 내 놔. 어디다 숨겼어?

문 씨는 방안을 이리저리 살피며 눈을 부라렸다.

- 보시다시피 콧구멍만 한 방에 숨길 곳은 어디며 내가 왜 아저씨 마누라를 숨깁니까?

화를 낼 기운도 없었다. 밤새 원고를 쓰다가 새벽 2시나 되어서 눈을 붙였는데 이 무슨 날벼락인지. 남자는 여전히 씩씩대며 방 한 켠에 붙어 있는 좁은 화장실까지 뒤졌다.

- 이년이 어디로 튄 거야? 분명 이리 들어가는 걸 봤다던데.

- 누가요?

- 그건 알 거 없고.

- 좋은 말 할 때 나가시오, 안 그러면 경찰 부르겠습니다.

나는 가능한 무례하지 않은 태도로 그에게 말했다. 그 말에 그가 주춤주춤 문 쪽으로 걸음을 옮겼다. 나는 방문을 열고 그가 나갈 길을 만들어주었다.

- 무슨 일인지 모르겠지만 어린 여자를 그렇게 학대하면 신고할 겁니다.

나는 인상을 쓰며 그를 노려봤다. 그가 움찔하며 어깨를 축 늘어트리고 걸음을 옮겼다. 비칠거리는 걸로 보아 술을 마신 것 같았다. 그의 내부에서 들끓고 있는 잠재우지 못한 분노가 거친 숨소리로 드러났다. 그는 어깨를 축 늘어트린 채 어둠 속으로 사라졌다. 잠이 달아나버려서 다시 누울 수 없었다. 나는 작은 주전자에 물을 올렸다. 커피라도 한 잔 타 마실 생각이었다. 물 끓는 소리가 빗소리 같았다. 창밖에서는 빗소리도 들렸다. 그때, 아까와는 다르게, 아주 조심스럽게 문을 두드리는 소리가 났다.

- 누, 누구요?

짜증이 치밀어 올랐다.

- 저예요.

풀이었다. 나는 문을 열다가 잠시 주춤했다. 혹시라도 누군가 숨어서 보고 있는 이가 있다면? 잠시 그런 생각을 하다가 문을 연 나는 풀의 모습을 보고 할 말을 잃었다. 가슴이 다 풀어헤쳐진 모습으로 신발도 신지 않은 맨발의 풀은 눈물범벅이 되어 얼굴이 번질번질했다. 나는 방안으로 들어서는 그녀를 막을 수가 없었다. 그녀는 덜덜 떨고 있었다. 새벽 찬바람에 속옷 차림의 그녀는 헝클어진 머리와 입가의 핏자국으로 몰골이 말이 아니었다. 나는 화장실에서 수건을 꺼내와 풀에게 내밀었다. 그녀가 비에 젖은 나에게 수건을 내밀었듯이.

- 몸 좀 닦아요.

그 상황에서 그녀를 내칠 수는 없는 일이었다. 나는 창문 밖을 살폈다. 다행히 수상한 기척은 없었다. 내가 내민 수건으로 대충 몸을 닦은 그녀는 구석에 쪼그리고 앉았다. 나는 주전자의 물이 끓기를 기다려 믹스커피를 타서 그녀에게 내밀었다.

- 여긴 믹스밖에 없어요. 그래도 뜨거운 걸 마시면 몸이 좀 따뜻해질 거요.

내가 내민 찻잔을 풀은 아주 소중하게 감싸 쥐었다. 마시기 위해서라기보다 온기를 느끼기 위해 감싸 쥐고 있는 것 같았다. 나는 얼른 보일러 스위치를 켰다. 윙, 하는 소리와 함께 보일러 돌아가는 소리가 정적을 흩트렸다. 풀은 여전히 쪼그리고 앉아 몸을 떨고 있었다. 나는 내가 덮던 모포를 그녀의 어깨에 걸쳐주었다. 여자 옷이 없으니 젖은 옷을 벗으라 할 수도 없었다.

- 어찌 된 거요?

나는 침묵이 눅눅한 습기처럼 고이는 방안이 싫어 질문을 던졌다. 풀이 젖은 눈을 들어 나를 한참 바라보다가 입을 달싹거렸다. 주의를 기울여 듣지 않으면 안 들릴 만큼 작은 목소리였다.

- 아, 아들 때문에….

- 아들이 왜 싸우는 이유가 된 거요?

풀이 말없이 커피를 홀짝홀짝 마셨다. 한 번도 본 적 없는 그녀의 아들이 싸움의 이유가 됐다는 말에 문득 그녀의 아들이 궁금해졌다. 한참 찻잔을 들여다보고 있던 풀이 힘들게 입을 뗐다.

- 아들 그런 것도 내 탓이라고.

- 아들이 어떤데요?

- 아들이… 장애가 있어요… 뇌성마비….

그 말을 하던 풀이 참았던 울음을 터트렸다. 나는 갑자기 빛도 없는 캄캄한 동굴 속을 걷는 것 같았다. 그녀의 울음소리가 빗소리에 섞여들었다. 나는 아무것도 보이지 않는 창밖을 뚫어질 듯 바라봤다.

- 결혼은 왜 하죠?

풀이 물었다.

- 왜 했어?

내가 풀에게 물었다.

- 행복해지려고요.

풀이 말했다. 맞는 말이기도 하고 틀린 말이기도 했다. 순수하지 않은 감정으로, 사랑하지 않는 마음으로, 불온한 생각으로 하는 결혼은 절대 행복할 수 없다. 나 역시 결혼에 대한 생각은 상당히 회의적이다. 순순한 결혼, 행복한 결혼, 가능한 것인가?

이 세상의 결혼은 서로의 욕심과 조건이 맞아야 한다. 사랑이 아닌 계약일 수 있는 것이다. 서로의 안온한 삶과 행복을 보장할 수 있어야 결혼은 성립될 수 있다. 내 나이 서른아홉. 변변한 직장도 없고 모아둔 돈도 없고 한 여자를 책임지기에는 부족한 것이 많다. 또 한 여자를 책임지고 싶지도 않다. 그러니 결혼할 생각도 없다. 나는 세상에 대해 책임질 수 없는 부분이 너무나 많다. 생에 대한 환상이나 사람에 대한 환상이 없으므로 나 하나의 목숨을 부지하는 것도 버겁다. 가족을 지켜갈 자신이 없다. 나는 그저 나를 고민하고 인생을 고민하고 사람들의 생을 고민하며 살 뿐이다. 해결책도 없다. 그저 글을 쓰는 일로 위안을 삼을 뿐이다.

- 아버지는 뱃사공이었어요.

풀이 입을 뗐다.

- 뱃사공?

- 아니 뱃사공이라 하기에는 어색할 수도 있겠네요. 아버지는 호이안에 있는 띤뚱 강에서 관광객들을 태우는 바구니 배 사공이었죠. 전쟁 통에 다친 다리 때문에 다리를 절었지만 바구니 배를 젓는 일에는 무리가 없었죠. 띤뚱 보트라고 부르는 그 배는 큰 바구니처럼 생겼는데 거기에 두세 명의

관광객을 태우고 띤뚱 강을 한 바퀴 돌며 구경시켜 주는 거죠.

풀은 조금 진정이 되는 듯 희미하게 웃었다.

- 나는 아버지가 벌어오는 돈으로 학교에 다녔어요. 그런데 아버지가 탄 배가 뒤집어지는 사고가 났어요.

- 저런! 어쩌다?

- 바구니 배는 노만 젓는 것이 아니라 그 작은 배 안에서 묘기를 부려야 손님들에게서 팁을 많이 받을 수 있어요. 배를 위험하게 기울일수록 손님들이 열광했어요. 나는 아버지의 묘기를 보면 가슴이 저렸어요. 거의 뒤집어질 지경까지 배를 기울일수록 수입이 많아지니까 다리도 성치 않은 아버지가 묘기를 펼치다가 균형을 잡지 못해 배가 뒤집어진 거죠. 당연히 아버지는 그 일을 못 하게 됐고 손님들에게 사고 보상까지 해야 해서 빚더미에 올라앉게 됐어요. 나는 아무 일도 할 수 없고, 아버지는 술만 마시고, 어머니는 다낭성당 앞에서 과일을 팔았지만 그걸로 우리 식구가 살 수는 없었어요. 학교 다니는 동생이 둘이나 있었거든요.

풀은 그 말을 마치고 내가 준 담요를 머리까지 뒤집어썼다. 한기가 몰려오는지 몸을 부르르 떨었다.

- 눈 좀 붙이지.

나는 구석에 놓인 일인용 침대를 가리켰다. 풀이 고개를 저었다.

- 그래서 결심했죠. 한국으로 시집오기로.

- 아는 사람이 있었나?

- 아는 언니가 있었어요. 그 언니가 다리를 놓아주었죠.

- 그랬군.

- 물론 순수하지 않은 결혼이었어요. 하지만 나쁜 의도는 조금도 없었어요.

- 나쁜 의도?

- 한국인과 결혼해서 국적을 취득하면 이혼하는 여자들도 많거든요. 하지만 저는 그런 생각은 하지 않았어요. 정말 잘 살아보려고 했어요.

- 으흠.

- 그런데 마음대로 되지 않았어요. 저는 지금 도망가고 싶어요.

- 도망?

- 더 이상 맞고 살 수는 없어요. 돈을 벌어서 내 아들도 치료해야 하고 베트남에 있는 부모님께 생활비도 보내드려야

해요. 그런데 남편은 그럴 생각이 전혀 없어요.

풀은 절망적으로 고개를 흔들었다. 이럴 때 어찌해야 하는지 나는 알 수가 없다. 동정심만으로 그녀를 보듬어 안을 수도 없다. 나는 침대 위에 있던 이불 하나를 끌어와 그녀의 어깨에 더 걸쳐 주었다. 내가 할 수 있는 일은 그뿐이었다.

아침이 되자 풀은 퉁퉁 부은 얼굴로 내 방을 나갔다. 올 때 입고 온 속옷에다 담요를 둘둘 말고서. 그것이 또 화근이 될지라도 반라의 속옷 차림의 그녀를 그대로 내보낼 순 없었다. 풀이 나가고 나는 잠시 곯아떨어졌다. 긴장의 끈을 놓자 나도 모르게 그리되었다. 또 요란하게 문 두드리는 소리가 난 것은 열 시쯤이었다. 나는 비몽사몽 문을 열었다. 허영자가 서 있었다. 표정으로 보아 몹시 화가 난 것처럼 보였다. 허영자는 대뜸 물었다.

- 어제 여기서 티빈이 잤어요?

- 티빈? 티빈이 누구죠?

말은 그렇게 하면서도 속으로 나는 풀의 이름이 그런가 보다 생각했다.

- 네, 응우옌 티빈. 베트남에서 온 여자, 카페 알바.

- 아, 이름이 그래요?

- 네, 나는 그 애의 이름을 부르지 않고 알바라고 부르죠. 본인이 원한 거기도 하고요.

- 본인이 원해요?

- 말 돌리지 말고 대답해 봐요. 티빈이 여기서 잤는지 안 잤는지.

허영자의 눈빛은 내 눈동자를 내내 좇으며 대답을 원했다.

- 아, 그 뭐, 여기서 잔 건 아니고 새벽에… 잠시….

말을 하기도 참 민망했다. 내가 풀의 사연을 이야기하기도 전에 허영자는 나를 독기 어린 눈으로 쳐다보더니 팽하니 돌아서 가버렸다. 또각거리는 구두 굽 소리가 사납고 날카로웠다. 그녀의 머릿속을 채울 지저분한 상상 속에 내가 빠져나올 구석은 없어 보였다.

나는 방안을 둘러보았다. 언제라도 떠날 준비를 하고 사는 사람처럼 내 짐은 단출했다. 만약의 경우에는 내 몸만 빠져나가도 될 만큼 미련이 없는 살림살이들이었다. 그러나 지금 쓰고 있는 소설은 마무리를 하고 떠났으면 싶었다. 마무리라는 말이 내 삶과 어울리지 않지만, 그 누구의 인생인들 마무리를 깔끔하게 제대로 하는 사람이 몇이나 될까.

나는 그날 오후, 복잡한 머릿속을 정리하기 위해 무작정 기차를 탔다. 많은 사람들의 흔적이 담긴 낡은 의자에 앉아서 나를 피해 달아나는 풍경을 보았다. 기를 쓰고 달아나는 풍경은 풀 같았다. 기차는 바람이고, 풍경은 풀이었다. 바람은 가버리면 그뿐, 스러지는 것은 풀이다. 그녀가 풀일까?

자생하지 않으면 존립이 어려운 풀은 사람들이 가꾸지 않는다. 꽃을 가꿀 뿐이다. 그래서 여자들은 꽃이 되기를 원한다. 만에 하나라도, 풀이 꽃이 될 수 있을까?

여자들, 그들은 모든 것을 장악한다. 그에 질린 남자들, 이혼도 불사한다, 여자에 대한 환상은 자꾸 사라지고 그들 몸을 뜨겁게 달구던 정자 수도 점점 줄어든다. 베르나르 베르베르는 말했다. 미래에 남자들은 사라질 것이라고. 여자들만 남고 남자들은 전설이 되어 버린 세계(내일 여자들은), 파라다이스 2권에 그런 작가의 상상이 있다. 그런데 그 말이 충격이다. 남자들은 스스로 자신들의 저돌적 생명력과 욕정을 버리려 하고 있다. 무수한 정자의 활동을 스스로 차단하려 하고 있다. 여자에 대한 환상이 어그러지기 시작한 후부터의 징조다. 풀이 자라 산을 덮을 때까지 나무들은 방심한다.

풀은 돌아올까? 내가 떠난 후에도?

시간이 좀 걸리겠지만 풀은 자랄 것이다. 시간이 좀 걸리겠지만 풀은 산을 덮을 것이다. 허영자가 내게 관심을 접고 문씨가 풀의 행방을 찾는 동안, 나는 이곳을 떠나야 할 것이다. 내 것은 이곳에 하나도 없으므로. 심지어 풀을 측은하게 생각하는 마음조차 없으므로.

세상의 광풍 앞에서 풀은 쓰러진다. 그러나 반드시 다시 일어난다.

문득 몇 해 전 다녀온 호이안의 밤 풍경이 떠오른다. 화려하기 짝이 없던 호이안의 밤은 눈물을 감추고 있었다. 나의 발을 정성스럽게 주무르던 마사지 아가씨의 미소가 마네킹 같았다. 마네킹은 다시 일어날 준비를 하고 있었다. 누가 그들을 그렇게 만들었는지는 말하지 않는다. 그저 광풍에 몸을 낮추었다가 다시 일어나는 풀들을 보았을 뿐이다.

밤바다에 등을 띄우며 무엇을 빌었던가. 세계의 평화? 나라의 발전? 그도 아님 가족의 건강? 명멸하는 불빛은 얼핏 평화롭다. 바람이 등불을 위협한다. 풀들을 사납게 흔든다. 그럼에도 바람에 몸을 숙였다가 다시 일어서는 풀이 눈물겹다.

나는 문득 풀의 안부가 궁금해졌다.

오월의 첫날

1.

그녀를 만나기로 한 찻집은 조용했다. 이층으로 오르는 계단 입구부터 걸려 있는 커다란 그림들이 화랑에 들어선 듯한 느낌을 주었다. 모네와 마네의 그림을 흉내 낸 모작들이 진품인 양 그럴싸했다. 그림은 오래 그 자리에 걸려 있었던 듯 조금 낡은 듯한 분위기를 자아냈다.

실내는 깨끗했고 정갈했다. 순한 원목 색을 살린 탁자와 겨자 빛깔의 의자가 평화롭고 안정적인 분위기를 느끼게 했다. 강한 햇살을 가린 커튼도 은은한 베이지색. 전체적으로 무난하면서 편안했다. 그녀 같았다.

창가의 의자에는 다행히 아무도 앉아 있지 않았다. 그는 천천히 그곳으로 가 앉았다. 입구가 보이기는 하나 아늑하게 깊은 의자가 어수선하게 느껴지지 않았다. 커피를 내렸는지 커피 냄새가 실내를 가득 메우고 있었다. 익숙하고 편안한 향에, 이상하게도 이십여 년 전 어느 날이 오버랩 되었다.

- 방금 커피를 내렸는데 한 잔 드릴까요?

자리에 앉자마자 젊은 청년이 다가와 물었다. 마치 오래전부터 알고 있는 사람을 대하듯 편안하고 친절했다. 그의 아들이리라. 대답 대신 고개를 끄덕였다. 멀쑥하게 잘생긴 녀석의 입가에 만족한 미소가 어렸다. 언젠가 이 찻집에 와서 짙어가는 녹음을 내려다보고 있을 때, 또래의 청년들이 한 무더기 앉아 하는 이야기를 우연히 들었다.

- 미친놈, 피아니스트가 돼 돌아올 줄 알았던 프랑스 유학파가 겨우 커피나 내리고 있냐?

- 그러지 마, 재는 커피만큼 인생을 정확히 이야기하는 대상이 없다잖아. 커피에 혼이 빠진 애를 '겨우'라고 이야기하면 안 되지.

- 니 아버지가 불쌍하다. 커피 팔아서 유학까지 보낸 아들이 결국엔 커피를 내리는 놈이 되어 돌아왔으니.

- 히히. 그러게. 걔네 아버지는 손해 보는 장사했지 뭐.

- 아니지. 제대로 가업을 물려주는 게 된 거지. 저 좋아서 하는 일에 왈가왈부할 것 없다. 인생이 뭐 정해진 게 있다더냐.

시끌시끌한 분위기에서도 청년은 그냥 웃고만 있었다. 눈길은 여전히 커피에 박혀 있었다. 그날의 소란스런 대화로, 청년이 피아니스트를 꿈꾸던 프랑스 유학파이며 중도에 그 길을 포기하고 바리스타가 되어 돌아왔다는 걸 알았고, 아버지의 커피 가게에서 일한다는 걸 알게 됐다. 3층 건물의 이층에 자리 잡은 카페는 청년의 나이보다도 더 오래된 커피집이었다. 따라서 그에게는 아주 깊은 추억이 어린 곳이다. 세월이 흘렀음에도, 상호가 바뀐 것 말고는 별로 변한 게 없었다. 물론, 이십여 년의 세월 동안 몇 번의 리모델링을 통해 실내 분위기는 조금씩 바뀌었지만 차분하고 평온한 우드 톤의 색조와 잔잔한 음악은 변함이 없었다. 어쩜 그는 음악을 들으러 이곳에 오는 것일지도 몰랐다. 구레나룻이 멋지던 청년의 아버지는 보이지 않았다.

- 누굴 기다리세요?

가끔씩 혼자 들러 커피를 마시고 가던 그를 처음으로 본 날, 청년은 대뜸 그렇게 물었다.

- 아니. 왜, 그렇게 보이나?

- 네. 창밖을 바라보시는 눈길이 누굴 기다리시는 거 같아서요.

청년은 자신의 짐작이 틀린 것에 조금 실망한 듯 머리 뒤통수를 긁적였다. 그는 잠시 미소를 지었다가 조용히 말했다.

- 커피 한 잔 주게.

그 말에 청년은 신이 난 듯 활짝 웃었다.

그는 커피에 대해서는 아는 바가 없었다. 커피를 가끔씩 마시러 오기는 하지만 특별히 커피의 맛을 알아서 오는 것은 아니었다. 그저 자리를 지키고 앉아 있기 위해서 커피를 마시는 것뿐이었다.

- 제가 만든 더치커피를 한 잔 드려도 될까요?

청년은 아주 조심스럽게, 그러나 자신이 넘치는 표정으로 말했다.

- 그러시게나. 커피를 공부하고 왔다고?

- 예.

청년은 몹시 수줍게 웃으며 긴 머리칼을 쓸어 넘겼다. 섬세하고 긴 손가락에서 피아노 선율이 울려날 듯했다. 실내에는 비지스의 <오월의 첫날>이 흐르고 있었다. 아릿한 그리움이 그를 조용히 흔들었다.

창밖에는 서늘한 가을이 묻어났다. 바람에 흩날리는 낙엽들이 몹시 스산해 보였다. 그 쓸쓸한 거리를 지나 어디론가 부지런히 걸어가는 사람들의 모습이 낡은 그림처럼 흔들렸다.

어디로 가는가. 그 자신도 정신없이 휘둘렸던 그 풍경의 조각을 이제는 남의 일처럼 바라보고 있다는 것이 또한 쓸쓸했다.

- 아주 맛있을 겁니다.

청년이 커피 한 잔을 들고 와 아주 조심스럽게 내려놓으며 말했다. 얼굴엔 초등학교 소년이 숙제 검사를 받을 때의 긴장감이 서려 있었다.

- 드셔 보세요. 이 커피는 일명 '커피의 눈물'이라고도 하죠. 긴 시간 동안 차갑게 내린 커피입니다.

청년은 가지도 않고 그 자리에 서서 그의 대답을 기다리고 있었다. 이럴 때 지을 표정과 말을 그는 알고 있었다. 그는 한 모금을 음미하듯 머금고 말했다.

- 음, 좋군.

그윽하게 내뱉는 그의 말에 청년은 환하게 웃었다.

- 그렇죠? 좋죠?

그때 출입문이 열리며 서너 명의 대학생들이 몰려들어왔다. 청년은 대학생들 앞으로 다가갔다. 전 모카 라떼 주세요, 저는 더치 한 잔 주세요, 난 카푸치노. 음, 난 캐러멜 마키아토, 난 그냥 아메리카노. 왁자지껄한 커피 주문이 이루어졌다. 5명의 주문이 각각 달랐다. 상큼한 여대생들의 기호가 새삼 싱그러웠다. 누구에게나 저런 시절이 있을 터. 그녀가 생각났다. 청년이 바빠졌다. 입안 가득 머금은 커피 향에 멀미가 날 것 같았다.

- 아이 써. 전 커피 맛을 정말 모르겠어요.

커피를 처음 마신다던 순진하고 어여쁘던 그녀. 그 자신도 커피 맛을 알고 마시는 것은 아니었다. 그러나 그녀 앞에선 에스프레소도 삼킬 수 있었다.

왁자하고 소란한 여대생들을 바라보다 시선을 옮겼다. 자연스럽게 구석진 자리에 걸린 그림으로 눈길이 가닿았다. <오월의 첫날>이라는 제목 아래로 화가의 이름이 얌전하게 적혀 있었다. 서윤주. 가슴이 조용히 물결치기 시작했다.

어쩜 나타나지 않을지도 모른다. 시계가 두 시를 지나자 그런 염려가 들었다. 어렵게 전화를 했을 때, 그녀는 조금 놀라는 듯했다. 변명하듯 몇 마디 했다.

- 우연히 전화번호를 알게 됐어. 그림을 봤어요. 그냥 차나 한잔 하죠.

반말과 존댓말을 섞어 어설프게 말했을 때, 그녀는 대답하지 않았다. 잠시 망설이는 듯한 그녀의 숨죽인 숨결이 전화선을 타고 느껴졌다.

뭐라고 말할까? 어떻게 내 번호를 알았어요? 혹은 누구세요, 라고 말할까? 그 대답을 기다리는데 입안이 깔깔했다. 서둘러 장소를 말하고 전화를 끊었다. 서툴기는 이십 년 전이나 지금이나 달라진 게 없다. 그녀 앞에 내세울 것이 없어, 마음을 고백하지 못했던 이십여 년 전의 어색하고 궁색한 마음은 여전하다. 마음속에 오롯한 그녀의 해맑은 얼굴이 낡지도, 늙지도 않아 서글프다.

- 왜 커피를 드시지 않으십니까?

청년이 다시 나타나 재촉하듯 물었다.

- 음미하면서 마시려고요.

헛헛한 미소를 지으며 그가 말했다. 청년의 얼굴에 만족한 웃음이 가득 차올랐다.

- 얼마든지 리필해 드릴 테니 맘껏 드십시오.

청년은 정중하고 진지한 표정으로 고개를 숙여 인사했다.

- 그런데 왜 상호를 <B>로 바꿨소?

들어오다 본 강렬한 이미지의 간판이 떠올랐다. 청년이 잠시 난처한 표정을 짓더니 이내 가볍게 말했다.

- 비지스의 약자죠.

- 비지스?

- 네. 가장 큰 뜻은 비지스고요. 그 외 포함한 뜻은 뷰티블, 베스트, 비전, 블룸(bloom), 그 정도요. 아버지 시대에서 저의 시대로 바뀌는 시그널이기도 하고요, 희망적인 이미지이기도 하고요. 상호가 '오월의 첫날'은 너무 진부하잖아요.

- 으흠. 그, 그런가?

그가 신음 같은 한숨을 내뱉었다.

- 아버지도 동의하셨지요. 하지만 음악 색깔은 그대로 아버지 취향이죠. 여전히 비지스를 좋아하시고요.

- 그렇군.

그는 시커먼 커피를 한 모금 꿀꺽 삼켰다. 그녀는 올 것인가. 오지 않을 것인가…. 그는 창밖을 바라봤다. 청년이 다시 커피 머신이 있는 쪽으로 걸음을 옮겼다.

2.

오후 늦게 그는 카페 <B>에 나타났다. 계단을 오를 때마다 카페 <B>라는 상호가 낯설었지만 이제는 아들의 뜻에 따르기로 했으니 도리가 없다. 아들은 말했다.

- 혹시 그 음악에 추억이 있으세요?

뭐라고 말할까 생각하다 그냥 픽 웃었다. 녀석도 씩 웃었다. 묘한 공감이었다. 비지스의 노래를 늘 틀어둔 것이 녀석이 상호를 변경하는 데 일조를 했을까.

- 이 그림은 뭐죠?

녀석은 리모델링할 때 한쪽 구석에 걸린 그림을 들먹였다. 떼 내고 싶은 눈치였다. 하긴 실질적인 운영자가 되었으니 제 마음대로 해 보고 싶은 생각이 있겠지. 하지만 그는 단호하게 말했다.

- 그 그림은 건드리지 마라.

녀석은 다행히 금세 수긋해졌다. 자신의 뜻대로 카페의 분위기를 바꾸어 볼 생각에 이리저리 궁리를 해 보는 것 같았지만 음악실을 가득 채운 LP 판과 CD를 옮길 수 없다는 것, 그림을 옮길 수 없다는 것에 녀석은 한숨을 내쉬었다. 기껏해야 의자와 탁자, 전등 따위를 가는 일이 자신이 할 수 있는 한계라는 걸 알고는 벗어낼 수 없는 고집스런 아버지의 세월에 대해 인정할 수밖에 없다는 생각을 한 것 같았다. 그림에 대해서도 잠시 고개를 갸웃했지만 아버지의 속을 헤집을 생각은 없는 듯했다. 그러나 녀석의 눈빛에 스친 상상을 그는 가늠할 수 있다. 풋풋한 옛사랑의 그림자를 상상할 것이다.

하지만 그가 그 그림에 대해서 간절한 건 없다. 아련할 일도 없다. 그 그림을 우연히 화랑에서 보았고 무엇에 홀린 듯 그 그림을 샀을 뿐이다. 이름난 화가도 아니었고 아는 화가도 아니었다. 정확히 말하면 모르는 화가였다. 화랑 주인이 소개한 그녀의 프로필은 시선을 받을 프로필도 아니었다. 모 미대 졸업, 몇 번의 전시회, 이러저러한 수상 경력, 그 정도였다. 그런데 그녀와 다시 연결이 된 것은 한 달쯤 후였다. 화랑 주인이 그 여자의 전시회가 있다고 알려 왔다. 무심한 호기심에 가 보마 했다. 화랑 주인은 전시회에 초대하는 것이 그림을 사 준 그에 대한 예의라고 생각한 것 같았다.

무료한 오후에 그곳을 찾았다. 비가 오는 날이었다. 축축하고 우울한 날씨, 드문드문 보이는 관람객들 사이로 그녀가 보였다. 그리 크지 않은 키에 어깨까지 흘러내린 머리칼이 기억을 일깨웠다.

그녀도 그를 금세 알아봤다.

- 어머… 어떻게….

- 이렇게 만나는군요. 화가가 되신 줄은 몰랐습니다.

- 네에….

그녀는 조금 수줍게 웃었다. 조그맣던 소녀가 어느새 중년의 여인이 되어 있었다. 세월은 무심하게 소리 없이 흘렀다. 그 사이에….

그녀를 기억했다. 처음 커피를 마시며 찡그리던 모습과 십수 년 후에 마주친 모습까지. 그녀에 대한 별다른 관심이나 마음이 있어서는 아니었다. 단지 그의 마음속에 있는 여인과 닮았다는 사실 때문이었다. 처음 그녀가 찻집으로 들어섰을 때 그는 손에 있던 찻잔을 떨어트리고 말았다. 모든 시선이 그에게로 모아졌고 그는 당황해서 찻잔 조각을 허둥지둥 주웠다. 급하게 줍느라 손가락을 베었다. 붉은 피가 추억처럼 배어났다. 어쩜 저리 닮을 수 있을까. 그는 찻잔 조각에 벤 손가락을 입으로 가져가면서도 여전히 그녀를 응시했다. 마치 평행이동한 것 같은 생각이 들었다. 장소만 다를 뿐, 공간에 존재하는 그녀와 그는 수년 전의 그림 그대로였다.

반드시 첫사랑일 것만 같은 표정으로 둘은 평온해 보였다. 눈빛과 몸짓에서 어찌할 수 없는 사랑이 묻어나는 커플. 둘은 아무 말도 없이 앉아서 음악을 듣다가 탁자 위로 얹은 손을 살그머니 마주 잡기도 했다. 그는 비지스를 틀었다. 그 둘의 표정이 감미로운 감성의 바다로 아주 깊숙이 빠져들었다. 그들의 눈빛엔 그들 외에는 아무것도 없었다. 음악과 다 식은 커피와 두 사람의 눈빛만이 그 공간을 채우는 전부였다. 그녀가 꾸던 꿈에서 헤어난 듯 걸어와 쪽지를 내밀었다. 하얀 손이 고왔다.

- 신청곡이에요.

수줍은 목소리가 그녀와 닮았다.

Bee Gees의 <first of May>

숨이 멎어버릴 것 같았다.

- 언니가 좋아하던 노래예요.

그녀가 수줍게 웃으며 거기 서 있었다.

한 남자가 그의 기억을 흔들며 나타났다. 허름한 차림에 눈길조차 허전한 남자였다. 자신감 없는 절망 어린 표정이 곧 쥐약이라도 삼킬 것만 같은 얼굴이었다. 남자는 여자 앞에 앉으며 조금 웃어 보였다. 여자 앞에서 그렇게 웃으면 안 된다는 걸 그는 그녀가 떠난 후에야 알았다. 그 역시 여자를 잡을 수 있는 힘은 없어 보였다.

- 어떻게 됐어?

여자가 다급하게 물었다. 남자가 고개를 숙인 채 한숨을 쉬었다. 여자가 조용히 남자의 손을 잡았다.

- 괜찮아. 시험은 또 보면 되잖아. 힘내.

무슨 시험을 보았을까. 그는 궁금증을 품은 채 남자 앞으로 다가가 말했다.

- 뭘 시키시겠습니까?

남자가 고개를 들며 그를 올려다봤다.

- 위스키 한 잔 주세요.

여전히 힘없는 목소리였다.

- 위스키는 저녁이 되어야 팝니다만… 드리죠.

그는 꺼질 듯한 한숨을 쉬는 남자를 보며 속으로 한숨을 쉬었다. 그렇게 약한 모습을 보이면 여자는 도망가. 반드시! 속으로 그렇게 중얼거렸다.

- 선은 잘 봤어?

남자의 목소리에 약간의 질투가 묻어났다.

- 응.

- 어땠어?

- 그냥, 뭐….

여자는 남자의 시선을 피하며 어설프게 웃어 보였다.

그 여자에게서도 약한 페인트 냄새가 났다. 유화물감에서 나는 냄새였다. 그녀도 그림을 그리는 걸까. 그녀가 신청한 '오월의 첫날'을 들으며 그는 눈을 감았다. 하얀 원피스를 입은 그녀가 웃으며 다가왔다. 부드럽고 나직한 목소리로 그녀가 말했다. 사랑해요. 그러던 그녀가 왜 떠난 것일까. 아니 왜 그녀의 진심을 받아들이지 못했을까. 왜 그녀를 잡지 못했을까…. 알량한 자존심에 그녀와 나란히 할 수 없는 현실이 부끄러웠을까. 그렇다고 그녀는 왜 목숨을 스스로 버린 것일까. 그런데 왜 그녀가 다시 내 앞에 나타난 것일까….

그는 혼란스러웠다. 그래서 그녀에게 관심이 더 생기기 시작했다. 일주일에 두 번, 그녀는 커피를 마시러 나타났다. 반드시 그 남자와 함께. 처음에 그들은 수줍고 어색하게 서로를 바라보며 커피를 마셨다. 인생의 어둠 같은 쓴 커피를, 얼굴을 찡그리며 마시던 그녀의 모습은 사랑스럽기까지 했다.

그녀의 얼굴 위로 그녀가 오버랩 되었다.

'커피는 악마와 같이 검게, 지옥과 같이 뜨겁게, 천사와 같이 깨끗하게, 연애와 같이 달콤하게'라고 말한 프랑스의 소설가 베르코르. 그 말에 반해서 그의 소설을 읽었던 적이 있었다. '바다의 침묵'이었던가….

그들에게 커피 냄새가 배어갈 즈음, 어느 날부터 남자는 나타나지 않았다. 그녀 혼자 나타나 커피를 마셨다. 창밖을 바라보며 마셨고 점점 진한 커피를 마셨고 때때로 혼자서 울면서 마시기도 했다. 그럴 땐 술이 더 어울릴지도 모른다는 생각을 한 적도 있었다. '오월의 첫날'을 수도 없이 신청했다. 그녀가 들어서면 그가 알아서 '오월의 첫날'을 턴테이블에 올렸다. 그러면 그녀는 젖은 눈빛으로 목례를 보내왔다. 그러다 그녀조차 나타나지 않았다. 암전이었다….

- 아버지, 저분 알아요?

녀석이 그의 귀에 대고 속삭였다.

- 누구?

- 저기 저 그림 앞에 앉은 분요.

그는 창밖을 내다보는지 고개를 외로 꼬고 있었다. 오늘

따라 그의 뒷모습이 더 쓸쓸해 보였다.

- 아! 으, 응….

그는 긍정도 부정도 아닌 신음을 뱉었다.

- 뭐 하시는 분이에요?

녀석의 호기심이 바짝 달라붙었다.

- 몰라.

- 아시는 분이라면서요?

- 몰라.

- 대답이 뭐 그래요?

- 쓸데없는 관심 끄고 네 볼일이나 봐라.

그는 녀석에게서 커피잔을 빼어 들고 녀석의 등을 밀었다. 오후 두 시부터 녀석과 교대를 하기로 돼 있는데 오늘은 삼십 분쯤 늦었다.

3.

아무래도 그녀는 오지 않을 모양이다. 갑자기 민망한 생각이 들기 시작했다. 자신이 형편없는 인간처럼 느껴졌다. 젊은 시절 알았던 여자를 중년이 되어서 찾을 일이 무언가. 잠시라도 옛 추억에 젖어 그녀를 기다린 것이 부끄러워졌다. 이미

식어버린 커피를 단숨에 삼켰다. 검고도 검은 커피가 절망적으로 목젖을 타고 흘렀다. 그녀는 오지 않는다….

- 커피 한 잔 더 드릴까요?

고개를 들어보니 그다. 그가 씩 웃고 있었다.

- 아, 예, 아니….

남자는 그의 등장이 민망하다. 구레나룻이 잘 어울리는 그는 세월이 지나도 여전하다.

- 비가 올 모양이네요.

말이 많은 사람은 아니지만, 마치 어제 만난 사람처럼 건네는 인사가 자연스럽다. 비가 올 모양이다. 하늘이 진회색으로 내려앉았다. 바람도 분다. 거리를 지나던 사람들의 움직임이 부산해진다. 그녀는 오지 않을 것이다. 그녀는 오지 않는다.

- 위스키 한 잔 주시겠소?

빈 찻잔을 들고 주방으로 돌아가는 그의 등 뒤에 대고 남자가 소리쳤다. 그가 잠시 돌아보고 고개를 끄덕였다.

'오월의 첫날'은 불빛 아래서 오롯하다. 비도 오지 않고 어둡지도 않다. 전체적으로 연한 연둣빛 바탕에 진회색의 나무와 분홍 꽃잎이 살랑댄다. 눈을 감은 소녀의 긴 머리칼에 수줍음이 살풋하다. 미풍이 느껴지는 화면은 부드럽고 달콤하다. 어디일까, 저곳은. 그녀의 의식이 닿아 있는 행복한 저곳은 어디일까….

- 오시는군요.

그가 위스키 잔을 내려놓으며 말했다.

- 예에?

어리둥절한 남자가 고개를 들어 그를 올려다봤다.

- 서윤주 씨가 오시네요.

남자가 성급하게 창밖을 내다보다가 단숨에 위스키를 들이켰다. 남자의 숨소리가 조금 거칠어졌다. 간간이 흩뿌리는 빗줄기가 차창에 부딪혔다. 문이 열리며 그녀가 나타났다. 조금 젖은 머리칼을 털어내는 그녀의 모습에 그는 가슴이 저렸다. 그녀도 꼭 저런 모습으로 머리칼을 털었었는데…. 남자는 석고상처럼 멍하니 앉았다가 벌떡 일어났다. 그녀가 맞은편 의자에 앉을 때까지 남자는 그렇게 서 있었다.

- 앉으세요.

그녀가 순하게 웃으며 남자를 바라봤다. 그는 돌아섰다. 그녀가 자신을 향해 웃는 것 같은 착각에 가슴 언저리가 묵직해졌다. 아주 오래된 기억 속의 그녀가 살아온 듯했다. 어찌

저리 닮을 수 있는지…. 아니 그 자신이 그렇게 느끼고 싶은 건 아니었는지.

- 사장님, 커피 한 잔 주세요.

- 뭘로 드릴까요?

그는 돌아서 그녀를 바라보았다. 그녀의 등 뒤로 오월의 첫날이 펼쳐졌다.

- 음…. 사장님이 알아서 주세요.

그녀가 또 웃었다. 그는 다시 돌아섰다. 가슴이 알 수 없이 따듯해져 왔다.

- 커피의 눈물을 드리죠.

그녀는 가끔 혼자 와서 그것을 마셨으니까. 아주 오래전부터.

- 오, 오랜만입니다.

남자가 말을 더듬으며 어설프게 인사를 했다. 그는 아직도 여자에 대해서 모르는 게 많은 것 같다. 하긴 우리가 인생에 대해서는 아는 것이 그리 많았던가. 사람의 인연에 대해서도!

- 네, 오랜만이에요. 이렇게 만나게 될 줄은 몰랐어요.

그 말에, 어색해하던 남자의 표정이 조금 편안해진 것 같았다. 여자의 목소리도 편안했다.

20년, 그쯤 되었던가. 그들이 만나던 시간들이. 어쩜 남자는 지금도 자신이 잡지 못한 여자에 대해서 회한과 아련한 그리움이 남아 있으리라. 미안함도 얼마쯤, 후회도 얼마쯤. 그리운 날엔.

그들은 그렇게 어색하게 해후를 하고 조금씩 과거의 시간 속으로 걸어 들어가기 시작했다. 조명을 조금 어둡게 조절했다. 훨씬 편안한 느낌이 들었다. 그는 음악실로 들어갔다. 나란히 꽂혀 있는 CD 케이스를 부드럽게 쓰다듬다가 '오월의 첫날'을 찾아 들었다. 에미 후지타의 CD였다. 비지스와는 다른 깊이의 울림이 흘러나오기 시작했다. 그들 둘이 고개를 그의 쪽으로 돌려 환하게 웃었다. 고맙다는 사인이었다. 그는 볼륨을 조금 낮추었다. 그들의 대화가 방해되지 않도록. 그 순간부터 그는 그녀를 만나고 있었다. 남자와 함께.

- 아, 이 음악. 오월의 첫날이군요.

여자의 환한 미소가 바람이 부드러운 오월의 첫날을 떠올리게 했다.

- 에미 후지타죠. 비지스와는 다른 울림이 있죠. 깊은 강물 같은.

남자가, 그가 했던 말을 되뇌고 있었다. 진지하고 엄숙한 표정이었다. 마치 시험을 치르는 듯한 긴장감이 느껴졌다. 그는 속으로 피식 웃었다.

- 아, 그렇군요. 저는 사라 브라이트만의 '오월의 첫날'도 들었어요.

그들은 그 음악으로 서로를 느끼고 있었던 모양이다. 긴 세월 동안.

- 사라 브라이트만 보다는 비지스가 더 좋죠.

- 물론이죠.

아, 그들은 왜 언저리를 빙빙 돌고만 있을까. 정작 그들이 하고 싶은 이야기는 따로 있을 텐데. 그녀가 나타나 속삭였다. 당신을 사랑해요. 그는 중얼거렸다. 당신의 사랑을 나는 믿지 못했어요. 그녀에게 미안했다.

잠시 침묵이 흘렀다. 그들은 서로 고개를 숙인 채 말이 없다가 동시에 창밖을 내다봤다. 에미 후지타의 음색만 실내에 가득했다. 그때, 요란하게 문이 열렸다. 비를 털고 들어서는 남자와 여자가 저쪽 구석에 가 앉았다. 이즈음 부쩍 자주 오는 커플이다. 그들도 사랑을 속삭이고 있을까. 톡, 톡, 떨어지는 가벼운 빗줄기처럼. 그는 컵을 들고 남자와 여자를 지나 그들에게로 다가갔다.

- 잘 지냈어요?

여자의 목소리가 등 뒤에서 들렸다. 그는 커피 주문을 받아 그 앞을 지나왔다.

- 그럭저럭요. 윤주 씨는요?

- 저도 그럭저럭 지냈어요.

둘이 함께 웃었다. 아픈 세월의 흔적이 그 웃음에 묻어났다. 사랑의 아픔은 사람을 성숙하게 하는 것이라던가.

- 가끔씩 이 찻집에 왔는데 어느 날 보니까 윤주 씨 그림이 걸려 있는 거예요.

- 그걸 어떻게 알아보셨어요?

여자가 조금 수줍게 웃었다.

- 본능적이라고나 할까요. 이니셜이 낯익었어요. 전에 왜, 화가가 되면 어떤 사인을 할까 같이 의논하기도 했었잖아요. 그런 데다 그림의 분위가 단번에 우리의 추억과 무관하지 않다는 느낌을 받았죠.

남자가 말이 많아졌다.

- 아, 그랬군요. 가끔 궁금했어요. 어찌 사실까 하고….

여자는 조금 부끄러운 듯 고개를 살짝 숙이고 말했다.

- 아, 가끔 제 생각을 하셨군요.

남자가 헤벌쭉 웃으며 속없는 남자처럼 굴었다.

그는 비를 털고 들어온 남녀에게서 주문받은 커피를 들고 그 앞을 또 지나갔다.

- 캐러멜 마키아토 한 잔, 에스프레소 한 잔.

커피잔을 놓자 짧은 단발머리를 한 여자가 신경질적으로 옷에 묻은 빗물을 털어냈다. 남자가 엉거주춤 일어나 여자를 건너다봤다.

Now we are tall, and Chrismas trees are small…

이제 우리는 자라서 크리스마스트리가 작게 느껴지네요…

남자와 여자는 조용히 음악에 취해 있었다. 굳이 말을 하지 않아도 그들은 분명 이십 년의 세월을 거슬러 올라가고 있었다.

- …그렇게 헤어지고 군대엘 갔어요. 삼 년 복무하고 나와서 취직을 했죠. 중소기업에 들어갔는데 그게 행운이었어요.

- 어째서요?

- 거기서 기술을 익히고 배워서 조그만 공장을 하나 차렸어요. 아무 생각 안 하고 일만 했죠. 다행히 밥걱정 안 할

정도는 되었는데 가끔씩 추억이 어린 이 찻집에는 왔었죠. 우연히 이 길을 지나다가 그때까지도 이 찻집이 있는 걸 봤어요. <오월의 첫날>이라는 상호에 얼마나 가슴이 아련했는지…. 오랫동안 한자리에서 찻집을 하는 주인이 고마운 생각까지 들더라구요.

- 저도 가끔 왔었죠. 결혼하고 나서는 발길을 끊었지만….

그래, 그랬구나. 어느 날부터 그 여자가 오지 않은 것은 결혼 때문이었구나. 지난 일은 잊고 새 출발을 하자, 뭐 그런 마음이었겠지.

- 미대에 갔다는 이야기는 우연히 들었어요. 하지만 소식을 알 수는 없었죠. 또 소식을 알아도 기름투성이 작업복 입고 만날 용기도 없었고요.

- 음, 그랬군요.

여자는 천천히 고개를 주억거리며 남자를 바라봤다. 아주 따뜻한 눈빛이었다. 격정이나 열정은 사라졌으되 사람에 대한 온기가 가득했다.

- 그리움 때문인지 그때부터 그림에 관심을 갖기 시작하고 전시회 같은 데를 자주 다녔어요. 하지만 이 카페에서 윤주씨 그림을 볼 줄은 몰랐어요.

- 네에…. 여기 사장님이 제 그림을 사 주셨어요. 하지만 이렇게 카페에 걸어 두실 줄은 몰랐죠.

- 그 덕에 이렇게 윤주 씨를 보네요.

그들의 대화는 이어졌다 끊어졌다 다시 이어졌다.

- 저는 비지스를 들을 때마다 석호 씨를 생각했어요.

그녀는 살포시 웃었지만, 그녀가 날마다 와서 비지스를 들으며 울었던 이야기는 하지 않았다. 아픈 이야기는 덮어두는 그녀의 마음이 참 어여뻤다. 그녀가 또 오버랩 되었다.

- 사실 저는 비지스를 몰랐는데 하나 있던 언니가 늘 비지스를 들었어요. 그것도 오월의 첫날을 되풀이해서 들었죠. 그 덕에 오월의 첫날을 알게 됐는데 석호 씨 하고도 그렇게 그 음악과 엮이게 될 줄은 몰랐죠. 더구나 이곳 상호가 오월의 첫날이어서 더 의미를 두게 됐죠.

- 언니는 지금 어디…?

남자가 아주 조심스럽게 물었다.

- 딴 세상 사람이 됐어요. 자살을 했죠. 아직도 저는 언니가 왜 자살을 했는지 몰라요.

- 음, 그랬군요….

- 가끔씩, 저는 언니가 사랑에 실패를 했던 건 아닌가 하는

생각도 해 봐요.

가슴이 저렸다. 아주 오래전의 아픔이 미열처럼 몸을 휩쌌다.

- 저랑 언니는 아주 많이 비슷했어요. 석호 씨랑 헤어지고 힘들어할 때 엄마가 나를 사사건건 심하게 간섭했어요. 언니처럼 저를 잃을까 걱정이 되었대요.

그 얘기를 할 때 여자의 눈에는 또 한 여자가 아른거렸다. 사랑해요. 부끄러워 조그맣게 말하던 사랑스러웠던 그녀….

그는 그녀와 결별을 선언하고 군대에 갔다. 군대에서 그녀가 자살했다는 소식을 들었다. 그 아프고 견디기 힘든 시간들을 보내고 사회에 나와서 처음 얻은 일자리가 커피집 종업원이었다. 죽음처럼 검은 액체를 마시며 그녀에 대한 미안함을 지우려 노력했다. 스스로 자립할 수 있게 됐을 때 그는 그녀를 생각했다. 아련한 아픔이 밀려와 떨어지지 않았다.

- 남자는 첫사랑을 잊지 못하죠.

남자가 뜬금없이 혼잣말처럼 중얼거렸다. 그가 하고 싶은 말을 남자가 하고 있었다.

- 애기들, 아니 자식은 몇이나 두셨어요?

그녀 역시 뜬금없이 그렇게 내뱉었다. 둘은 어색한 분위기를 이겨내지 못하고 있었다.

- 아, 두, 둘입니다.

남자는 도둑질하다 들킨 사람처럼 당황했다.

- 윤주 씨는요?

- 저는 아들 둘 두었어요.

여자는 차분하게 말했다.

- 나도, 아들만 둘…. 하하하.

남자는 일부러 과장스럽게 웃어댔다. 어색하기 그지없는 대화가 두 사람 사이를 오가고 있을 때 여자의 전화벨이 울렸다.

- 응, 민재야. 수업 끝났어? 응, 엄마 곧 갈게. 오늘 학원 가는 날이라고? 알았어. 곧 갈게. 미안, 그래 기다려.

잔잔히 흐르던 강물이 출렁거렸다. 이제 강물은 더 이상 흐르지 않을 것 같다. 추억 속으로 젖어 들어가던 여자의 눈빛에서 단박에 안개가 걷혔다.

- 가봐야 해요.

여자는 서둘러 가방을 들었다.

- 벌써? 저녁이나 같이하면 싶었는데….

어느새 반말 투로 변한 남자가 몹시 아쉬운 표정으로 말했다.

- 저도 그럴 생각이었는데 제가 오늘 아이 학원 데려다줘야 하는 걸 깜빡했어요. 요즘은 뭐든 깜빡깜빡해요.

여자가 미안한 얼굴로 서둘러 일어났다.

- 그럼 언제 다시….

남자가 말을 더듬으며 따라 일어섰다.

- 글쎄요…. 다음 전시회 준비도 있고 애들도 키워야 하고….

여자는 머뭇거렸다.

- 그럼 시간 되실 때 연락해…요.

남자가 한참 뜸을 들이다 명함을 내밀며 그렇게 말했다. 여자가 명함을 꼼꼼하게 들여다보며 건성 고개를 주억거렸다.

- 그럼 먼저 갈게요.

여자가 한 손을 들어 나비의 날개처럼 살랑살랑 흔들어대고는 밖으로 나갔다. 출입구에 매달린 종 모양의 차임벨이 차릉차릉 울었다. 남자도 빨려나가듯이 여자의 뒤를 따랐다. 허둥허둥, 출입구를 향해 걸어가는 그의 등이 유난히 쓸쓸해 보였다.

그는 허전한 눈길로 그 여자가 남기고 간 향기를 맡았다. 이것이 사과 향이던가, 재스민 향이던가….

그는 창 쪽으로 다가가 사라진 그들을 좇았다. 너른 창밖으로 그들의 모습이 보였다. 남자는 택시를 타는 여자를 향해 고개를 깊숙이 숙여 인사했다. 여자는 손을 흔들며 그에게 웃어 보였다. 그들이 다시 만날까… 그들이 다시 찻집에 나타날까….

그는 쓸쓸해졌다. 마치 그 둘의 마음을 읽은 것처럼. 그들은 다시 만나지 않을지도 모르고 다시 만날지도 모른다. 하지만 그건 그리 중요하지 않다. 그들의 마음이 견디어낸 이십여 년의 세월이 그들 가슴에 아련하게 남아 있을 테니까. 그 또한 아릿한 한 여자의 영상이 가슴에 깊숙이 박혀 있으니까. 아련한 것들은 지워지지 않는다….

- 아저씨! 커피 리필해 달라니까요!

빗줄기에 가려진 그들의 행적에 마음을 놓고 있다가 젊은 여자의 새된 목소리에 화들짝 정신이 들었다. 빗줄기를 털고 들어와 신경질적으로 빗물을 닦던 여자의 목소리였다. 바깥 풍경에 넋을 놓고 있다가 못 들었던 모양이다.

- 아, 네. 잠깐만 기다리십시오.

그는 서둘러 자리를 떴다. 캐러멜 마키아토….

- 그리고 음악 좀 바꿔주세요. 이거, 뭐 완전 구닥다리 음악이잖아요.

여자는 날카롭고 신경질적으로 굴었다. 아마도 기분 나쁜 일이 있었던 모양이다. 그는 서둘러 그들에게 목례를 보내고 음악실의 CD를 갈아 끼웠다.

메사츄세스. 여전히 비지스였다.

벨롱장에서 만난 사람

아마도 뱃속에 불이 난 것이 맞지 싶다. 시도 때도 없이 속이 뜨거워져 찬물을 들이켜고 부채질을 해대는 것은 불이 나지 않고서야 있을 수 없는 일이다. 마치 화인을 찍은 짐승처럼 뱃속이 뜨겁다. 그뿐만이 아니었다. 손바닥도 불에 덴 듯 쓰리고 아팠다. 평생을 두고 이루고 싶었던 일을 얼마만큼 이루었다고 생각했는데, 이게 뭐람.

나는 수세미 속같이 어질러진 책상을 치우며 가슴을 문질렀다. 벌써 갱년기? 그런 생각을 잠시 하다가 얼른 고개를 젓는다. 아직은 아니다. 암, 아니고말고.

꽉 막힌 도로처럼 내 머릿속은 정지해 있다. 이럴 때는 집을 벗어나야 한다. 그간의 경험치다. 책상 위에는 낯익은 책 한 권이 놓여 있다. 3년을 투자해 피 울음 울 듯 써낸 소설이지만 지금은 부끄러운 마음이 더 크다.

- 살다 보면 좋은 날도 있다더니, 네가 그 짝이네.

더할 수 없이 허망한 눈으로 나를 바라보던 K가 불쑥 뱉은 말이 나에게는 독이 묻은 화살 같았다.

처음부터 책이 팔리리라는 생각을 한 건 아니었다. 어쩌다 출판한 첫 책이 예상외로 대박을 쳐서 나는 한동안 조금 우쭐해 있었었다. 하지만 마음속은 집 한 채를 태운 것 같이 쓸쓸하고 우울했다.

토마스 울프가 한 말을 곱씹었다.

<나는 결국 스스로가 지핀 불에 데었다는 것, 나 자신의 화염에 소진되었다는 것, 그리고 여러 해 동안 내 삶을 흡입한 맹렬하고 만족할 줄 모르는 욕망의 송곳니에 의해, 내 존재가 갈가리 찢겼다는 것을 알았다. 말하자면 빛의 세포 하나가 낮이건 밤이건 내 삶의 모든 깨어있는 순간에, 또는 잠자는 순간에 뇌와 마음과 기억에서 언제나 빛나리라는 것, 벌레가 내 몸을 먹으면서 자신의 빛을 유지하리라는 것, 어떤 오락, 어떤 음식과 음료도, 어떤 여행과 어떤 사람도, 그 빛을

깨트릴 수 없으리라는 것, 그리고 죽음이 그 전적이고 결정적인 어둠으로 내 삶을 덮을 때까지 나는 결코 그 빛에서 해방될 수 없으리라는 것을 깨달았다. 마침내 나는 내가 작가가 되었다는 사실을 깨달았다.>

인세 수입이 낯설어서 나는 통장으로 입금된 돈의 숫자만 읽고 또 읽었다. 생각해 본 적도 없는 엄청난 금액이었다.

- 작가가 되기도 어렵지만 베스트 작가가 되기는 정말 어렵지. 낙타가 바늘로 들어가는 정도의 행운이 있어야 가능한 일이야. 정말 축하해.

늘 내게 힘이 되어주는 몇몇 지인이 하는 말이었다.

- 베스트셀러는 작품성하고는 관계가 없지요. 어쩌다 운때가 맞으면 그런 일이 일어날 수 있는 거니까요.

시기심이랄까, 아니면 진실만을 말하는 작가 정신이랄까, 그렇게 말하는 사람들도 있었다.

그 어느 쪽이든, 비난하거나 아님 호응할 마음은 없었다. 그저 내가 처한 상황이 바뀐 것에 대해 조금 놀라는 정도였다. 하지만 베스트 작가라는 실감은 그리 오래가지 않았다. 오른 만큼, 아니 오른 것보다 몇 배는 더 굴러떨어진 기분이었다. 다시는 글을 쓸 수 없을 것 같은 무력감에 나는 그즈음 너무 힘들었다. 하루 종일 쪼그리고 앉아 음악을 듣거나, 아무도 없는 방 안에서 TV를 크게 틀어놓고 멍하니 있거나, 그도 아님 정처 없이 버스를 타고 돌아다니거나.

그리워할 것이 필요했다. 문학은 내게 분명 그리움이었다. 내내 닿을 수 없는 그리움…. 어쩜 그것이 나를 살아있게 하는 유일한 이유인지도 몰랐다.

나에게 가족이 없다는 사실이 전에 없이 홀가분했다. 당분간 돈벌이를 하지 않아도 최소한의 생계는 꾸려갈 수 있다는 생각에 조금 느긋한 마음도 있었다. 그러나 글을 써야 한다는 절박감은 더욱 나를 옥죄어 왔다. 나는 나날을 초조하게 보냈다. 그건 또 한 번 베스트셀러를 내야 한다는 마음은 아니었다. 내가 작가라는 자각이 그런 초조한 마음을 갖게 한 것 같았다. 닿을 수 없는 거기, 더욱 그리워진 갈증이 나를 자꾸 한쪽으로 몰아가고 있었다.

비가 장맛비처럼 쏟아졌다. 버스에서 내린 나는 망연히 빗줄기를 바라보았다. 비에 젖은 나무둥치가 유난히 시꺼멓다. 빗줄기를 피할 수 없는 연록의 이파리들은 매를 맞는 아이처럼 온몸을 떨었다. 우산도 없이 나선 길이 난망했다.

순식간에 비에 젖은 옷이 이미 젖은 옷을 입었던 것만큼이나 축축했다.

한적한 시골 버스 정류장에는 등산모를 눌러쓴 남자 하나가 앉아 있었다. 그도 망연히 빗줄기를 바라보고 있었다. 뿌연 빗줄기 사이로 희미하게 보이는 해안도로는 오가는 자동차들만 부산스러웠다. 떠나온 날부터 비가 쏟아지더니. 오늘 아침 잠시 반짝 해가 나는 듯해서 버스를 탔는데 이게 뭐람. 되는 일이 하나도 없다 싶으니 슬그머니 짜증이 치밀어 올랐다. 빗줄기에 갇혀 버스정류장에서 꼼짝 할 수 없는 신세는 내 처지와 비슷하다 싶어 한숨이 절로 터졌다. 후줄근하게 젖은 배낭이 더욱 무거웠다.

- 이거라도 쓰시겠소?

남자가 비닐우산을 내밀었다. 그가, '이거라도'라고 말하는 저의가 드러날 만큼 비닐우산의 상태도 좋아 보이지 않았다. 나는 말없이 고개를 저었다. 빗소리는 더 거세어지고 뿌옇게 흐려지는 시야가 조금 두려워지기 시작했다.

- 비가 그칠 것 같지를 않네.

남자는 혼잣말처럼 중얼거렸다. 그는 나보다 조금 일찍 버스정류장에 내린 것 같았다. 그러나 그나 나나 빗줄기에 갇혀 버스정류장에서 꼼짝할 수 없는 신세는 똑같았다.

- 잠깐 들어와서 비를 피하다 가세요.

정류장 뒤편의 허름한 가게 유리문이 열리며 젊은 여자가 소리쳤다. 남자와 나는 서로를 바라보다가 동시에 가게로 뛰어들었다.

- 여행 오셔서 비를 만나셨네요. 거기 의자에 앉아서 물기라도 좀 닦으세요.

친절한 여자는 타월 두 장을 내밀며 웃었다. 가게 안은 좁았지만 오밀조밀 물건이 많았다. 한편에 어묵과 순대를 얹어둔 좌판이 보였다. 나는 여자의 친절이 고마워서 어묵이라도 먹을 양으로 여자를 바라보았다.

- 두 분이 참 좋아 보이네요. 부부가 같이 다정하게 여행다니면 참 좋을 것 같아요.

멀리서 바라보면 대부분 아름답다. 거기에 감성까지 얹어지면 더욱 그렇다.

- 근데 아주머니가 넘 젊어 보인다.

여자가 나를 살피다 한마디 툭 뱉었다. 아주머니? 그 말에 나는 잠시 주춤했다. 마흔을 넘긴 나이이니 그 말이 낯설지는 않지만 들을 때마다 거슬린다. 서른 중반이나 되었을까,

여자는 나와 남자를 부부로 착각했는지 스스럼없이 말했다. 남자가 나를 돌아보고 피식 웃으며 말했다.

- 여기, 어묵이나 좀 주시오.

남자와 나는 테이블을 가운데 두고 앉았다. 좁은 가게에 테이블은 하나뿐이었다.

- 어디서 오셨어요?

어묵을 담은 그릇을 내려놓으며 여자가 호기심 어린 눈빛으로 물었다.

- 서울에서 왔어요.

내 대답에 이어 남자가 말했다.

- 나는 대전서 왔소.

여자가 남자와 나를 번갈아 보며 장난스럽게 웃었다.

- 아, 여기 와서 만나신 분들이구나. 호호호.

그 여자의 머릿속에 그려진 그림이 어떤 그림인지 알 것 같았다. 그 말에 편해진 듯 남자가 입을 열었다.

- 퇴직하고 나니 너무 허전하고 허망합디다. 그래서 틈만 나면 여기저기 떠돌아다닙니다. 아내는 아직 몇 년 더 직장 생활을 해야 하니 나 혼자 떠날 수밖에요.

희끗한 남자의 머리카락이 진실해 보였다.

- 아, 그러시구나. 팔자가 좋으시네요.

여자가 부러운 듯이 남자를 바라보았다.

- 부럽긴요. 여기저기 떠돌아다니는 게 처량해 보이지는 않습니까?

- 아이구, 저는 부러워 죽겠네요. 나도 아저씨 나이쯤 돼서 그렇게 돌아다니며 살 수 있었으면 좋겠어요. 근데 두 분은 비 오는데 해수욕장에는 뭐 하러 오셨어요?

여자가 나와 남자를 훑으며 물었다.

- 여기서 민속장이 열린다 해서 왔는데, 비가 오니 안 열리겠죠?

남자가 어묵 하나를 베어 물며 우물우물 말했다. 다행히 나와는 행선지가 달랐다. 나는 책방을 찾아왔으니까.

- 아, 잘못 아셨어요. 내일입니다.

- 그래요? 그럼 오늘은 이래저래 허탕을 친 거네요?

남자는 아쉬운 듯 혀를 끌끌 찼다. 어느새 빗줄기가 잦아들고 있었다. 나는 자리에서 일어났다.

- 왜 가시게요? 아직 비가 안 그쳤는데?

남자가 창밖을 내다보다 나를 돌아보며 물었다. 나는 고개만 까딱했다.

- 비 맞고 다니면 감기 들어요. 어디로 가실 겁니까?

나를 따라 일어서는 남자의 말소리가 눅눅했다. 사실 비 오는 거리를 나와 돌아다닌다 해도 나는 정처가 없었다. 그저 우연히 알게 된 섬 속의 책방 팸플릿을 가지고 책방을 무작정 찾아가 보려는 것뿐이었다. 이번 여행의 목적은 책방을 찾아보는 것으로 정했다.

나는 벌써 사흘째 섬 안의 책방을 찾아다니고 있었다.

나는 어제의 일을 떠올렸다. 어제는 섬 속의 섬이라는 우도의 책방을 찾아갔다. 우도는 제주에서도 배를 타고 한 이십여 분 정도 가야 하는 작은 섬이다. 많은 책방 중 그 책방이 관심을 끈 것은 작은 섬에 책방을 열었다는 사실이 신기해서였다. 그 책방은 우도에 도착해서도 한참을 헤매다 찾아냈다. 해변이 바라보이는 아주 작고 소박한 집이었다. 오래된 집을 수리해 겨우 책방 간판만 걸어두었다. 커피 냄새가 났고 책에서 나는 잉크 냄새가 희미하게 났다. 나는 그 냄새를 깊이 들이마시며 책방으로 들어섰다. 마흔쯤? 책방 주인은 고왔다. 읽던 책을 덮어두고 일어나는 여자에게서 해초 냄새가 났다.

- 어서 오세요.

여자는 단정하게 인사했다. 자그마한 앰프에서 잔잔한 음악이 흘러나오고 있었다. 얼핏 평화롭다는 생각이 들었다. 하지만 나는 여자에게 묻고 싶었다. 여기에 책방을 낸 이유가 뭐죠? 직설적으로 그렇게 묻고 싶었지만 그렇게 물을 수는 없었다.

- 책방이 되나요?

나는 책을 뒤적이다가 아주 조심스럽게 물었다.

- 가끔요.

여자의 대답은 모호했다. 여자가 스스로 생각해도 대답이 소홀했다고 생각했는지 친절한 목소리로 말을 이었다.

- 호기심으로 오는 손님들이 많아요. 여행길에 한번 들러보고 싶은 장소 정도로. 차도 팔고 기념품도 팔고, 손수 만든 소품 장신구도 팔고, 또 일인 출판하는 작가들 책도 팔고….

- 일인 출판요?

- 예, 유수한 출판사에서 책을 낼 수 없는 무명작가들의 몸부림이죠.

그 말은 나에게 큰 울림을 주었다. 무명작가들의 몸부림? 글을 써서 생계를 유지할 수 있는 작가들이 얼마나 될까?

활자 매체가 죽어가는 시대에 글을 써서 책을 내도 되는 건가요? 먹고 살 만큼 팔리려면 어떤 방법이 있을까요? 그런 질문은 내 마음속에서만 뒤엉켜 있을 뿐 나는 아무 말도 할 수 없었다. 슬그머니 책 한 권을 집어 드는 나에게 그녀가 말했다.

- 그 책이 일인 출판하는 작가의 책입니다. 우리 서점은 그런 작가들을 응원합니다.

손바닥 크기만 한 책이었다. 나는 그 책을 소중하게 만지작거렸다. 그 책갈피 갈피마다에서 그 작가가 힘들어했을 시간의 고통과 외로움과 피 같은 울음이 느껴졌다. 내용은 이름 없는 작가로 사는 외로움과, 그럼에도 불구하고 글을 쓸 수밖에 없는 운명에 대해 토로하는 작가의 심정을 적은 것이 대부분이었다. 십분 이해되는 문장 하나하나에 빠져들었다. 나도 한동안 헤매고 힘들었던 그 시절, 지나가면 그만일 거라 생각한 그 절망감이 다시 찾아든 즈음에 만난 그 책은 밤송이처럼 나를 찔렀다.

책 속에는 그의 삶이 녹아 있었다. 서울살이를 접고 제주로 온 그는 허름한 농가를 사서 고친 후에 여행객들에게 방을 빌려주는 것으로 밥을 번다고 했다. 소위 말하는 민박.

좀 그럴싸하게 말하면 게스트하우스. 글 쓰는 일로는 밥을 벌어먹을 수가 없어 궁여지책으로 하는 짓이라 했다. 그럼에도 불구하고 여행객들이 남기고 간 여행의 흔적을 치우는 일보다 글 쓰는 일로 밤새우는 일이 더 잦다고 했다.

나는 그 작가가 궁금해지기 시작했다. 그 남자와 운명을 같이 하기 위해 제주로 온 그의 아내도 궁금했다. 그들은 무얼 먹고 살까? 작가는 무얼 먹고 사나? 손바닥만 한 책을 읽는 사이 그에 대한 이러저러한 의문들이 꼬리를 물었다. 그런데 글을 읽어내려가는 동안 힘이 빠졌다. 종내는 글을 쓰기 위해 여행객들을 위한 숙소를 집어치웠으면 좋겠다는 내용과 다시 글만 쓰며 살 자세를 가다듬어 가고 있노라 했다. 그는 아내의 슬픈 눈빛을 보지 않은 것일까, 아님 그의 아내가 남편이 작가인 걸 자랑스러워하며 씩씩하게 뒷바라지하는 것일까…. 자신의 꿈을 위해 아내의 희생을 강요하는 듯한 그의 문장은 못마땅했다. 노동과 창작은 병행할 수 없는 것일까?

제주를 떠나기 전, 그를 한 번쯤 만나고 싶었다. 팔리지도 않을 책을 출판해 놓고 뭘 기대하고 있는 것인가. 문학을 해서 어쩌자는 것인가. 나는 책을 만지작거리다 책장 앞에 놓여 있는 나무의자에 앉았다.

- 귤차 한잔하세요.

책방 여주인이 향긋한 차를 한잔 내왔다. 맑은 감귤 색이 순하고 향기로웠다.

사라지는 동네 책방, 사라지는 책 읽는 사람들… 그런 생각을 하니 외딴섬에 책방을 낸 그들의 의지가 참 대단하고 아름답다 싶지만 차마 그 말을 뱉을 수는 없었다.

나는 차를 마시는 동안, 책장을 천천히 넘겼다. 행간마다 느껴지는 그의 투덜거림이 밤 가시처럼 나를 찔렀다. 그가 궁금해지기 시작했다. 그를 만나러 갈까 말까…. 나는 진지하게 고민하기 시작했다.

- 어디로 가십니까?

남자가 재차 물었다.

- 네, 제주에 있는 작은 책방들을 좀 돌아보려구요.

나는 순하게 대답했다.

- 책방이요? 서점 말입니까? 큰 도시에서도 안 되는 책방이 이 섬에 있다고요?

남자가 고개를 갸웃거리며 나를 바라봤다.

- 꽤 여러 군데 있다대요.

- 책 사는 사람이 있겠어요?

나는 그 말에 갑자기 가슴이 답답해졌다. 책을 읽지 않는데 글은 왜 쓰나, 하는 절망감이 나를 휩쌌다. 사실 우연히 제주도 작은 책방 이야기를 듣고서 나는 탈출하듯 그 서점들을 찾아보고 싶었다. 책을 안 읽는 세상에, 그 먼 곳 섬에서 책방을 한다? 나는 갑자기 궁금해졌고 어떤 사람들이 그런 무모한 짓을 하는지 확인하고 싶었다. 그 일은 내가 하고자 하는 일에 대한 확신을 얻기 위한, 아니 위안을 얻기 위한 수순일지도 모른다는 생각이 들었다. 어쩜 정신적 자위행위일지도 모른다.

- 허, 참. 특별한 여행자십니다. 뭐 하시는 분입니까?

남자는 나를 기이한 물건 보듯 하면서 조심스럽게 물었다. 나는 사람들이 그렇게 물을 때 가장 곤란하다. 내가 하는 일을 당당하게 말하지 못하는 것은 부끄러워서가 아니라 그 일에 자신이 없어서이다.

- 별로 하는 일이 없습니다. 그저 여행이나 다니고….

심드렁하게 대답하는 내 말을 듣던 남자가 내 말을 자르며 끼어들었다.

- 나도 혼자 다니는 편인데, 여자하고 남자는 다르지 않습니까.

나는 남자의 말에 대꾸도 하지 않고 들고 있던 배낭을 다시 멨다.

- 제가 동행해 드릴까요?

나는 남자를 멀거니 바라보았다. 친절인지 뭔지. 호의임에는 분명할 것이나 그 말이 나는 불편했다. 하지만 살짝 웃어 보였다. 남자가 변명하듯 말을 이었다.

- 오해는 하지 마십시오. 여자 혼자 다니는 게 위험할 것 같아서요. 며칠 전에 게스트하우스에서 혼자 온 여행객 살인사건도 있고 해서….

순간 등골이 오싹했다. 하지만 그는 어찌 믿을 것인가.

- 호의는 고맙지만 사양합니다.

그를 특별히 의심하는 건 아니지만 특별히 믿을 이유도 없다. 나를 바라보던 남자가 아쉬운 듯 말을 이었다.

- 저는 요즘 오름을 오르고 있습니다. 며칠 전에는 용머리 오름에 갔다 왔구요, 어제는 따라비 오름에 다녀왔어요. 보름 정도 머물 생각으로 왔는데 날씨가 종잡을 수 없어 계획했던 대로는 못 보고 갈 것 같습니다.

남자는 묻지도 않은 말을 아주 진지하게 말했다. 악인이거나 나쁜 사람 같지는 않았다. 그의 눈빛에 일렁이는 쓸쓸함이 파도 소리를 닮았다는 생각이 들었다.

- 올레는 얼마나 걸어보셨나요?

나는 인간적인 예의로 그에게 물었다.

- 올레는 진즉에 걸었습니다. 광치기 올레부터 종달 올레까지. 한 바퀴를 돈 셈이죠. 할 일이 없어지고 난 후부터 나를 담금질하는 게 올레길이었습니다.

그의 독백 같은 언어들이 빗속에 흩어졌다. 빗줄기가 조금 약해진 듯했지만 여전히 비가 쏟아지고 있었다.

- 아, 그러시군요.

나는 건성 대꾸했다. 그의 말이 이어졌다.

- 이번엔 오름을 오르기로 작정하고 내려왔습니다. 걸으면서 느끼는 것은 내 존재의 확인 같은 거지요.

- 아…!

- 캐나다에도 제주 올레길이 있답니다.

그는 나를 잡아 두려는 듯 자꾸 말을 이었다. 말이 많이 고팠던 모양이었다.

- 그래요?

- 토론토에서 북동쪽으로 80킬로미터를 더 가면 부르스트레일 호클리벨리 구간 9.6킬로 되는 길이라고 들었어요. 정확하게 말하면 <제주올레-캐나다 브루스트레일 우정의 길>이라는데 꼭 가보고 싶어요. 2011년도에 개통행사가 열렸을 때는 300여 명이 모였대요. 토론토 한인들이 대부분이었겠지만 그들에게는 제주 올레길이 그리움 같은 게 아니었을까 생각해요.

- 네에….

그에게서 풍겨나는 쓸쓸함이 왠지 전염될 것만 같았다. 나는 사실 제대로 된 올레길을 걸은 적도 없다. 그저 광치기, 종달, 표선, 하도 정도. 그저 올레길이 어떤 건가 하고 훑어보았을 뿐인데….

인생을 두고도 나는 진정 찾아낸 게 없었다. 깊이 깨달은 바도 없었다. 그런 주제에, 글을 쓴다는 것이 늘 부끄러웠다.

- 그런 의미에서 제주 올레 2코스는 제주도의 부르스트레일인 셈이죠.

그의 눈빛은 저 멀리로 날아가는 비 맞은 새처럼 처연하고 쓸쓸했다. 비가 계속 온다면 그와의 이야기가 길어질 것 같은 불행한 예감이 들었다. 그에게 목례를 보내고 마침 도착한 버스에 오르며 인사를 했다.

- 즐거운 여행 되시기 바랍니다.

아쉬운 듯한 그의 눈길이 따라붙었다.

성미에게서 전화가 온 건 밤이 늦어서였다, 10시가 가까운 시간이었다. 그녀는 내가 온다고 했을 때부터 안내를 자처했지만 빠듯한 회사 일정 때문에 약속을 지킬 수 없어 어쩔 줄 모르는 상황이었다.

- 선생님, 오늘은 어딜 다녀오셨어요?

그녀는 나의 일정에 대해 궁금해했다. 그녀는 내가 잠시 교직에 있을 때 가르쳤던 학생이었다. 나를 극진하게 여기는 편이라서 그 후로도 연락을 이어오고 있었는데 사내커플로 결혼을 하더니 제주지사로 함께 발령을 받아 정착했다.

- 조천에 있는 서점 찾아갔다가 허탕치고 왔어.

제주 오시면 꼭 놀러 오라고, 노래의 후렴처럼 말하던 아이여서 이번 제주행을 결심했을 때 전화를 했었다. 하지만 곧 후회했다. 그녀의 일상을 흩트리는 것 같은 기분이 들었기 때문이었다.

- 저런 힘드셨겠네요. 제가 모셨어야 하는 건데. 죄송합니다.

그녀는 죄를 지은 사람처럼 목소리를 낮추어 말했다. 곁에 있다면 그녀는 분명 고개를 숙이며 웃어 보였을 것이다.

- 힘들 건 없는데 조금 허탈했지. 하지만 그것도 나쁘지는 않았어. 모든 일이 내 생각대로 풀리는 건 아니니까.

사실 기분이 그랬다. 그녀가 죄송할 일은 아닌 것이었다.

- 내일 아침 일찍 호텔로 모시러 가겠습니다.

성미는 스스로에게 다짐하듯 목소리를 높여 말했다.

한때는 문학소녀였던 성미는 작가인 선생에게 공부를 했다는 것을 자랑처럼 여기고 사는 아이였다. 두고두고 연을 이어온 것도 친밀한 관계를 갖고 싶다는 의도가 다분했다. 그렇게 이어진 인연으로 가끔씩 소식을 주고받았고 제주에 오면 안내를 하겠노라 자청했던 것이다.

- 바쁘면 안 와도 돼. 혼자 다닐만해.

나는 그녀가 미안해하는 것이 미안해서 그리 말했지만 사실 버스를 타고 다니면서 모르는 곳을 찾아다니는 것이 불편하다는 생각을 하던 중이었다. 갑작스런 비를 만나 하루를 허비한 듯한 어제는 더욱 그랬다. 그녀가 시간을 낼 수 없다면 승용차를 며칠 빌릴 생각이었다. 하지만 속도가 주는 앎보다 허탕 치며 얻는 자각이 더 컸다. 허탕을 친다고 소득이 없는 것은 아니었다. 문 닫힌 책방의 유리창 너머의 풍경에서도 많은 걸 얻을 수 있었다.

서점마다 특색이 있는 작은 책방들은 나름의 고집들이 있었다. 시집만 파는 서점, 어린이 책만 파는 서점, 일인 출판하는 작가들과 어린이 작가의 책들을 진열해 둔 서점, 여행서적만 파는 서점, 헌책만 파는 서점, 그림책만 파는 서점….

우연히 작은 서점에 대한 정보를 얻었을 때부터 가슴이 뛰었다. 팔리지 않아도 자신이 쓴 글을 스스로 출판까지 하는 무명작가들이 보고 싶었다. 그들의 글을 보고 싶었다. 어쩜 그건 나 자신의 모습을 객관적으로 보고 싶은 욕심인지도 몰랐다. 어쩜 자존감을 회복해 보려는 마음인지도 모를 일이었다.

- 아닙니다. 내일 아침 아홉 시까지 모시러 갈게요.

성미는 아주 정중하고 친절하게 말했다. 서글서글한 그녀의 눈매가 생각나 슬며시 미소가 지어졌다. 그녀가 시간을 내어준다면 더없이 고마운 일일 터였다.

- 내일은 제가 아주 특별한 곳으로 모시겠습니다.

내 속내를 아는 듯, 그녀는 다짐하듯 그렇게 말했다.

다음 날 아침, 그녀는 나를 운전석 옆에 앉힌 뒤에 안전벨트까지 확인하고는 시동을 걸며 물었다.

- 혹시, 벨롱장이라고 들어보셨어요?

그녀는 부드럽게 핸들을 조작하며 나를 바라보았다. 나는 그녀의 눈빛에서 장난기를 느끼며 물었다.

-벨롱장? 그게 뭐야?

- 화초장도 아니고 청국장도 아닙니다. 제주에만 있는 장입니다.

그녀는 생글생글 웃으며 말했다. 전혀 짐작도 할 수 없는 말이었다.

- 뭘로 만든 장이야?

내 말에 그녀가 참았던 웃음을 터트리며 소리 내 웃었다. 나는 잠시 무안했다. 단어는 많이 알고 있다고 생각했는데 그게 아닌 모양이었다. 나는 그녀에게 다시 물었다.

- 혹 제주 방언인가?

- 딩동댕~ 역시 작가님은 다르십니다.

그녀가 격하게 고개를 끄덕이며 웃어 보였다.

- 벨롱장? 무슨 말이지?

- 벨롱이란 <반짝반짝 빛나는>이라는 뜻입니다. 제주

말입니다.

- 반짝반짝 빛나는? 반짝반짝 빛나는 장? 그게 뭐지?

나는 몹시 궁금했다. 그러자 그녀가 어깨를 으쓱하며 히죽 웃었다.

- 말이 참 예쁘지 않습니까? 제주 말은 이쁜 말이 많아요.

- 그렇군. 벨롱이란 말이 참 예쁘네.

- 그렇죠? 오늘 제가 모시고 갈 곳이 그곳입니다.

순간 나는 헷갈렸다. 벨롱장? 숙소 이름인가? 아님 음식점 이름? 하지만 그걸 드러내놓고 물어보기는 싫었다. 나는 토라진 듯 입을 다물고 부드럽게 바뀌는 바깥 풍경을 바라보았다. 다행히 날씨가 어제와는 다르게 맑고 따뜻했다. 빗물에 씻긴 초록 이파리들이 더 선명하고 반짝반짝했다.

- 제주 날씨는 종잡을 수가 없어요. 그래도 오늘은 선생님 모시라고 날씨가 한 부조하는 것 같습니다.

그녀가, 말이 없어진 나를 힐끗 바라보며 목소리를 높였다. 사실 조금 기분이 상했다. 놀림을 당하는 것 같아서였다. 나는 여전히 입을 다문 채 배낭에 넣어두었던 우도에서 산 작은 책을 꺼내 건성 훑었다. 책 한 권을 읽으면서 그에 대한 파악은 다 한 셈이다. 찾아보려고만 하면 주소지도 알 수 있을 것 같았다. 민박을 한다는 집도 알아보면 어렵지 않게 찾을 것이다. 하지만 왠지 그렇게까지는 하지 말아야 할 것 같았다. 그냥 적당한 궁금증을 가지고 바라봐 주는 것이 어쩜 작가에 대한 예의일지도 모른다. 성미가 유쾌하지 않은 내 기분을 알아챘는지 술술 말을 풀어내기 시작했다.

- 지금 가는 곳은 거슨새미 오름입니다. 이 오름은 서남쪽 굼부리에 한라산으로 거슬러 오르는 새미가 있다 하여 그렇게 부릅니다. 새미는 샘을 이야기하고요. 거슨은 '거슬러'의 뜻인 것 같습니다. 굼부리는 분화구를 이야기하고요.

그녀는 지명에 대한 설명을 세세하게 했다.

- 아, 그래….

나는 시큰둥하게 대꾸했다. 묻고 싶은 말은 입 밖으로 나오지 않았다.

- 거기서 오늘 장이 열립니다.

- 장?

마지못해 대답하는 내 말은 성의가 없었다. 어떤 기대도 들어있지 않은 말투였다.

- 네, 아까 이야기한 벨롱장. 각자 수공예품들을 만들어와 판매를 하는 부정기적인 장인 거죠. 장소와 시간이 그때그때

바뀔 수도 있는 특별한 장입니다. 딱 두 시간만 장이 섭니다.

그 말에 호기심이 발동했다.

- 딱 두 시간?

- 예, 그게 벨롱장의 매력입니다. 아쉬운 듯 아름다운. 벨롱장이란 이름을 쓴 것은 반짝반짝 빛나는 좋은 물건들을 진열한다는 뜻이겠죠?

나는 말없이 고개를 주억거렸다. 새로운 구경거리가 생긴 듯하여 내심 기분이 좋아졌다. 그런 기분이 든 것은 거슨새미 오름이 가까워질수록 차들이 많아진 때문이었다. 거의 교통체증 수준이었다.

- 차가 많아지네?

- 그렇네요. 대대적으로 알리지도 않는데 어떻게들 알고 찾아오는지 신기합니다.

- 새로운 것에 대한 호기심이나 열망이겠지.

나는 내 나름으로 그렇게 생각했다.

한적한 오름 가는 길이 도시의 길만큼 복잡해지는 것이 단지 벨롱장 때문이라는 사실이 흥미로웠다. 그녀는 주변을 살피며 주차할 곳을 찾고 있었다.

- 차 댈 데가 없네요. 먼저 내리세요. 저는 저만치 올라가서

한적한 데다 차를 대고 오겠습니다.

나는 그녀의 말대로 먼저 내렸다. 사람들이 모여 가는 길을 따라 나도 묵묵히 걸었다.

숲속에 빈자리가 꽤 넓었다. 분지처럼 생긴 편평한 풀밭 여기저기에 벌써 많은 사람들이 모여 있었고 구수한 음식 냄새도 풍겼다. 삼삼오오 모여서 이리저리 돌아다니다 관심 있는 물건들 앞에서는 환호성을 질렀다. 이것저것 군것질도 하며 구경하는 사람들은 대부분 젊은이들이었다. 그들은 길 양옆으로 이어진 가판대를 둘러보며 호기심을 드러냈다. 가판대에 놓인 품목은 아주 다양했다. 손뜨개 모자와 가방, 귀걸이와 반지 등 손으로 만든 장신구, 인형, 수놓은 안경집, 손수 만든 유자청과 한라봉 주스, 문어말이 구이와 커피도 있었다. 인기가 좋은 물품은 금세 동이 났다. 금세 좌판을 거둘 수 있을 만큼 판매에 성공한 참가자들의 눈빛에선 어떤 자신감이 느껴졌다. 나는 호기심 어린 눈으로 벨롱장 구석구석을 돌았다. 그러다 한 곳에 눈이 딱 멎었다. 얼기설기 엮은 좌판에 얹힌 책! 바로 그 책이었다. 일인 출판을 한 문제의 바로 그 책이 스무 권쯤 넘게 쌓여 있었다. 반가웠다. 나는 주변을 살폈다. 나무 그늘 아래 젊은 부부가 비스듬히

서 있었다. 선글라스로 눈을 가린 채 약간 시니컬한 표정으로 서 있는 남자와는 다르게 상냥한 미소를 지으며 서 있는 여자는 분명 작가의 아내가 틀림없었다. 그녀도 그 책 옆에 손수 수놓아 만든 가방과 지갑 같은 것들을 진열해 놓고 있었다. 가슴이 쿵덕쿵덕 뛰었다. 한 번도 본 적 없는 그 작가의 얼굴이 오래 보아온 친구처럼 친근하게 느껴졌다.

나는 천천히 그곳으로 다가갔다. 남자는 책 따위는 팔 생각이 없는 것처럼 심드렁하니 굴었다.

- 어머, 책 장정이 참 이쁘네요.

괜히 그런 말을 하며 다가갔다. 그래도 그의 표정엔 변화가 없었다. 오히려 그의 아내가 반색을 하며 웃어 보였다. 소설가의 아내였다. 나는 가슴이 울컥했다. 손바닥만 한 책을 집어 들고 일부러 과장스럽게 인사를 했다.

- 어머, 이 책을 쓰신 작가님이세요? 반갑습니다.

나의 인사에 남자가 어리둥절한 표정을 지으며 엉거주춤 고개를 숙였다.

- 제가 이 책을 보고 또 사고 싶었거든요.

그 말은 사실이었다. 성미에게 한 권 건네고 싶은 마음이 있었다. 마침 성미가 곁에 와 섰다.

- 이 책, 책을 사셨다고요? 어디서요?

남자가 믿을 수 없다는 듯이 말을 더듬었다.

- 그럼요, 우도 책방에서 샀어요. 저는 일인 출판하신다는 얘기를 듣고 감명을 받았어요. 그러잖아도 작가님을 보고 싶었어요. 책이 읽히지 않는 시대에 대단한 용기라고 생각해요. 저도 그렇게 하고 싶어요.

난생 해보지 않은 아부성 발언을 나는 술술 해대고 있었다. 남자의 얼굴에 화색이 돌았다.

- 거, 뭐, 그냥….

남자는 뒤통수를 긁적이며 어색하게 웃었다.

- 저도 작가 지망생이에요. 작가님 책을 보면서 감동을 받았어요.

나는 그 남자를 보며 환하게 웃어 보이고 손을 잡았다. 그 앞에서 '내가 작가입니다'하는 따위의 말은 할 수 없었다. 더구나 한때는 베스트셀러 작가였다고 말한다면 그의 표정은 심하게 일그러질 것이다. 그 말을 하면 그는 싸늘한 눈빛으로 경계의 벽을 쌓을 것이다. 자랑은 절대 내 입으로 하는 게 아니다. 늘 겸손할 것, 늘 낮은 자세일 것. 그것은 나의 인생 철칙이었다. 그의 손에서, 자판을 오르내렸을 소리들이 다다

다다다다, 하고 들려오는 것만 같았다. 쓰고 지우고 하는 수많은 시간이 가을날 낙엽처럼 우수수 떨어지는 듯했다.

- 선생님!

성미가 뭔 말을 하려는 듯 내 어깨에 손을 올렸다. 나는 성미에게 눈을 찡긋해 보였다.

- 소설 쓰시는 그 용기, 존경합니다. 다음 책은 언제 나오죠?

그 말에 성미가 손으로 입을 가리고 웃었다. 분명 그건 과장된 제스처였다. 눈물이 날 만큼 서글픈. 내가 생각지도 못한 일이었다. 남자의 표정이 해맑아지더니 언뜻 자신감 있는 목소리로 말했다.

- 지금 작업 중입니다. 가을쯤 출판할까 합니다.

- 그때도 사볼게요. 저는 작가님의 글을 좋아하게 됐어요.

나는 책 한 권을 들고 만 원짜리 지폐를 내밀었다. 손바닥만 한 책자의 정가는 8,000원이었다. 남자가 엉거주춤한 자세로 나를 바라보며 말했다.

- 책을 이미 사셨다면서요? 그럼 이 책은 그냥 드릴게요.

남자는 환하게 웃는 얼굴로 손사래를 치며 책값을 받으려 하지 않았다.

- 아닙니다. 책값은 반드시 받으셔야 합니다, 그게 작가의

자존심입니다.

나는 그 어느 때보다 강한 어조로 그렇게 말했다. 그가 어색한지 여전히 뒤통수를 긁적거렸다. 그러한 그의 모습이 애잔해서 눈물이 나올 것만 같았다. 어쩜 문학이라는 허기의 얼굴일 수도 있는. 책값은 그의 아내가 얼른 받아 챙겼다.

나는 그 책을 소중히 받아안고 그에게 깊은 목례를 보냈다.

- 작가님. 다음 소설도 기대합니다. 힘들더라도 지치지 마시고 계속 좋은 소설 써주세요.

그도 엉거주춤 고개를 숙이며 인사했다. 곁에 서 있던 성미가 이해할 수 없다는 얼굴로 나와 그 남자를 번갈아 살펴보고 있었다. 나는 그녀의 손을 살그머니 감싸 쥐며 은근한 신호를 보냈다.

- 성미야, 이 작가님 책이야. 너에게 주려고 샀어. 나는 아주 재미있게 읽었거든.

지켜보고 있던 그의 아내가 옆에 있던 커피 수레에서 커피를 사 와 남자에게 내밀었다. 남자는 조금 거만한 표정으로 그 잔을 받았고 여자는 아주 존경스러운 눈빛으로 찻잔을 건넸다. 나는 성미의 손을 잡고 그곳을 벗어났다.

- 선생님, 왜 그러세요?

나를 따라오던 그녀가 이상하다는 듯이 고개를 갸웃거리며 물었다. 나는 아주 작은 목소리로 말했다.

- 이게 이름 없는 작가에 대한 측은지심입니다. 날지 못하는 새들에 대한 위로.

진심이었다. 그것은 그에 대한 위로가 아니라 나 자신에 대한 위로이며 이 땅의 모든 가난한 예술가들의 영혼에게 바치는 위로의 헌사였다.

그녀가 알 듯 모를 듯한 표정으로 고개를 끄덕였다. 좌판으로 어지러운 그곳을 지나 공터 한 귀퉁이로 돌아섰을 때, 어디에선가 노랫소리가 들려왔다. 열정 하나로 불러대는 무명가수의 간절한 노랫소리였다. 나는 성미의 손을 잡은 채 소리가 들리는 쪽으로 걸음을 옮겼다.

- 어? 어제 그분?

누군가가 아는 체를 했다. 빗속에서 잠시 공간을 나누었던 그 남자였다. 그 남자가 헐렁한 점퍼 차림으로 다가왔다.

- 여기서 또 만나네요. 반갑습니다.

남자는 어제보다 조금 더 친근하게 인사 했다.

- 여기서 또 뵙네요. 반갑습니다.

나도 어제와는 다르게 조금 친절한 음성으로 말했다.

- 동선이 비슷한 모양입니다. 저는 오늘 거슨새미 오름을 오르려고 이리 왔는데 뜻밖의 좋은 장을 구경하네요. 뭘 사셨어요?

- 책을 샀어요.

나는 성미에게 주었던 책을 빼앗아 보여주며 살짝 웃었다.

- 아, 작은 책방을 찾아다니신다더니…. 여기서도 책을 파는군요. 그럼 나도 한 권 삽시다. 나도 한때는 문학청년이었지요. 지금은 오갈 데 없는 백수이지만.

그의 눈빛에서 쓸쓸한 자학이 느껴졌다.

나는 그를 책이 놓인 좌판대 앞으로 안내했다. 성미가 따라오며 호기심을 드러냈다.

- 누구세요?

나도 낮은 목소리로 짧게 답했다.

- 벨롱장에서 만난 사람.

성미가 고개를 끄덕이며 이해하는 척했다.

- 책 한 권 주십시오.

그가 멀뚱하게 서 있는 작가 앞으로 다가가 지갑을 열었다.

- 이왕이면 사인도 부탁합니다.

남자는 공손하게 고개를 숙이며 부탁했다. 보기 좋은 모습이었다. 시니컬하던 작가의 표정에 온기가 돌았다. 사인을 하는 그의 손에 힘이 들어가는 듯했다.

- 인사 나누세요. 이분은 이 책의 작가님.

내 목소리는 물오르는 봄날의 나무처럼 부드럽고 나긋나긋했다. 나는 전에 없이 수다스러워져서 조잘조잘 떠들어댔다. 두 남자는 약간 어색하게 서로 목례를 나누었다.

- 저는 한민수라 합니다. 작가님을 소개하는 분은 누구시죠?

거슨새미 오름을 가려다 들른 남자가 나를 바라보며 물었다.

- 저는 책을 좋아하는 사람입니다. 벨롱장에서 만난 사람이지요 뭐.

- 성함은요?

그는 내 이름이 못내 궁금하였던 모양이다.

- 장연옥입니다.

나는 실없이 웃었다. 눈물이 나올 것만 같아서 하늘을 올려다봤다. 쓸쓸하고 헛헛한 기분이 나를 휩쓸었다. 나는 여전히 부끄러웠다. 성미, 그녀가 이해할 수 없다는 듯이 고개를 갸웃거리고 있었다.

- 이렇게 만난 것도 인연인데 우리 어디 가서 낮술이라도 한잔합시다.

한민수가 나서서 서두르는 음성으로 말했다. 그는 사람이 많이 그리운 것 같았다.

- 거슨새미 오름 가신다면서요?

성미 그녀가 그를 빤히 바라보며 물었다.

- 그거야 오늘 못 가면 내일 가면 되고요. 급할 거 없어요. 벨롱장도 파할 시간이 다 돼 가니 그리합시다. 작가님 모시고 내가 한잔 사리다. 나도 한때는 문학청년이었습니다.

사람 좋은 미소를 지으며 그가 그리 말하자 성미가 한마디 거들었다.

- 근데 우리 선생님을 어떻게 아세요?

이럴 때 성미는 눈치가 없다. 나는 얼른 성미의 손등을 살짝 꼬집었다. 늘, 내가 결혼 안 한 이유가 궁금한 성미다. 그런 내가 제주에서 인사를 나누는 남자라? 호기심이 발동했으리라.

- 아, 선생님이십니까?

- 네, 한때.

나는 짧게 말을 막았다.

- 국어샘이셨어요. 그런데 왜 선생께서 한 잔 사십니까?

성미의 호기심은 여전하고 적극적이다.

- 보아하니 이 자리에서 내가 젤 연장자 같소이다. 자고로, 나이가 들면 입은 다물고 지갑은 열라 했는데, 오늘은 지갑도 열고 입도 열어 볼까 합니다. 모처럼 좋은 분들을 만난 것 같아서요. 내 청을 들어주시오.

반짝반짝 빛나는 나뭇잎들이 바람에 부드럽게 흔들리고 있었다. 푸르른 나무들 사이에서 물오르는 소리가 들리는 듯했다. 나도 모처럼 그리운 말들을 쏟아낼 수 있을 것 같았다.

- 반짝반짝 빛나는 벨롱장.

나는 노래하듯 그렇게 말했다. 성미가 내 손을 꼭 잡으며 환하게 웃었다.

파도를 넘는 방법

역전 공원 커피 아줌마는 오늘도 어김없이 출근했다. 11시쯤이었다.

- 어이, 박 여사. 오늘은 모닝커피 마시고 한탕 어때?

며칠째 치근대는 인사가 한쪽 눈을 찡긋거리며 웃는다. 허연 머리칼을 쓸어 넘기며 오늘도 농지거리하는 노인네를, 그래도 웃으며 대거리해야 하는 현실에 가슴이 답답하다. 하지만 그런 마음을 드러낼 수 없다. 커피 수레를 끌고 나올 때는 속을 빼놓아야 한다. 그건 그녀가 익힌 생존의 방식이었다.

- 좋죠, 사장님. 근데 제가 좀 비싸서요.

언제나처럼 그녀의 표정 관리는 배우 뺨칠 만큼 완벽하다.

겉으로는 웃으며 대하지만 속으로는 욕을 퍼붓는다. 썩을 놈들, 살아있는 건 주둥이뿐인 주제에 어디다 대고 껄떡거려? 마누라 옆에 가봐야 밤일도 제대로 못할 것 같은 인사들이.

- 허허허, 지는 핸데 뭘 그리 값을 올려? 좋은 게 좋다고 오늘은 한 번 만나세. 지난번에도 약속하고는 안 나왔잖아.

- 그거야 사장님이 꽃값을 안 주셨으니 그렇죠.

- 허허허, 선금이다 이거지? 자, 옜다.

그가 5만 원짜리 지폐를 선심 쓰듯 커피가 놓인 선반 앞에 놓는다. 그러고는 느끼한 눈으로 그녀의 구석구석을 훑는다. 욕지기가 난다. 하지만 '참을 인' 자를 머릿속으로 그린다.

- 왜 이러실까. 저, 비싸다고 했잖아요.

- 비싸긴. 서로 허전한 처지에 상부상조하자고.

그가 다가와 그녀의 손을 슬쩍 만진다. 추 사장이라 불리는 그는 '왕년'을 들먹이며 공원에 나와 시간을 죽이는 위인들 중 하나다. 왕년에 중소기업을 운영했던 사장이라나 뭐라나, 몇 해 전 상처를 했다나 뭐라나.

- 상부상조는 해야죠. 사장님은 내 커피 팔아주고 저는 사장님 당 올려 주고.

애써 웃으며 딴청을 피운다.

- 거참, 비싸게 구네.

입맛을 다신 채로 추 사장의 눈에 서운함이 담긴다. 그때 꿀을 바른 듯이 달콤한 목소리가 들린다.

- 사장니임~ 안녕하세요?

카트를 끌며 다가오는 여자, 스스로 '오 마담'이라는, 그녀보다 다섯 살 적은 여자다. 그녀가 슬쩍 긴장한다.

- 오머, 사장님. 제 커피도 한 잔 팔아주세요.

향수 냄새를 풍기며 다가서는 오 마담의 목소리가 간드러진다.

- 허허, 그러지, 오 마담은 상냥해서 좋아. 음, 여기… 다섯 잔 돌리게.

만 원짜리 한 장을 꺼내 들고는 그녀를 살핀 후에 슬그머니 오 마담의 손을 어루만진다. 흥, 꼴에 자극하는 것이렷다? 그녀는 눈길을 돌리고 만다.

- 블랙커피죠?

오 마담 역시 얼른 돈만 잡아들고 손을 뺀다. 그러고는 부지런히 커피를 탄다.

- 그래, 블랙커피가 좋다며?

헤 벌어진 노인들의 눈이 오 마담 가슴께에 모인다. 오 마담은 가슴이 보일락 말락 한 블라우스를 걸치고 있다.

- 그럼요. 블랙커피는 치매 예방에도 도움이 되고 또 항산화 성분인 폴리페놀이 풍부해서 몸속의 활성산소를 억제해 주고 노화 방지 효과까지 있답니다.

- 어허, 오 마담은 아는 것도 많아.

- 다 사장님들 건강하시라고 공부한 거죠, 호호호.

오 마담은 이 바닥에 온 지 얼마 되지는 않지만 그녀보다 고수다. 영감님들 다루는 솜씨가 화류계 여자 같다. 본인 말로는 이웃 도시에서 찻집을 크게 한 적이 있다고 했다. 남편이 죽은 후에 마음을 잡지 못하고 이리저리 떠돌다 이 도시에 정착하게 됐다고 했다. 알고 보면 서로 딱한 처지지만 영업에서는 서로 눈을 흘기는 사건들이 없을 수 없다. 그녀는 오 마담이 나타난 후로 매상이 현저하게 줄었다. 그도 그럴 것이, 오 마담은 어디서 주워들었는지 노인들이 귀 기울일 만한 건강정보를 줄줄 꿰었다.

- 사장님, 연세가 드시면 가장 조심해야 할 게 술이에요. 술 대신 커피를 드세요. 커피는 장운동을 활발하게 해주어서 대장암도 예방해 준대요. 또 성인병 예방에도 효과가 탁월해서 하루 한 잔을 마시는 사람은 안 마시는 사람에 비해

사망 위험이 12%나 낮고, 하루 두세 잔을 마시는 사람은 사망 위험이 18%나 낮대요.

청산유수다. 요즘은 핸드폰만 살뜰하게 들여다봐도 그 정도 건강 상식은 알 수 있다. 단, 그녀는 그런 기기에 익숙지 않아서 활용을 제대로 못 하고, 오 마담은 살뜰히 활용하는 것의 차이이다. 그녀에게 핸드폰은 전화의 기능과 문자의 기능만 가능하다. 어차피 역전 공원에 커피 팔러 나오는 신세는 같으니 그런 정보를 활용하는 게 득이 되겠지만 그녀는 그럴 맘이 없다. 조금만 견디면 이 짓을 안 해도 된다는 생각 때문일 거다.

- 믹스 커피보다는 블랙커피를 드셔야 해요.

오 마담은 슬쩍 그녀를 바라보면서 노인들에게 블랙커피를 팔았다. 속이 불편하다. 그녀는 오 마담과 드잡이를 한 적도 있다. 그런다고 물러설 오 마담이 아니다. 괜히 그녀만 사나운 여자가 되고 말았다.

- 재주껏, 취향껏 팔자구요. 역전 공원 전세 낸 것도 아니면서.

헤실헤실 웃음까지 얹어 커피를 파는 오 마담은 주로 블랙커피를 팔았다. 처음엔 달달한 믹스 커피를 즐기던 노인들이

오 마담이 나타난 후로는 블랙커피를 자주 마시는 지경에까지 이르렀다. 그래도 달달한 커피를 즐기는 사람은 따로 있기에 그녀는 다행이라 여긴다. 오 마담이 나타난 이후로는 매상이 많이 줄어서 맘이 편치 않지만, 오 마담의 말처럼 공원을 그녀가 전세 낸 것도 아니니 할 말도 없다. 특히 오 마담이 오는 날에는 손님들이 그쪽으로 쏠린다. 살기 어려워서 커피를 팔러 나오는 게 아니고 영감님들과 이야기하고 싶어 나온다는 오 마담은, 그래서 그런지 일주일에 사흘만 나왔다. 그나마 다행한 일이었다. 천 원짜리 커피 한 잔 마시면서 농지거리를 하고 싶은 위인들이다 보니 그 비위를 거스르지 않아야 한다. 돈 안 드는 웃음과 말로 그들의 비위를 맞추어야 최소한의 단골을 확보하는 것이다. 하지만 오늘은 이쯤에서 물러나야 한다. 몹시 피곤하기도 하고 영준이와의 약속 시간도 다 되었다. 다음 일정을 위해 물러나야 하는 것이다. 그녀는 자리를 옮길 생각으로 주섬주섬 커피 수레를 챙긴다.

- 아줌마.

커피 수레를 밀며 몇 걸음 옮겼을 때 반가운 목소리가 들린다. 돌아보니 영준이다. 서둘러 온 듯 숨을 몰아쉬고 있다.

- 오, 마침 왔네? 가려던 참인데.

반갑게 영준을 맞이하는 그녀를 머리 허연 늙은이들이 일제히 노려보고 있다.

- 저 새끼는 왜 또 온 거야?

커피 한 잔을 시켜놓고 그녀에게 수작을 걸어볼까 하던 김 영감이 버럭 소리를 지른다.

- 요즘 젊은 놈들, 여기 몸 풀러 온대.

눈길은 그녀에게 둔 채 김 영감의 귀에다 대고 소곤거리는 차 영감이 입을 삐죽댄다.

- 뭐어? 말도 안 돼. 어디 여자가 없어서….

- 여자가 없어서가 아니라 애인 만들 돈이 없는 거지. 펄펄 끓는 청춘을 풀 데는 없고, 꿩 대신 닭이라잖아. 농염한 아줌마들을 품으면서도 비용은 몇 푼 안 드니. 흐흐흐.

그런 소리를 들을 때마다 그녀는 뜨거운 커피를 그 면상에 들이붓고 싶다. 하지만 그건 생각뿐이다. 차 영감이 음흉한 웃음을 흘리며 영준을 흘겨본다.

- 허허, 말세네 말세. 얼핏 봐도 어미 뻘이구만.

김 영감이 기가 차다는 듯이 고개를 절레절레 젓는다. 그들의 상상은 지저분하기 짝이 없다. 하지만 뭐라고 타박할 처지도 못 된다. 실제로 커피 팔면서 몸을 파는 여자들도 있기 때문이다. 신산한 그들의 삶은 그렇게라도 이어가야 하니 어쩌겠는가. 타인을 판단하는 기준은 냉혹하다. 거기엔 개인의 감정이 없기 때문이다.

영준의 등장에 행복해진 그녀가 커피 수레를 세워 놓고 부지런히 믹스커피를 타서 영준에게 내민다. 맛있게 마시는 영준을 바라보는 그녀의 표정이 더없이 그윽하다. 그러다 번쩍 정신이 드는 듯 도리질을 한다. 공무원 시험에 번번이 낙방하는 아들의 얼굴이 달라붙는다. 절로 한숨이 터진다. 벌써 몇 년째인지. 거기다 낙방하고도 당당한 아들의 모습이라니! 아니 당당한 것만이 아니라 뻔뻔한 지경이다. 시험에 떨어진 것이 그녀의 탓이라도 되는 양, 급기야는 제 아비처럼 술 먹고 행패를 부리기 시작했다. 어제도 밤늦게 술에 취해 들어와 난동을 부렸다. 유리컵 몇 개 깨지고, 파편에 찍혀 피가 나는 따위야 놀랍지도 않다.

- 아줌마, 피곤해 보이는데 오늘 시간 돼요?

영준의 시선이 따뜻하다. 몸이 천근만근이지만 그의 청을 거절할 수는 없다. 얼른 고개를 주억거린다. 말이 좋아 투잡이지, 그녀는 정말 지긋지긋하다. 오후 2시까지는 공원에서 커피를 팔고, 어스름이 되면 역 앞에서 김밥을 말고 우동을 끊여야 한다. 희망 없는 삶을 그래도 이어야 하는 건 아들 때문이라고 스스로 자위하지만, 곰곰 생각하면 그도 아니다.

- 저도 오늘은 한 시간밖에 없어요. 어서 가요.

영준이 재촉한다. 그녀의 손길이 바빠진다. 그와 함께 머리 허연 영감들의 눈길도 바빠진다.

- 김가야, 가서 소주 두어 병 사 오너라. 통닭도 한 마리 시켜 오고.

5만 원짜리 지폐로 허세를 부리던 추 사장이 퉁명스럽게 소리를 지른다. 저만치 벤치에서 눈치를 보던 김 씨가 벌떡 일어나 굽실거리며 다가온다.

- 예, 형님.

그의 눈은 봄이다. 꽃잎에 살랑대는 바람이다. 술을 사고 통닭 사고 남는 돈은 심부름 값이라는 걸 알기에 그의 입가가 헤벌쭉하다.

- 빨리 다녀와. 해 질라.

하인을 부리듯 김 씨를 함부로 대하는 추 사장의 주름진 얼굴이 참으로 꼴불견이다. 그러나 그것이 그들의 생존방식이고 자존을 드러내는 방법이다. 부리나케 달려가는 김 씨의 허전한 바지통이 바람에 훌렁훌렁 흔들린다.

영준은 노인들을 바라보면서 박 여사의 짐을 챙긴다. 하릴없는 노인들의 집합소에도 나름의 서열이 존재한다. 그들은 기꺼이 그 질서를 존중한다. 훈수 둘 실력도 못 되면서 장기판, 바둑판 훈수 두는 인간들이다. 종이컵에 담아주는 커피 한 잔 시켜놓고 농지거리나 하는, 분명 희망이라고는 보이지 않는 군상들이 라면 한 그릇, 소주 한 병에 서열을 정한다. 그녀는 그 서열을 훤히 안다. 몇 푼이라도 돈을 쓸 수 있는 자가 상위층이다. 추 사장과 차 영감은 상위층에 속한다. 매일 출근하여 우쭐대며 커피를 사서 돌리기도 하고 가끔은 오늘처럼 술을 사기도 한다. 그러다 보니 자연스럽게 비단 방석에 앉아 호령하는 자가 되는 것이다. 가끔씩 커피 아줌마들을 데리고 사라지기도 한다. 그런 모습을 군침 삼키며 바라보는 인간들, 도대체 저 인간들은 무엇을 바라보고 사는 걸까, 그녀는 그들을 볼 때마다 그런 생각을 한다. 하긴 그들을 무어랄 게 무언가. 그녀조차도 희망이라곤 없는 삶을 살고 있는데.

- 가자, 늦겠다.

그녀의 말에 영준이 그녀의 커피 수레를 빼앗아 민다. 영준을 앞세워 공원을 빠져나온다. 뒤에서 나지막이 들리는 소리들이 몸에 더덕더덕 들러붙는다.

- 재주도 좋네. 저 아줌씨는 어째 저런 영계를 홀렸대?

- 그러게. 얼굴보다는 아랫도리가 쓸 만한가 벼. 히히히.

그들은 생각하는 대로 본다. 생각은 곧 머릿속 그림이 되고, 늙은 숨결이 거칠어지면, 그들은 화장실로 가서 자위행위를 할지도 모른다. 늙은 여자조차 살 수 없는 가난한 군상들…. 파도가 휩쓸어 가버렸으면 좋으련만!

영준이 앞서가며 고개를 절레절레 젓는다. 늙은이들이 수군대는 말을 들었을 것이다.

광장에 어둠이 내려앉기 시작했다. 광장을 가로질러 오가는 사람들의 발걸음이 바빠지는 시간, 그들만큼 복자도 바빠지는 시간이다. 커피 수레를 공원 근처의 창고에 넣어두고 두어 시간 집에서 쉬었다. 영준을 보내고 난 후 너무 피곤해서 한 삼십 분 정도 졸기도 했다. 이제는 나이를 속일 수 없다. 그런 생각에 쓸쓸한 것도 잠시, 무거운 몸을 일으켜 집을 나섰다. 또 하나의 일터로 가는 것이다.

햇살이 숨어버린 시간이 되어 포차에 출근하면 배달되어 온 튀김과 순대 등을 보기 좋게 진열하고 국수도 사리를 지어 뜨거운 어묵 국물 옆에 가지런히 놓아두어야 한다. 드나드는 손님이 많아 쉴 새 없이 바쁘지만 그래도 커피 파는 공원의 시간보다는 한결 낫다.

오늘은 유난히 춘옥의 눈치를 살핀다. 오늘따라 춘옥의 얼굴이 잔뜩 우그러져 있다. 무엇 때문에 심통이 났는지 알기에 눈치만 살피는 중이다. 복자는 음식을 진열하면서도 힐긋힐긋 춘옥의 표정을 살핀다. 탈바가지를 쓴 듯이 하얗게 분칠한 춘옥은 넙데데한 얼굴에 어울리지 않게 새빨간 립스틱을 칠하고, 알록달록한 무늬가 있는 분홍색 바지에 그보다 좀 더 짙은 색깔의 티셔츠를 입고 있다. 촌스럽기 그지없다. 목에는 굵직한 금목걸이를 걸고 귀걸이에 반지까지, 주렁주렁 걸고 낀 금붙이들이 그녀를 더 천박스럽게 보이게 한다. 실반지 하나 없는 거칠고 야윈 손이 잠시 부끄럽다는 생각이 들었지만 까짓것, 싶다. 조금만 기다리면 그런 거는 우습게 볼 수 있다. 조금만 기다리면….

'일하는데 뭘 저렇게 걸치고 한담.'

복자는 춘옥을 볼 때마다 그런 생각을 하지만 한 번도 입 밖으로 말을 뱉은 적은 없다. 만약 그런 말을 내뱉었다가는 어떤 일이 벌어질지 알 수 없기 때문이다.

- 일 좀 바지런히 못 해? 일하는 게 왜 그렇게 느려 터졌어? 하루 이틀 하는 것도 아닌데 그렇게 손에 안 익어? 그런 식으로 하면 일당 못 줘. 어제도 김밥이 다섯 줄이나 남았잖아.

김밥 안 팔리는 것이 마치 복자의 탓인 양 볶아대는 춘옥을 보면 당장이라도 그만두고 싶지만 그럴 수 없다. 목구멍이 포도청인 관계로 아무리 더럽고 치사해도 참을 인 자 열 번은 외워야 하고, 부처님 하나님을 불러가며 참아내야 하는 것이다. 목숨 같은 아들놈 하나 잘 되게 해 주십사 비는 것이 그녀의 간절한 소망이다. 술 먹고 행패를 부리던 아들이 며칠 전에는 개과천선한 것처럼 무릎 꿇고 앉아 일 년만 기다려 달라고 했다. 그럴 때는 눈빛이 진실해 보였다. 그래, 까짓 일 년, 대학 졸업하고 공무원 시험에 매달린 지 3년인데 일 년 기다리는 거야 식은 죽 먹기지. 그 생각을 하니 절로 힘이 솟는다.

- 아이, 부지런히 하는데 왜 그래.

부글부글 끓어오르는 속을 누르고 마음에도 없는 웃음을 흘리며 아양을 떨어본다. 시큰둥한 춘옥의 얼굴이 복자의 동선대로 따라 움직인다. 복자는 흐르는 땀을 손등으로 훔치며 포장마차 좌판을 부지런히 닦는다.

- 국수 한 그릇하고 김밥 두 줄 주세요.

휘장을 젖히고 들어서는 남학생 둘이 나란히 앉는다. 학원에 가기 전에 요기라도 하려고 들어온 모양이다. 복자는 서둘러 어묵 국물에 국수를 말고 김밥을 썬다. 고소한 참기름 냄새가 빈속을 휘젓는다.

- 오징어 튀김하고 야채 튀김 2인분 주세요.

남학생 뒤를 따라 여학생 둘이 들어온다.

- 나는 우동 하나 말아 주슈. 김밥도 한 줄 주고.

초췌한 중년 남자가 밭은기침을 하며 들어선다. 이 시간쯤 늘 들어서는 사내다. 부지런히 주문대로 대령한다. 중년 남자는 세상사 아무 관심 없는 얼굴로 김밥을 꾸역꾸역 밀어 넣는다.

- 아줌마, 우리는 순대도 주세요.

먼저 들어섰던 해맑은 여학생이 목청을 높인다.

- 그래, 많이 먹어라.

순대를 썰면서 슬쩍 더 넣는다. 바쁜 탓에 춘옥의 시선이 복자에게 꽂혀있지 않을 때 가능한 일이다. 팔짱을 끼고 복자를 살피던 춘옥이, 손님이 몰려들자 국수를 말고 튀김을 데우고 우동을 만다. 손이 재다. 거의 기계적인 손놀림이다. 하기야

이 바닥에서 잔뼈가 굵은 여자이니 당연한 일이다. 김밥 팔고 우동 팔아 백수 남편 뒷바라지하고, 시부모 봉양에 자식 공부까지 다 끝냈으니 그 세월 동안 익힌 몸놀림이 얼마나 재바르겠는가.

그런 면에서 복자는 아직 굼뜨다. 한꺼번에 사람이 밀려들면 정신을 차릴 수 없다. 그럴 때 복자는 자신도 모르게 춘옥을 흘깃거리게 된다. 그녀가 바삐 움직이는 걸 보면 복자는 주눅이 든다. 더구나 요 며칠은 그녀를 보는 것이 좌불안석이다. 여차하면 해고를 당할 상황이다. 역전 포장마차가 회사도 아닌데 무슨 해고냐 하겠지만 규율로 보면 회사보다 더 엄격하고 무섭다. 툭하면 그만두라는 엄포다.

한참을 북적거리던 사람들이 후르르 빠져나가자 춘옥이 곱씹듯 또 이야기를 꺼낸다.

- 요즘 일하려는 알바생이 얼마나 많은지 알아? 그것도 대학생들이야. 손님들도 그렇지, 이왕이면 젊고 예쁜 아가씨가 있는 게 좋지 않겠어?

툭하면 내뱉는 그 말에 복자도 할 말은 있다.

'젊고 이쁜 것들이 술집 가서 쉽게 벌지 여길 왜 오냐? 나나 되니까 니 지랄 같은 성격 다 받아주고 있는 거지.'

속으로 수없이 지껄인 그 말을 입 밖으로 내뱉지는 못한다. 그게 현실이고 복자의 형편이다. 그럴 때마다 하는 마음속으로 주문 같은 말을 왼다.

'조금만 기다려라, 우리 아들이 합격만 하면….'

- 내가 30년을 김밥 말고 산 사람이야. 이 근처에서 나만큼 김밥 잘 마는 사람도 없고 나만큼 장사를 잘하는 사람도 없어.

복자의 아래위를 훑으며 하는 말이 깔끄럽다. 그 말에 녹아있는 의미를 알기에 복자는 자신도 모르게 비굴한 웃음을 흘린다.

- 알지. 그걸 누가 모르겠어.

- 사람이 눈치가 있어야 절에 가서도 새우젓을 얻어먹는 거야.

김밥을 꾸역꾸역 밀어 넣던 남자가 몸을 일으켜 포장마차를 떠난다.

- 미안해. 내가 그날 급한 일이 있었어.

남자가 남기고 간 설거지를 모으며 목소리를 한껏 부드럽게 굴린다. 무슨 말을 해도 그녀의 화가 풀리지 않을 걸 알지만 어쨌든 무조건 빌어야 한다.

- 사람 죽여 놓고 미안하다 하는 거랑 뭐가 달라?

그 말에 복자는 진저리를 친다. 생각 같아서는 머리채라도 쥐고 흔들고 싶지만 그건 말 그대로 생각일 뿐이다.

- 미안하다잖아, 미안해.

단단히 화가 난 춘옥을 달랠 수 있는 건 한 가지뿐이다. 복자는 주머니에서 미리 준비해 둔 봉투를 꺼내 춘옥의 손에 쥐여주며 헛웃음을 흘린다.

- 내가 이까짓 봉투 받으려고 하는 소린 줄 알아?

그녀의 목소리가 점점 높아진다. 속에서 뭔가 울컥 치민다. 손에 쥐여준 봉투를 내치며 소리치는 춘옥의 얼굴을 후려치고 싶다. 하지만 복자는 고개를 숙이며 다시 춘옥의 손을 잡는다.

- 아닌 것 알지. 하지만 사람이 살다 보면 사정이 있을 때도 있잖아.

- 사정이 참 때도 잘 맞춘다.

비아냥거리며, 복자를 쳐다보는 춘옥의 눈매에 아직 분노가 그득하다. 복자는 땅에 떨어진 봉투를 주워 다시 그녀의 손에 쥐여주며 목소리를 더욱 부드럽게 한다.

- 미안해. 어떻게 하면 화가 풀리겠어? 이미 벌어진 지난

일을 되돌릴 수는 없는 거고, 어떻게 하면 화가 풀리겠어? 하라는 대로 다 할게.

속에서 천불이 나지만 복자는 여전히 상냥하고 부드러운 표정으로 춘옥에게 빈다. 이런 걸 아들이 보았다면 당장 그만두라고 소리치겠지.

봉투 속에는 10만 원이 들어있다. 그녀의 형편으로는 무리한 금액이다. 보통의 대소사에 3만 원을 넣는 그녀로서는 엄청난 금액이다. 그만큼 절박한 상황이라는 이야기다.

- 사람이 어려울 때 진심이 드러나는 거야. 내가 이까짓 봉투 받으려고 그러는 거 아니라는 거 알잖아.

조금 누그러지는 춘옥의 목소리에 복자는 다시 한번 용기를 내어 콧소리를 섞는다.

- 알아. 정말 미안해.

춘옥의 막내딸 치우는 날, 남편이 입원해 있는 병원에서 긴급 호출이 왔다. 그 바람에 결혼식에 가지 못했는데 그 일로 그리 화가 난 것이다. 만약 남편에게 가지 않고 잔치에 갔다면 오만 원짜리 한 장을 넣었을 것이다. 새삼스럽게 오만 원이 아까운 생각이 든다. 하루 일당이다. 궂은일 하며 잔소리 들어가며 벌어야 하는 일당 오만 원을, 더 넣어야 하는 사정이야

빤하다.

- 썩을 놈, 뒤지지도 않나.

오늘따라 모든 원망이 남편에게로 향한다.

그는 정신병원에 감금돼 있다.

- 석 달만 입원해도 사람이 달라지더라.

매 맞고 사는 그녀의 사정을 딱하게 여긴 이웃 여자의 말에 솔깃했다. 아들을 설득해 동의서를 쓸 때만 해도 희망을 가졌다. 술만 먹으면 행패를 부리는 남편 때문에 늘 시퍼런 멍 자국을 달고 살았다. 하지만 남편은 병원에 입원한 후에도 달라지는 것 같지 않았다. 지난번에도 난동을 부려 불려간 것이었다. 병원에서도 난색을 표했다. 진정제를 놓지 않으면 그는 분노를 조절하지 못하고 번번이 사고를 친다고 하였다. '죄송합니다, 미안합니다'를 뇌이며 고개를 수없이 숙여야 했다. 그는 그곳에서 나오면 안 되었다. 그러면 그나마 근근이 이어가는 일상마저 보장할 수 없었다.

- 난 언니를 존경해.

남편 생각을 털어버리고 춘옥을 바라보며 빈말을 날린다. 눈에는 웃음을 가득 담고서. 그녀가 픽, 웃는다. 싫지 않은 기색이었고 사납게 올라붙었던 눈꼬리가 슬그머니 내려앉는다.

- 정말이야, 난 언니가 내 인생의 멤토야.

- 멤토는 무슨.

무식하기는 춘옥이나 복자나 비슷했다. 하지만 현실에서의 위치는 하늘과 땅 차이만큼이나 달랐다.

춘옥은 여장부 같았다. 변두리이기는 하지만 그녀는 5층짜리 상가 건물도 가지고 있다. 거기서 나오는 달세만 해도 그녀는 먹고살기에 부족함이 없다. 그런데도 그녀는 포장마차를 접지 않는다. 터줏대감으로 자리 잡아 온 세월이 아까워서인지, 돈을 더 벌고 싶은 욕심 때문인지는 잘 모르겠으나 그녀는 눈이 오나 비가 오나 웬만해서는 포장마차를 접지 않았다.

- 라면 하나 끓여 주슈.

비닐 휘장을 밀고 들어서는 건 지하철 계단 앞에서 구두 닦는 구 씨다. 네모난 나무통에 구두 닦는 걸레와 왁스를 넣고 다니며 구두를 닦는 구 씨는 단골이다. 저녁을 늘 라면 하나로 때우는 위인이다. 복자는 잔뜩 웅크린 구 씨를 보며 라면 물을 얹는다.

- 오늘은 구두 좀 닦았어?

구 씨에게 말을 거는 춘옥의 목소리가 봄날이다. 접시에

야채튀김 하나를 담아 구 씨 앞으로 민다.

- 라면 값 벌었소.

무뚝뚝하게 내뱉는 구 씨는 앞에 놓인 튀김을 보면서 군침을 삼킨다.

- 그럼 오늘 찜질방은?

구 씨의 우울한 표정을 읽고 춘옥이 오징어튀김 두 개를 더 얹는다. 그것이 춘옥의 마음이라는 걸 구 씨도 안다. 잠시 머뭇거리다가 구 씨가 오징어튀김을 덥석 문다. 번지르르한 기름이 입가에 번진다.

- 에이, 시발. 가서 내일 준다고 하고 자야지 뭐. 날 추워지는데 한뎃잠 자다가 입 삐뚤어지면 나만 손해지.

구 씨가 다리를 덜덜 떨며 내뱉는 말에, 춘옥의 표정이 일그러진다.

- 그러게. 허리를 안 다쳤으면 힘쓰는 일을 하는 게 벌이는 나을 텐데….

구 씨를 안쓰러워하는 춘옥의 말에 복자는 무덤덤하다. 말없이 라면 봉지를 뜯는다. 뒤집힌 속처럼 부글부글 끓는 물에 라면을 넣고 수프를 넣자 냄새가 진동한다.

- 복자 씨는 그동안 왜 안 나왔어?

구 씨가 입속에 튀김을 넣은 채로 말하니 말투가 어눌하다.

- 예에?

- 사흘이나 안 나왔잖아.

- 춘옥 씨네, 아니 사장 언니네 잔치라 문 닫았었잖아요.

복자는 얼른 말을 고친다. 포장마차도 사업이라고, 사장이라 부르라 했다. 웃기고 앉았다. 고까운 생각이 들 때가 많다.

- 다 아는 일에, 나와서 장사하지 그랬어?

구 씨가 복자의 아래위를 훑으며 오징어튀김 하나를 마저 욱여넣고 우적우적 씹는다.

- 예에?

- 재료비만 빼 주고 몇만 원이라도 벌지.

그 말에 춘옥의 표정이 샐쭉해지며 한마디 한다.

- 누가 들으면 구 씨가 사장인 줄 알겠다.

- 거, 그러지 마슈, 없는 사람끼리 돕고 살아야지. 야박하게 굴지 마슈.

복자는 그렇게 말하는 구 씨 앞에 계란 하나 톡, 깨 넣은 라면 냄비를 놓는다. 적당히 끓은 라면에 윤기가 자르르하다. 배가 몹시 고팠는지 그가 허겁지겁 라면을 끌어넣는다. 참 신산한 풍경이다.

- 복자 씨는 지금이라도 시집가도 되겠구먼.

구 씨는 입속에다 라면을 잔뜩 넣은 채로 복자를 힐긋거리며 말한다.

- 흥, 주름이 자글자글한데 무슨.

춘옥이 복자를 건너다보며 삐쭉댄다. 하이고, 맙소사! 사내라면 신물 나는 여자한테 뭐? 시집을 가도 되겠다고? 아서라. 복자는 고개를 절레절레 저으며 설거지통에 손을 담근다. 커피를 두 잔이나 마셨는데도 졸음이 쏟아진다. 남편에게 다녀온 후로 기진맥진이다.

- 퐁퐁은 왜 그리 많이 써?

신경질적인 춘옥의 말에 정신을 차리고 보니 주방세제를 하염없이 붓고 있다.

- 아, 잠깐 딴생각을 하다가… 미안.

머릿속에서 태풍이 분다. 이를 앙다물고 가슴을 툭툭 친다. 속이 부글부글 끓는다. 눈물이 삐질삐질 흐른다.

- 아이구, 내가 뭐랬다고 울고 지랄이야?

춘옥이 설거지하는 복자를 들여다보다가 또 복장을 지른다.

- 사장님 때문에 우는 거 아녀요. 내가 속이 문드러질 일이 있어 그래요.

분노에 차서 씩씩대는 남편의 얼굴이 숨통을 막을 듯이 다가온다.

- 일 똑바로 해. 나는 땅 파서 일당 주는 줄 알아?

번번이 유세다. 눈알을 뒤룩뒤룩 굴리며 무슨 트집을 잡을까 호시탐탐인 춘옥에게 복자는 구정물이라도 끼얹고 싶다. 특히 구 씨가 오면 춘옥의 트집은 도를 넘는다.

- 왜? 언 놈이 살림 차리재?

구 씨의 그 말에 복자는 더 참지 못하고 접시를 바닥에 내던진다. 지긋지긋한 소리! 살림이라니! 사내라면 신물이 나는데 살림이라니!

- 아니 이년이 왜 이래? 미쳤나?

복자의 갑작스런 행동에 놀란 춘옥이 한 발짝 물러서며 눈을 동그랗게 뜬다.

- 그만둡시다. 그만둬! 다 그만두자고요!

주방 장갑을 벗어 내동댕이치며 복자가 악을 쓴다. 그 순간, 저만치서 성난 파도가 갈기를 세우며 밀려들었다. 헉, 파도에 휩쓸려 숨이 멎을 것만 같다.

살면서, 감정을 드러내면 안 된다는 걸 가끔씩 깜빡한다. 머리가 나쁜 탓이다. 일이 터지고 나서야 후회를 한다. 구 씨가 복자에게 보이는 관심이 춘옥에게 천불나는 일일 텐데 남편 때문에 뒤집힌 속을 어쩌지 못하고 애먼 데서 감정이 폭발해버렸다. 그 길로 포장마차를 뛰쳐나와 며칠을 출근하지 않았다.

공원 커피 장사는 매상이 표나게 줄어버렸다. 오 마담의 등장 이후 복자는 불안했다. 상냥한 오 마담에게 길들기 시작한 영감들이 커피 장사하는 주제에 웬 콧대냐고 삐죽거리기 시작하더니, 복자의 커피는 설탕이 많이 들어 건강에 좋지 않다는 핑계를 대며 등을 돌리기 시작했다. 그렇게 된 데에는 영준에 대한 오해도 한몫했다.

- 젊은 그놈과 그렇고 그런 사이라며?

- 뭐라고요?

어처구니없는 말에 변변히 대꾸도 못하는 사이, 노인네들은 제멋대로 영준과 복자를 엮었다.

- 아님 그놈이 왜 뻔질나게 찾아오는 것이여? 젊은 놈하고 놀아나니 좋아?

귀를 막는 일도 사치다. 복자의 처지는 막장이다. 부모 복이 없으면 서방 복도 없다더니 그 말이 딱 맞는다. 초등학교도 못 나온 어미인 걸 알고 아들이 내뱉던 말까지 그녀의 가슴에 대못으로 박혔다.

- 무식한 어미에 난폭한 아비에, 내가 뭘 배우겠어? 아들은 어미 머리를 닮는다는데, 내가 번번이 떨어지는 이유가 딴 데 있겠어?

망나니가 되어가는 아들을 바라보자니 캄캄한 밤하늘에서 천둥이 치고 번개가 쳤다. 원망과 독기 서린 아들의 눈은 이미 정상이 아니었다. 전기밥통을 들고 내려치려는 아들의 눈빛에 광기가 서려 있었다. 아들의 몸속에 악한 영혼이 깃들어있는지, 자주 다른 존재로 변했다. 한 며칠은 얌전하다가 또 며칠은 미친놈처럼 날뛰었다. 그럴 때마다 빛이 사라진 깜깜한 세상에서 벼랑으로 떨어졌다. 숨이 멎을 듯한 깊은 물속에서 허우적대는 자신보다 아들이 더 가여웠다. 순한 눈빛의 아들을 불러내어 안을 때는 숨결이 절로 따뜻해졌다.

사흘 동안, 아들로 인해 천국과 지옥을 오갔다. 정확히 사흘.

- 아줌마, 눈 좀 떠봐요!

다급한 목소리가 복자의 귀로 들어옴과 동시에 세상이 다시 열렸다. 빙그르르 도는 천장이 어지러웠다.

- 정신이 드세요?

눈앞에 영준이 있었다. 세상이 환해졌다. 하지만 몸을 움직일 수는 없었다.

- 어, 어떻게….

복자는 겨우 입을 열어 조그맣게 말했다. 입술이 바짝 말라 말이 잘 나오지 않았다.

- 커피 팔러도 안 오시고 포장마차도 안 오신다 해서 찾아와 봤더니 이러고 계시대요. 아드님은 집에 안 들어와요?

영준의 눈에 걱정이 그득했다.

- 안 들어온 모양이네.

벽에 걸린 아들의 옷이 허수아비 같다. 그렇게 패악을 떨고 나서 어딜 간 걸까? 어디 가서 또 부모를 원망하며 술을 마시고 있는 걸까.

- 참 기가 막힙니다. 어찌 엄마가 이 지경 되도록 들여다보지 않는 겁니까?

영준이 기막힌 얼굴을 하고 복자를 내려다보았다. 복자는 입을 닫았다. 아들이 어미를 밥솥으로 내려쳤다 하면 영준은 뭐라고 할까.

- 어디 볼일이 있는 게지. 그 애가 요즘 바빠.

그 순간에도 아들을 두둔하며 복자는 일어나려고 몸을 움직였다. 미운 아들이긴 하나 영준에게서 아들의 험담을 듣고 싶지는 않았다. 애써 태연한 척하며 상체를 겨우 일으켰는가 싶었는데 천장이 빙그르르 돌면서 풀썩 쓰러졌다.

- 옆집 아줌마가 아줌마 들어가는 걸 사흘 전에 봤대요. 그럼 사흘을 이러고 있었다는 이야기잖아요?

그 말을 들으니 오히려 영준에게 미안했다. 그래서 입꼬리를 끌어올렸다. 눈앞에 실지렁이들이 고물거렸다.

- 병원 갑시다.

영준이 단호한 어조로 명령하듯 말했다.

- 병원은 무슨, 너무 피곤해서 쓰러진 게지. 이제 괜찮아.

복자는 헝클어진 머리칼을 쓸어 올리며 영준을 향해 웃어 보였다. 머릿속에 피딱지가 만져졌다. 영준의 얼굴이 여전히 흔들거렸다.

- 그런데 진짜 어찌 왔어? 만나는 날도 아닌데.

겨우 일어나 영준을 바라보았다. 복자의 그 말에 영준이 비로소 얼굴 표정을 바꾸며 환하게 웃었다.

- 기쁜 소식 전하러 왔지요.

- 기쁜 소식?

- 네, 한글학교에서 쓴 …아…줌마 글이… 다…당…선 됐어…요.

그의 말이 흔들리는 나무처럼 울렁울렁 흔들거렸다.

- 뭐, 뭐, 당선?

낯선 언어가 어색해서 확인하듯 중얼거렸다.

영준이, 한글 수업을 할 때처럼 또박또박, 천천히 말했다.

- 한글학교, 수강생들, 대상으로, 수기 모집을 했는데, 제가 아줌마 몰래, 아줌마가 쓴 글을 냈거든요.

- 내, 내 글을?

- 네, 그런데 상을 타게 됐지 뭐예요. 상금도 50만 원이나 받게 됐고요. 그래서 그거 전해드리려고 전화를 했는데… 안 받으시기에 무슨 일이 생겼나 해서 찾아왔지요.

영준의 얼굴이 여전히 흔들거렸다. 그런데 상금 50만 원이라는 소리는 분명하게 들렸다.

- 그동안 노력하신 보람이 있네요. 재정 사정이 안 좋아 한글학교 문 닫은 후에 마음이 답답했어요. 그래도 제가 시간 날 때마다 아줌마를 틈틈이 가르쳐드린 것이 이런 보람으로 다가올 줄은 몰랐어요. 장하세요. 이제는 한글로

모든 표현을 다 하실 수 있게 됐잖아요. 박복자 여사님, 대단하십니다.

영준의 밝은 목소리가 엉킨 실타래 같은 머릿속을 비집고 들어섰다. 박하 향을 씹은 듯 머릿속이 맑아졌다. 빙그르르 돌던 하늘이 천천히 내려앉았다. 복자는 팔을 뻗어 영준의 손을 잡았다.

- 고마워, 내 눈을 뜨게 해주어 정말 고마워.

뜨거운 눈물이 주르르 흘렀다. 그 눈물방울 속에 또 아들놈의 얼굴이 어렸다. 아득하게 멀어지던 그 모든 것들이 다시 형체를 갖기 시작했다. 막막하던 마음이 눈 녹듯 사라진다. 허나 파도는 여전히 사납다.

커다란 파도가 저만치에서 밀려온다. 처음 맞는 파도가 아님에도 불구하고 두려움은 여전하다. 언제나처럼 심호흡을 한다. 웃을 준비를 한다. 긴장된 몸을 마음으로 달랜다.

괜찮아, 괜찮아, 늘 잘 넘어왔잖아. 혼자 중얼거리며 파도를 마주한다.

- 아줌마, 정신을 놓으면 안 돼요. 구급차를 불렀어요, 조금만 견디세요. 정신 차리세요.

영준의 목소리에 고개를 끄덕인다. 그리고 영준의 손을

더욱 힘주어 잡는다. 그 따스함이 양순할 때의 아들 손 같다. 곁에 누군가 있다는 것이 이리 따스할 수가 없다. 어디선가 들려오는 구급차의 사이렌. 복자는 마음속에 다시 세상을 담는다.

저만치에서 밀려오는, 집채만 한 파도를 넘을 용기가 생겼다.

언제나처럼.

내가 죽기 전에 ____________

1.

아침에 눈을 뜨자마자 아버지는 계속 시계를 쳐다봤다. 삼십 년 넘게 붙박이처럼 안마루 벽에 걸려 있는 괘종시계는 고장도 나지 않고 꼬박꼬박 시간을 알려 줬다.

- 승태 올 때가 되었는데….

딱히 누구에게랄 것도 없이, 아버지는 혼잣말처럼 중얼거렸다. 안방 문을 열어 둔 채 아버지를 바라보던 어머니가 마루로 나왔다. 무슨 일에든, 한 번 마음을 쏟기 시작하면 그 일의 결과가 나올 때까지 다른 데 신경을 쓰지 않는 아버지의 성격이 오늘따라 불편하게 여겨지시는 듯했다.

- 어딜 가시게요?

내가 어머니에게 물었다.

- 가긴. 니 형이 어디까지 왔나 전화나 넣어볼까 하고.

어머니는 스웨터 주머니에 들어있던 핸드폰을 꺼내 만지작거렸다. 사실 전화를 해 볼 마음으로 나온 건 아니었을 것이다. 안절부절못하는 아버지의 모습을 보기가 싫어서 나온 것일 터였다.

- 제가 해 볼게요.

핸드폰을 누르는 나를 바라보는 어머니의 얼굴에 근심이 그득했다. 아버지는 초조하게 마루를 서성거렸다. 신호가 가는데도 통화는 되지 않았다.

- 진동으로 돌려 놓으면 못 받을 수도 있어요. 올 때 됐어요.

나는 어린아이를 달래듯이 어머니에게 말했다. 내 말에 대꾸도 없이 어머니는 신발을 꿰고 마당을 가로질렀다. 대문을 나서면 읍내로 들어오는 길이 훤히 보였다. 어머니는 당산나무 앞에서 미어캣처럼 사방을 두리번거릴 것이다. 괘종시계가 열한 번을 쳤다.

2.

- 넌 죽은 후에 영혼이 어찌 된다고 생각하느냐?

밥을 먹다 말고 아버지가 불쑥 그 말을 했을 때, 승태는 또박또박 말했다.

- 선한 영혼은 하늘로 오르고, 악한 영혼은 지옥으로 떨어집니다.

- 음, 그건 교회에서 하는 소리기는 하다만 틀린 말은 아니지. 그럼 제사는 왜 지내느냐?

- 조상님들의 영혼을 기억하고 공경하는 마음으로, 평안하시도록 기원하는 일입니다.

승태의 말에 아버지의 입이 귀에 걸렸다. 아버지의 만족한 눈빛을 보고 한숨이 터졌다. 겨우 열 살짜리 아이를 데리고 뭐 하는 것인지. 하지만 그 말을 내뱉을 수는 없었다. 그 일로 몇 번이나 다툼이 있었기 때문이다. 그뿐만이 아니었다. 명절 때나 제사상을 차리는 자리에서도 승태에게 이르는 아버지의 말은 계속됐다.

- 제수를 놓는 위치를 일러 보거라.

근엄한 표정으로 아버지가 말하면 승태는 두 손을 마주 모으고 또랑또랑한 목소리로 말했다.

- 예. 홍동백서紅東白西, 붉은 과일은 동쪽에 두고 흰 과일은 서쪽에 진설하고….

- 그렇지.

- 조율이시棗栗梨枾, 조율이시는 대추, 밤, 배, 감을 뜻합니다. 차례상에 놓는 과일의 기본 네 가지로….

- 맨 앞의 대추는 씨가 하나이므로 임금을, 밤은 한 송이에 세 알이 들어있으므로 영의정·좌의정·우의정 삼정승을, 배는 씨가 여섯 개 있어 육조판서를, 씨가 여덟 개인 감은 우리나라 팔도를 각각 상징한다.

아버지가 흡족한 얼굴로 승태를 바라보며 말을 얹었다.

- 두동미서, 생선의 머리는 동쪽으로 두고 꼬리는 서쪽으로 향하게 한다.

승태는 암송하듯 줄줄 읊어댔다. 음전하고 의젓한 모습이라고 보면 더 나무랄 데가 없는 풍경이다.

- 옳지!

아버지는 무릎을 치며 환하게 웃었다.

- 좌포우혜左鮑右醯로 육포는 좌측에, 식혜食醯는 우측에….

승태는 여전히 반듯한 자세로 앉아 아버지를 바라보며

말을 이어갔다.

- 아, 너를 보니 안심이 된다. 집집마다 예법이 다르기도 하니 가가례家家禮라 하였다. 기본을 지키되 너무 얽매이지는 말라 했느니.

명절 때마다 치러지는 그 풍경은 아버지에게는 더없이 흡족한 일이었다. 하지만 그 일은 승태가 미국으로 떠나기 전까지의 일이었다. 어린 승태와는 다르게 정작 나는 명절 때마다 고개를 절레절레 저었다.

- 어린애를 데리고 뭘 하시는 건지….

나는 감히 아버지의 꼿꼿한 질서에 반기를 들지는 못하고 비 맞은 중놈 중얼거리듯, 혼잣말처럼 중얼거렸다.

3.

- 예에? 뭐, 뭐라고요?

나는 아버지가 하는 그 말의 진위를 파악하지 못해서 못 알아들은 척 다시 물었다.

- 죽은 후에 영혼이 있다고 생각하느냐, 소멸된다고 생각하느냐?

아버지의 질문은 늘 같았다. 결론도 늘 같았다. 나는 채 씹지도 못한 밥알을 꿀꺽 삼키고 말았다.

- 그, 그거야….

아버지는 아예 숟가락을 놓고 우울한 눈빛으로 나를 바라보았다. 나는 뭐라고 말해야 할지 몰라 우물거렸다.

-당신은 뭔 그런 말을 해서 애를 헷갈리게 해요? 영혼은 무슨, 죽으면 끝이지.

어머니가 응원군처럼 아버지의 말을 잘랐다.

- 어허, 남편이 말하는데 아녀자가 왜 나서는 거요?

아버지는 아직 유교적 사상에서 벗어나지 못한, 요즘 말로 하면 '꼰대'였다. 꼰대의 아들인 나도 보고 자란 게 그런 거라 꼰대의 기질이 남아 있기는 하지만, 어머니나 아내 앞에서는 그 기질을 드러낼 수 없었다.

- 쓸데없는 말 하지 말고 내가 말한 거나 생각해 봐요. 어떻게 해결할 건지.

나는 그 말을 하는 어머니의 표정을 살폈다. 어머니는 그 말을 하고 숟가락에 김치를 얹어 입속으로 가득 끌어넣었다. 꽤나 엄숙하고 진지한 표정으로 나에게 질문을 하던 아버지는 한숨을 내쉬고는 나를 노려봤다. 당신의 이야기에 맞장구를 치지 않는 나에 대해 화가 나신 게 분명했다. 여든을 넘기면서부터 부쩍 야위어가는 아버지는 할아버지가 돌아가시기 전의 모습과 너무도 흡사했다. 구부정한 어깨며 힘없는 눈빛, 거기에 듬성듬성한 머리칼까지. 아버지의 입을 통해 나올 말의 비장함이 느껴졌다. 다음 말을 하기 전에 호흡을 다듬으려는 것 같았다. 나와 아내는 아버지의 입매에 시선을 고정했다. 어머니는 이미 아버지가 어떤 말을 할 것인지 알고 있는 눈치였다. 하긴 나 자신도 짐작은 할 수 있었다.

- 내가 죽기 전에… 에, 이번에 네 형이 오면….

아버지는 그쯤에서 또 말을 끊었다. 당신이 하고자 하는 말이, 당신 마음속에서는 쉽게 뱉어낼 수 없는 말이라는 걸 알 수 있었다. 그런데다 밭은기침 때문에 긴 말을 하는 것이 불편할 터였다. 요즘 들어 부쩍 건강이 안 좋아지신 아버지는 말하는 것조차 힘들어했다.

- 강수 오면 얘기해요. 힘든데 여러 번 이야기하지 말고.

어머니가 아버지의 말을 잘랐다. 그런 면에서 보면 어머니가 아버지보다 훨씬 결단력이 있어 보였다. 죽은 후에 영혼이 어찌 된다고 생각하느냐는 아버지의 말이 귓전에서 윙윙거렸다. 아버지가 염려하는 것이 진정 무엇인지 알 수 없었다.

아니 모르는 게 아니었다. 아는 척하고 싶지 않을 뿐이었다.

- 너는 얼른 역에 나가 봐라. 강수 도착할 시간 됐다.

어머니가 나를 재촉했다. 나는 그 자리를 벗어나게 해 준 어머니가 고마워서 얼른 고개를 끄덕였다. 차에 시동을 걸고 역으로 향하면서 나는 또 아버지의 말을 중얼거렸다. 내가 죽기 전에… 아버지는 얼마 살지 못할 것이다. 그래서 마지막으로 주변 정리를 하고 싶으신 것 같았다.

4.

아내가 변하기 시작한 건 숙모 때문이었다. 숙모가 입원해 있는 병원에 다녀온 후로 신경이 한껏 날카로워졌다. 제사가 다가오니 예민해져 그런가 하는 생각을 잠시 했지만, 한두 해 지내온 게 아니니 그것도 이유가 되지 못했다. 원래 말이 많은 여자는 아니지만, 눈을 내리깐 채 입을 꾹 다물고 앉아서 한숨만 푹푹 쉬어대는 걸 보니 나도 불편했다.

- 숙모님은 좀 차도가 있으셔? 병원에서 뭐래?

몇 번이나 물었지만 아내는 대답 없이 자리를 뜨더니 안방으로 들어가 이불을 뒤집어쓰고 울기 시작했다. 삼십 년 넘게 한 이불을 덮고 살아온 여자였다. 갑자기 돌변할 이유가 없었다.

- 숙모가 너를 보고 싶어 한다. 한번 다녀가려무나.

뜬금없다 싶게 걸려온 숙부의 전화에 나는 얼른 대답을 하지 못했다. 무릎이 아파서 병원에 다닌 지가 몇 달이 되었는데도 별 차도가 없다고 말하던 숙모의 얼굴이 떠올랐기 때문이었다.

- 어디, 편찮으신가요?

조심스런 내 질문에 숙부는 잠시 말을 잇지 못하다가 큼큼, 기침을 하며 빠르게 말했다.

- 말기 암이란다.

- 아, 암이요?

- 그래, 한 석 달 정도….

숙모가 나를 찾는 이유는 알 수 없으나, 그 이유를 묻기도 전에 숙부는 서둘러 전화를 끊었다. 목소리에 물기가 느껴졌다. 늘 공무에 바쁜 숙부였다. 나랏일은 혼자서 다 맡아 하는 듯이 성실하고 고지식하게 일만 하는 5급 공무원. 그런 덕인지 이런저런 공로상도 받고 표창도 받고 해외 연수도 더러 다녀오시고 하던 숙부는, 그래서인지 집안일은 나 몰라라 했다. 집안일은 다 숙모 몫이었다. 자식 키우는 일이야 그렇다 쳐도, 집안 대소사 일까지 다 숙모가 도맡았다. 휘둘리는 건 숙모뿐이었다. 멀리 있는 자식들도 숙부와 다를 바 없었다. 같은 도시에 산다는 이유만으로 아내가 제사 때나 가서 돕는 정도고 며느리는 차라리 남이었다.

- 며느리 뒀다 뭐 하시게요? 제사 때는 불러 일을 시키시지.

사실 그 말을 하는 나도 속이 편치 않기는 했다. 며느리는 손님 대접하면서 조카며느리는 왜 불러다 일시키십니까, 하고 물어볼 수는 없었기 때문에 운을 그렇게 뗀 것이었다.

내 말이 끝나기도 전에 어림없는 소리라는 듯이 숙모가 손사래를 쳤다.

- 아서라. 며느리는 손님이다. 손님도 아주 귀한 손님. 옛날처럼 일꾼 취급하면 안 돼. 나 하나 바쁘면 된다. 니 처가 착해서 나를 도와주니 고맙지.

아내는 명절 외에 시고조부 제사 때는 숙모 댁에 가서 일손을 보탰다. 며느리도 저녁 아홉 시나 돼야 나타나는 제사에 아내는 아침부터 가서 숙모를 도왔다. 아내도 그런 일에 크게 불만이 있는 것 같아 보이지는 않았다. 나로서는 감사하고 다행한 일이었다. 그런 것은 아내를 유난히 챙기는 숙모와 숙모의 처지를 안쓰럽게 여기는 두 사람의 마음이 잘 맞아서 그런 것 같았다.

- 너는 마누랄 아주 잘 얻은 게야. 은정이한테 잘해라.

숙모는 나를 볼 때마다 그 말을 했다.

- 숙모님은 속도 없으신가 봐요. 요새 저리 사시는 분이 어디 있어요?

조금 가시가 느껴지기는 하는 말이지만, 아내는 숙모를 볼 때마다 안쓰러워하였다.

어찌 보면, 힘들다 하면서도 그 일을 즐기는 게 아닌가 싶은 생각이 들 때도 있었다. 그리 나누어 주고 나서 빈 채반을 보며 흐뭇하게 웃던 숙모의 얼굴이 겹쳤다.

나는 서둘러 병원으로 향했다.

전부터도, 한 움큼이나 되는 알약들을 끼니때마다 삼키는 숙모를 보면서도 그에 대해 특별히 신경을 쓰는 사람은 없었다. 몇십 년을 한 이부자리를 써 온 숙부조차 숙모의 아픔에 대해서는 무덤덤했다. 그렇게 된 데는 숙모의 책임도 있겠다 싶었다. 무조건 참는 것이 미덕이라 여기는 숙모는 자신의 아픔조차 참아내는 걸로 집안의 평화를 지켰다. 무릎만 아플까, 나는 숙모의 몸뚱이 구석구석이 성치 않을 거라 짐작했다.

새벽부터 시작되는 숙모의 일상은 마치 일벌 같았다. 잠시도 쉴 틈 없이 일했다. 집안일 뿐 아니라 성미 고약한 팔순의 시어머니를 모시는 일도 녹록한 일이 아니었을 터였다. 돌아가시는 날까지, 사흘들이로 경로당에 음식을 해다 나르는 일에, 시모가 편찮아 경로당에 가지 않으면 우르르 몰려오는 친구분들 점심상까지 차려 내야 하는 일은 숙모가 당연히 치러내야 하는 일로 여겼다. 주방엔 웬만한 식당만큼이나 그릇이 많았다. 척척 쌓아 올려둔 접시들과 밥공기가 숨이 막힐 만큼 가지런했다. 냉장고 속도 마찬가지였다. 언제라도 손님이 들이닥치면 30분 안에 상을 차릴 수 있도록 갖가지 밑반찬이 준비돼 있었다. 밥이 끓는 동안 찌개 정도나 끓이면 푸짐한 밥상이 마련되었다. 늘 양념 된 쇠고기가 재여져 있고 장조림에 갖가지 장아찌가 서늘하게 보관돼 있었다. 멸치볶음에, 김부각에, 갖가지 산나물에, 맛깔난 김치에 나박김치, 오이김치까지 그때그때 상을 가득 채우는 건 거의 정갈한 식당 수준이었다. 거기에 후식으로 마시는 감주는 왜 그리 많이 하는지. 그것도 모자라 손님이 가실 때면 전이라도 싸서 가져가도록 하였다. 그러고도 숙모는 항상 웃는 얼굴로 오는 손님들을 대했다. 마치 웃는 가면을 쓴 것처럼.

늘 웃고 있는 숙모는 칠이 벗겨진 오래된 장승같았다. 제실이 있는 마을 입구에 서 있던 장승은 오래도록 그 자리에 서 있었지만 마을에 개발 열풍이 불면서 사라졌다. 포클레인이 가볍게 장승을 쓰러트렸다. 그때 나는 마침 문중 제실 보수 공사를 하는 일에 묶여 있었기 때문에 마침하게 그 광경을 목격했다. 쿵, 포클레인이 장승의 허리께를 한번 치자 어이없게도 장승은 맥없이 쓰러지고 말았다. 나이 든 어르신들은 더러 혀를 차고 더러는 눈물을 찍어내는 분들도 있었으나 아이들은 관심조차 없었다. 오히려 괴상하게 생긴 포클레인의 모양새에 정신을 팔고 있었다.

- 저 포클레인은 산에도 거뜬하게 올라간대. 지난번에 이장 댁 산소 이장할 때도 저 포클레인으로 무덤을 팠다던걸. 30분도 안 걸렸대. 옛날 같았어 봐. 며칠은 족히 걸렸을걸.

속도로 인해 슬픔조차 빨리 사라지는 것 같았다. 상주만 달랑 참석한 자리에 곡소리도 없고, 눈물을 찍어내는 사람도 없었다. 얼른 이장을 하고 상경해야 하는 장손이 시계만 자꾸 들여다봤다. 덜커덕덜커덕, 포클레인만 바빴다. 그러나 그 시간도 그리 길지 않았다. 폭삭 주저앉은 관은 잘 썩었고 시신도 깨끗하게 뼈만 남아 있었다. 장손이 서둘러 뼈를 수습하고 새로운 장지로 마련해둔 공원묘지로 갈 때까지 걸린 시간이 두 시간도 안 되었다. 대대로 내려오던 선산에는 골프장이 들어선다 했다. 선산을 매각한 돈 때문에 형제들이 날을 세우고 싸우더란 소리도 들었다.

어렸을 때 보았던 장례식이 떠올랐다. 베옷을 입은 상주들이 두건을 쓰고 곡을 했고 그 집 며느리들도 눈물을 찍어내며 슬피 울었다. 상가에는 몇 며칠 손님이 끊이지 않았으며 뒷마당에서는 음식 준비를 하는 동네 아낙들이 바빴다.

그런 영상은 내 머릿속에서만 오롯했다. 할머니가 돌아가실 때도 그런 풍경을 볼 수 있었다. 그건 숙모 덕이었고, 이제 영화 속에서나 볼 수 있는 아주 오래된 그림일 뿐이었다.

그 일을 치르고 난 후 숙모도 장승 쓰러지듯 그렇게 쓰러지고 말았다.

- 암은 마음속 스트레스가 뭉쳐 생기는 병이래요.

아내가, 확실하지도 않은 말을 확신에 찬 목소리로 말하며 눈물을 닦았다. 하긴. 확신할 수는 없지만 틀린 말은 아니라는 생각을 나도 하고 있었다.

- 참는 게 능사가 아니라구요.

아내는 재확인하듯 그 말을 하고 아버지가 계신 방을

흘겨봤다.

5.

오랜만에 보는 형은 여전히 건장했다. 큰 키에 말쑥하게 차려입은 양복이 잘 어울렸다. 중후한 신사였다. 시골에서 농사짓는 농투성이인 나와는 많이 달라 보였다. 형수는 뭐가 그리 못마땅한지 미간을 잔뜩 찌푸린 채로 고개만 까딱했다.

- 형수님, 오랜만이오. 얼굴이 더 환해지셨네요?

철없는 형수는 내가 건성 던지는 인사에 기분이 아주 좋은 모양이었다.

- 그래 보이나요? 다행이네.

마치 늙지 않게 방부제 처리라도 한 듯이 환갑을 앞둔 얼굴이 터질 것처럼 반질반질했다.

- 형님, 보톡스 맞으셨어요?

아내가 전에 없이 안 하던 말을 했다.

- 아니.

고개를 젓는 형수의 눈길이 새침했다.

- 아님 필러?

아내가 집요하게 물었다. 내가 아내의 손을 슬쩍 건드렸다. 입 다물라는 신호였다.

- 내가 원래 피부가 좀 좋아.

형수의 말에 아내가 피식 웃으며 돌아섰다. 자신의 외모에만 신경을 쓰고 사는 형수는 예뻐졌다거나 피부가 좋다거나 하는 따위의 말에 목숨을 건 여자 같았다. 보톡스 주사를 맞든 필러를 맞든 나와는 상관없는 일이지만, 이번에는 그게 아내하고는 상관있는 일이 될 것 같았다. 형수가 공격하듯 아내를 쏘아보며 말했다.

- 자네는 어째 피부가 그런가? 나이도 한참 젊은 것이.

형수가 그런 말을 해도 전에는 웃고 말던 아내가 이제는 달라졌다.

- 저도 이제부터 피부 관리 좀 해 보려고요. 그동안 집안일에 너무 시달려서 그럴 시간이 없었어요.

수굿하던 아내가 발끈하자 형수의 눈매가 파르르 떨렸다. 아내는 그 말을 하고는 시원하다는 듯이 자리를 떴다.

- 승태는 언제 오냐?

두 며느리가 하는 짓거리를 빤히 바라보던 아버지가 마땅찮은 얼굴로 버럭 소리를 질렀다.

- 아차, 승태가 못 온대요. 갑자기 급한 일이 생겼다고 연말에나 오겠다대요.

형이 생각난 듯이 승태의 소식을 전했다. 내가 차마 하지 못한 말을 형이 하고 있었다. 나는 아버지가 실망하실 것이 염려되어 그 말을 하지 않고 있었다. 승태가 온다면, 당연히 서울 사는 형과 올 것이라고 생각한 아버지가 그리 물었던 것이다.

- 뭐? 못 온다고?

아버지의 목소리에 노여움이 그득했다.

- 하긴 미국에서 제사 때문에 한국 나온다는 게 말이 돼요?

형은 승태를 옹호하듯 말했다.

- 작년에도 안 왔잖아!

아버지의 목소리가 약간 떨리기까지 했다.

- 아버지, 그만 맘 접으세요. 걔는 이제 미국놈 다 됐다고요.

형이 마치 제 아들을 두둔하듯 말했다.

- 에잇, 집구석 잘 돌아간다!

아버지는 벌떡 일어나 밖으로 나가셨다. 부엌에서 일하던 아내가 비쭉 고개를 내밀고 아버지의 걸음을 좇았다. 어머니는 눈길을 피한 채 한숨을 내쉬었다.

어둑해서야 들어오신 아버지는 막걸리를 자신 게 분명했다. 두 아들과 며느리를 두고도 눈빛 한 번 안 맞추시는 게 그 증거였다. 술이 약하신 아버지는 막걸리 한두 잔만 마셔도 그랬다.

아내가 준비해 둔 제사상에 형수가 얹은 건 정종 1병이었고 형이 내민 건 얄팍한 봉투가 전부였다. 준비한 사람의 고생에 비해 제사는 간단히 끝났다. 음복을 하고 마주 둘러앉은 자리에서 아버지는 괜한 헛기침을 큼큼해댔다.

- 애들 다 왔으니 하실 말씀 얼른 하시구려.

어머니가 재촉했다.

- 뭐가 그리 급하누.

아버지가 서운한 목소리로 어머니를 나무랐다.

- 말씀하실 거 있으면 얼른 하세요. 저희는 오늘 올라가야 해요.

그런 형수를 바라보는 아내의 눈빛이 편해 보이지 않았다. 아내는 나를 노려보았다. 무언의 압력이었다.

- 참, 숙모님 입원하셨다면서요? 병원에서 뭐래요? 어디가 안 좋으신 거예요?

형수가 분위기를 바꿀 양으로 숙모의 안부를 물었다.

- 관절이 안 좋은 줄 알고 관절약만 죽어라 자셨는데, 알고 보니 암이란다.

아버지는 땅이 꺼지게 한숨을 쉬었다.

- 암? 요새는 암이 유행병 같아요.

형이 대수롭지 않다는 듯이 말했다.

- 그래도 시부모 잘 모시고 어른들한테 잘해서 이번에 시에서 주는 효부상을 타게 됐단다.

아버지가 좀 전과는 다르게 밝고 기운찬 목소리로 말하면서 아내를 돌아보았다.

- 그깟 효부상이 뭐라고요.

형수가 아버지의 말에 당돌하게 대꾸했다. 나는 큰 잘못을 저지른 사람처럼 아내의 얼굴을 힐끔 훔쳐봤다. 잔뜩 굳은 얼굴에 결연한 의지가 느껴졌다.

- 하실 말씀부터 하세요.

어머니가 아버지를 재촉했다.

- 그래, 험험. 그게 말이다.

아버지는 아주 어려운 말을 꺼내려는 듯 뜸을 들였다.

- 그게 뭔데요?

형이 바짝 다가앉으며 호기심을 드러냈다. 형에게는 아버지의 재산 정리가 가장 큰 관심사일 것이다.

- 그게… 제사 말인데….

- 제사는 진수가 잘 지내고 있는데 왜요?

형은 당연한 듯 말했다.

- 그런데 진수 처가 이제는 더 못 하겠다는구나.

형이 아내를 쳐다보았다. 아내는 눈을 내리깐 채 조용했다.

- 아니, 잘 지내던 제사를 왜 못 지낸다는 거요?

형이 다소 서운한 목소리로 아내를 노려봤다.

- 이젠 아주버님이 지내세요. 저도 할 만큼 했어요.

아내는 큰 결심을 한 듯이 또박또박 말했다. 전에는 생각도 못했던 아내의 행동이었다. 오히려 시선 둘 곳을 못 찾는 건 나였다. 아내가 변하기 시작한 건 숙모의 시한부 소식을 듣고서부터였다.

- 그래서 말인데….

아버지가 기어들어 가는 목소리로 말을 이었다. 하지만 형은 아버지의 말을 들을 생각이 없는 것 같았다.

- 내가 지내기 싫어 안 지냅니까? 난 아들이 없잖아요!

형의 목소리가 높아졌다.

- 요즘 아들 없는 집 많거든요. 그러니 이젠 아주버님이

지내세요. 제가 결혼한 이듬해부터 지냈잖아요. 저는 할 만큼 했다고 생각합니다.

아내의 말을 듣고 있던 어머니가 나섰다.

- 나도 작은 애 말이 맞다고 생각한다. 그래서 너희 아버지한테 결단을 내리시라고 했다.

- 무슨 결단요?

아버지가 형의 눈길을 피하며 우물우물 말했다.

- 그게… 니 엄마 말이… 제사를….

- 제사를 뭐요?

형은 형수를 돌아보며 목소리를 높였다. 형수는 못 들은 척 딴청을 하고 있었다.

아버지는 여전히 하고자 하는 말을 하지 못하고 어머니와 아내의 눈치를 보고 있었다.

- 내가 죽기 전에 해결하고 가야 될 문제라서….

- 어떻게요?

- 그래, 어떻게든 해결을 해야 하는데…. 니 엄마 말로는 절에다 맡기든지 아예 없애든지 하자고 하는데….

아버지의 눈빛은 시선 둘 곳을 찾지 못해 불안해 보였다. 구부정한 어깨와 흰 머리칼이 더없이 초라해 보였다.

- 제수씨, 제사 때마다 명절 때마다 제수비 드리잖아요. 그게 적어서 그럽니까?

형의 화살이 아내에게로 쏟아졌다.

- 형, 집사람한테 그렇게 말하면 서운합니다.

나는 아내를 감싼답시고 목소리를 높였다. 그런 나를 바라보던 아내가 차분한 목소리로 말했다.

- 아주버님이 그렇게 말씀하시면 명절마다 제가 그 돈 드리지요. 그러니 형님이 지내시면 되겠네요.

아내는 더 이상 물러날 수 없다는 듯이 결연하고 단단했다.

6.

나는 그런 아내의 모습을 보면서 아버지가 한 일을 떠올렸다. 숙모님이 3개월의 시한부 암 진단을 선고받고 절망의 구렁텅이에 빠져 있을 때, 그 일이 터졌다. 숙모의 시한부 인생과 효행을 안 신문사에서 숙모의 이야기를 기사화했고 그걸 안 시에서 효부상을 주기로 했다는 것이었다.

<귀하는 평소 노부모를 극진히 모시고 조상 제례도 정성을 다해 빠짐없이 봉행하며 자식들도 훌륭히 키워낸 어머니로서 타의 귀감이 되므로…>

구구절절, 감동의 문장들이 가득한 효부상의 문구는 사람들을 감동하게 했다. 신문마다 대서특필되고 시한부 인생의 숙모를 칭송하기에 바빴다. 하지만 숙모는 눈이 퉁퉁 부을 정도로 날마다 울며 지낸다 하였다. 병원에 다녀온 아내가 울먹이며 하는 말은 내 가슴까지 저릿하게 만들었다.

- 도대체 숙모님의 인생은 뭐여요? 당신을 위해 살아보지도 못하고 시부모 수발에 남편 내조에…. 그런데 덜컥 암이 찾아와 저렇게 병마와 싸우고 있으니… 그깟 효부상이 무슨 소용이랍니까?

그런데 아버지는 그 신문 기사를 오려 코팅까지 해서 거실 벽에다 척 붙였다. 그러면서 큰소리로 말했다. 아내 들으라는 말이었다.

- 이런 훌륭한 며느리가 우리 집안에 있다는 것은 집안의 영광이다. 옛날의 홍살문보다 더 훌륭한 게야.

아내는 들은 척도 않았다. 일부러 안 듣는 척하는 것 같았다. 아버지는 그에 더 열을 올렸다.

- 자고로 여자란 이래야 되는 게야. 시부모 공경하고 남편 내조 잘하고 자식 잘 기르고….

거기까지만 했으면 지금의 사단까지 벌어지지 않았을지도

모른다. 아내가 모른 척하자 아버지가 새겨들으라는 듯, 한마디 덧붙였다.

- 에미야, 우리 집안이 이런 집안이다. 그러니 너도….

아버지의 말이 끝나기도 전에 아내가 고개를 빳빳하게 들고 말했다.

- 아버님, 저는 그렇게 못 합니다.

- 뭐? 뭐라고?

아버지가 다시 반문했다. 못 들었을 리 없는데 재차 확인을 하려는 것이었다. 평소 고분고분하고 조용했던 아내의 태도로는 할 수 없는 행동이었기 때문이었으리라.

- 저는 그렇게 못 한다고요.

순간, 아버지의 얼굴이 묘하게 일그러졌다. 분노를 참아내지 못한 표정이 붉으락푸르락했다. 나는 비겁하게도 아내의 얼굴을 바로 바라보지 못했다. 아내도 더 이상 나에게 그 어떤 기대도 하지 않는 얼굴이었다. 아내가 그렇게 결심한 데는 숙모의 영향이 컸으리라. 희생으로 점철된, 자신은 버려진 인생에 대해 느끼는 바가 많았을 것이다. 아내는 그 말을 하고는 바로 일어서 밖으로 나갔다. 단단한 아내의 속내가 여지없이 읽혔다. 나는 아내에게도, 아버지에게도 아무 말

못하고 엉거주춤 앉아 있었다.

- 허이구, 집구석 잘 돌아간다. 마누라 단속을 어떻게 했기에 재가 저러냐? 효부가 난 집에서 이게 뭔 꼴이냐? 말세다 말세!

아버지는 당신이 믿고 싶은 대로 말했다. 나는 아무 말도 못 하고 속으로 생각했다. 무엇이 아내를 저토록 변하게 했을까? 사실 아버지의 말은 아내에게 큰 부담이었을 것이다. 숙모를 늘 존경한다던 아내는 숙모처럼 그렇게 효부 노릇을 했다. 그런데 갈수록 심해지는 요구가 아내의 숨통을 조였으리라. 더구나 숙모가 죽을병에 걸려 오늘내일하고 있는 상황에서 아내는 자신이 해온 일에 대한 회의를 느꼈을 것이다.

새삼, 유학 갔다가 미국에서 눌러사는 아들 승태가 떠올랐다. 잘 하면 일 년에 한 번 정도 보는 아들이었다. 그것도 잘 하면. 떨어져 사는 일이 가장 아쉬울 때는 눈에 넣어도 안 아픈 손자가 그리울 때였다. 일주일에 한 번 하는 영상통화는 어딘가 늘 아쉬웠다. 보이기는 하되 만질 수 없었다. 보이기는 하되 숨결을 느낄 수 없었다. 그것이 늘 아쉬웠다. 영상통화는 영혼을 간질이다 마는 미혹이었다.

한숨 끝에 나는 생각했다. 아들은 이 문제를 어떻게 생각할까? 나는 미련하게도 아들에게 기대를 걸어보기로 했다. 마침 제 어미 환갑이 다가오고 있었다. 그때 오기로 한 아들이 너무나도 간절하게 그리웠다.

7.

- 요새 누가 제사를 지냅니까? 그거, 미신이고 여자들 잡는 일이에요. 더구나 우리는 하느님을 믿어요.

나는 아들의 그런 말을 기대하고 있었던 건 아니었다. 반가운 것은 잠시, 아들은 그새 아주 다른 종자가 되어 있었다. 예쁜 여학생 따라 교회를 다니다 어느 선교회의 주선으로 유학을 간 아들이었다. 외국 생활 20년이 넘는데 무슨 기대를 하겠는가. 또랑또랑 제례를 이야기하던 승태는 열 살에 머물러 있는 기억 속의 그림일 뿐이었다.

- 마미, 마미도 이젠 좀 쉬세요. 그동안 제사 지내시느라 너무 고생하셨어요.

이젠 제 어미까지 부추기는 판국이다.

- 조상을 모시는 게 어찌 미신이냐?

전에 없이, 내 말에 확신이 서 있었다. 아내는 남의 일처럼 냉정한 얼굴로 나를 바라보다가 손자 녀석을 바라볼 때는 금세 표정을 바꾸어 부드러워졌다. 입속의 것이라도 내어 줄 듯한 표정이었다. 어머니의 표정은 더욱 지극했다. 눈 속에, 해죽해죽 웃는 어린 필립이 그득했다. 여자들은 온통 필립의 재롱에 빠져 있었다. 조상이란 그런 존재이거늘.

- 오, 주여.

아들은 내 고루한 생각이 답답하다는 듯이 두 손을 모으고 그 말을 뱉어냈다.

- 형님은 아들이 없어서 제사를 지낼 수 없고….

내 목소리는 거의 울먹거리고 있었다.

- 요즘 그런 문제로 고민하는 집이 어디 있어요? 귀신 모시는 문제를요.

열 살의 승태와 마흔 살의 승태는 아주 다른 인물이었다.

- 뭐, 귀신? 이, 이놈이!

나는 나도 모르게 승태의 뺨을 후려치고 말았다. 아내의 눈이 휘둥그레졌다. 아들은 놀라서인지 제 뺨을 감싸고 나를 멀뚱하게 바라보고 있었다.

- 그래, 되었다. 내가 너한테 무얼 바라겠느냐. 유학 뒷바라지도 제대로 못해 준 애비가….

어느새 나는 나를 자학하고 있었다. 더없이 작아지는 내가 한심하고 서러웠다. 내 주장 하나 제대로 하지 못하는 한심한 신세…. 아버지의 밭은기침 소리가 내 가슴에 아프게 박혔다.

- 파파, 그게 아니고….

승태가 변명하듯 서둘러 말꼬리를 잡았다. 하지만 승태의 입에서 내가 원하는 말이 나오지 않을 거라는 확신이 섰다.

- 되었다. 더 이상 말해 봐야 소용이 없겠구나. 그 문제는 내가 죽기 전에 어떤 식으로든 결말을 지으마.

- 아버지….

내가 듬직하게 여기고 사랑해마지않았던 아들도 그 문제에 대해서는 입을 다물었다.

내가 아들의 뺨을 때린 것에 아내는 몹시 화가 나 있었다. 더구나 며느리 앞에서 그랬으니 민망하기도 했으리라. 모태신앙인 며느리는 그런 집안의 소요에 대해서는 조금치의 고민도 없어 보였다. 오히려 이해할 수 없다는 듯이 '오, 주여' 만을 외쳤다.

- 종로에서 뺨 맞고 어디 가서 화풀이한다더니….

아내는 아이들이 돌아가자 나를 몰아붙였다.

- 이번에 결정을 해야 된다고 그만큼 말했잖아요.

아내의 말투는 차분하게 가라앉아 있었다.

- 내가 금세 죽냐?

나는 나도 모르게 버럭 소리를 질렀다. 꼭히, 유교적 사고방식 때문만은 아니었다. 자신의 조상에 대한 제례가 왜 미신으로 치부되어야 하며, 그렇지 않다고 해도 제사 지내는 데 억만금이 드는 것도 아니건만 그렇게 싫어할 이유는 무엇인가 하는 데 대한 울분 때문이었다.

- 나는 참고 했어요. 그런데 숙모님 저렇게 된 거 보고는 생각을 바꿨어요. 내 자신 희생해봐야 나한테는 병만 남고 한만 남고…. 그러고 우리 애가 제사를 지낸다고 쳐요. 며느리가 내 귀한 아들을 얼마나 들들 볶겠느냐고요.

아내의 목소리가 울먹거렸다. 그건 자신의 이야기이기도 했다.

- 이 집구석은 맏이가 있는데도 왜 둘째가 제사를 물려받아야 하는 거죠?

'이 집구석'이라는 말로 자신의 불편한 심정을 토해낸 아내는 제 아들이 또 제사를 물려받아야 하는 것에 대해 마음이 불편했던 터였다. 아버지 자신도 둘째이면서 형이 아들이 없다는 이유로 제사를 물려받은 게 늘 짜증스러웠을 것이다. 그래도 아내는 그동안 묵묵히 잘 견디어주었다. 숙모가 암 선고를 받기 전까지만 해도.

- 숙모님은 조상님들이 저렇게 만든 거라고요. 나도 이제 더 이상은 안 해요.

아내도 관절이 좋지 않아 병원에 다니기 시작했는데 요즘 와서는 걸을 때마다 다리를 잘름잘름 절었다. 그로 인해 신경이 날카로워져 더 그런 생각을 하게 된 건 아닐까 하는 생각도 들었다.

- 알았어, 알았다고! 내가 죽기 전에 해결한다고!

나는 발로 마룻바닥까지 쾅쾅 치며 언성을 높였다.

- 맨날 말로는….

그녀가 눈을 사납게 흘기더니 조용히 방을 나갔다. 나는 사나워진 아내가 무서워졌다. 나는 아무 말도 안 하고 아내가 하는 행동만 지켜봤다. 마루로 나간 아내는 아버지가 애지중지 코팅까지 해다 걸어둔 신문기사를 거침없이 떼어내 나에게 떠맡기듯 안기고는 거칠게 신발을 꿰었다.

- 당신, 뭐하는 짓이야?

나는 안방에 계신 아버지를 의식하며 목소리를 낮추었다.

- 승태한테도, 필립한테도 제사 물릴 생각 마세요. 하기야 걔네들이 물려준다고 받겠어요? 이건 아버님이랑 당신이랑 해결할 문제라고요.

아내의 목소리는 전에 없이 단호했다. 나는 그녀가 내게 안겨준 숙모의 사진을 매만질 뿐 아무런 말도 할 수 없었다.

결국 그 문제는 내가 죽기 전에 해결해야 할 문제가 되고 말았다.

혹

아침 일찍, 어제 하루의 세상을 훑습니다. 어디서 어떤 일이 있었고 요즘 세상은 어찌 돌아가고 있는지를 나는 신문을 통해 느낍니다. 오랜 습관처럼 몸에 밴 일입니다. 그런데 이즈음 와서는 신문 펼치기가 두렵습니다. 우울한 소식이 가득하기 때문입니다. 전에는 대수롭지 않게 넘어갈 일에도 이즈음엔 신경이 곤두섭니다. 암울한 경제 문제도 그렇고 급격히 늘어난 노인 문제도 그렇습니다.

오늘 아침엔 노인들의 고독사 문제가 특집으로 다루어졌습니다. 홀로 살아야 하는 노인들의 이유는 다양합니다. 자식이 없거나, 경제능력이 없어서 자식들에게 외면당하거나,

배우자를 일찍 잃었거나…. 그 어떤 이유로든 그들의 처지는 우울하고 암담합니다. 요즘 와서는 경제능력이 있는 노인들도 고독사하는 경우가 많답니다.

- 지난달 22일, 예비역 공군 준위 출신의 77살 한 모 씨가 자신의 집에서 숨진 지 1주일 만에 발견됐습니다.

- 나주의 한 건설폐기물 처리장에서 시신 일부가 훼손된 베트남 참전유공자인 유 모 씨가 발견되었습니다. 주택재개발 사업에 포함된 자신의 집에서 고독사한 것으로 추정됩니다.

나는 신문을 읽다가 갑자기 가려워지는 등을 벽에다 대고 문질렀습니다. 근질거리던 등이 조금 시원해졌습니다. 시도 때도 없이 가려워 미칠 것만 같은 등은 이즈음 와서 생긴 증세입니다. 그 일 때문에 며느리와의 관계도 불편합니다. 하루가 더없이 길어졌습니다. 그리고 생각이 많아지면서 궁금한 것도 많아졌습니다.

혹, 인생에 대해 진지하게 생각해 보신 적이 있으십니까? 혹, 죽음에 대해서는요? 아니, 고독에 대해서는요? 별생각 없이 사십니까? 하도 바빠서 생각할 겨를도 없다구요? 으흠, 앞만 보고 사시는군요. 그러실 수도 있습니다. 대부분

그러고 살지요. 나 또한 그렇게 살았으니까요. 바쁘고 시간이 없다고 느낄 때는 이런저런 생각할 겨를이 없죠, 분명! 그저 하루하루 견디어내며 밥 먹고 사랑하고 일하고 새끼 낳고 그 재롱 보는 일로 하루가 모자라지요. 젊었을 때는 다들 그렇지요….

나는 나이 일흔다섯의 노인입니다. 생각할 시간이 많아진 나이지요. 다들 나이 들어 하는 말이지만, 나도 제법 잘나가던 시절이 있었지요.

나는 젊은 시절, 중동의 사막을 신나게 휘젓고 다녔답니다. 공대 출신으로 처음엔 엔지니어로 출발했지만 해외 건설현장 소장을 목숨 걸고 열심히 한 덕에 그 공을 인정받아 부사장까지 올라갔어요.

대기업의 부사장. 그만하면 출세한 것 아닌가요? 돈도 벌 만큼 벌어 봤어요. 친구들 누구에게도 뒤지지 않을 만큼 출세도 했고 여기저기 땅을 사서 재미도 봤지요. 그 땅이 지금은 많이 없어졌지만 아직도 체면 유지할 만큼은 가지고 있답니다.

자식농사도 잘 지은 셈이지요. 아들 둘에 딸 하나. 모두 일류 대학을 마쳤고 큰놈은 의사랍니다. 병들어가는 노인에게 의사 아들이 있다는 건 큰 행운이지요. 그놈의 전공이 안과라서 노인 질병에는 별 도움이 안 되지만, 친구들이 내과, 정신과, 가정의학과, 피부과, 신경외과 전공의들이라 아프다 하면 직방으로 연결이 됩니다. 눈도 그래요, 노안이 와도 별걱정이 없어요. 아들이 다 알아서 해주니까. 그러니 내 아들이 의사라는 게 큰 자랑이지요.

인물도 잘났고 키도 훤칠해요. 그 인물에 지금의 며느리가 홀딱 빠졌다는 거 아닙니까. 그런데 곰곰 생각해 보면 여우 같은 며느리가 아들놈이 의사가 아니었다면 결혼을 했을까 싶기도 합니다.

며느리도 빠지지 않는 미모에다가 미대 출신입니다. 옷을 잘 입는 것은 물론 보통 멋쟁이가 아닙니다. 잘 어울리는 한 쌍인 듯 느껴지지요. 성격도 사근사근하고 애교를 잘 부려서 처음엔 내가 사랑에 빠질 지경이었습니다. 그래서 며느리에게 선물도 많이 해 주었지요. 며느리 사랑은 시아버지라 하지 않습니까. 지금도 나는 그 며느리와 아들과 함께 한집에서 삽니다.

큰 놈 키울 때는 참 행복했습니다. 열사의 나라에서 진이 빠지도록 일을 하던 시절이었는데 어쩌다 한 번씩 휴가를 올 때면 녀석은 이런저런 상장을 내밀어 나를 기쁘게 했지요. 과묵하고 진중한 성격 또한 믿음직했지요. 그 녀석만 보고 있으면 나는 든든했답니다.

그뿐이겠습니까. 딸아이는 또 얼마나 사랑스러웠던지요. 수밀도보다 더 보드랍고 말캉한 피부로 내 목을 끌어안고 뽀뽀를 할 때는 세상이 다 내 것 같았습니다. 그 행복을, 어디 아내와의 연애 시절에 비교하겠습니까. 나는 분명 팔불출입니다. 기꺼이! 딸아이가 치는 피아노 소리는 천상의 소리였지요. 딸아이가 있는 곳이 바로 천상이었던 것입니다.

작은 아들놈은 중간이라 좀 소홀했던 부분이 있기는 하지만, 그래도 그만하면 보통 수준은 됩니다. 공대를 나온 그 녀석은 아주 현실적이고 계산적입니다. 그 녀석은 불만이 아주 많은데, 아비의 사랑이 저한테만 부족하다고 투덜대는 놈입니다. 그건 다른 말로 하면 좀 더 현실적인 지원을 해주지 않는다는 불만이지요. 쉽게 말해 재산을 좀 더 달라는 겁니다. 하지만 그럴 수는 없지요. 나도 죽을 때까지 먹고살 재산은 움켜쥐고 있어야 하니까요. 친구들 이야기를 들어보면 있는 재산 다 나누어 주었다가는 쪽박 차기 십상이라 합디다. 수중에 돈이 있어야 자식들도 효도를 한다는 거예요. 아주 슬픈 이야기지만 그것은 현실입니다. 물론 굳이 나누어주려고 하면 조금 더 나누어 줄 수도 있습니다. 그 정도 여력은 있으니까요. 하지만 나는 그러지 않습니다. 그래야 나도 큰아들한테 대접받고 살 수 있다는 계산이 있는 탓이지요. 아들은 아직 제 병원을 가지지 못한 채 대학병원에서 월급의사를 합니다. 그렇다고 불쌍한 처지는 아닙니다. 병원에서는 그 녀석이 그만둘까 봐 걱정이라는 얘기를 들은 적이 있습니다. 언젠가 넌지시 떠보았습니다. 너, 병원 내고 싶으냐? 그러자 아들은 단호하게 아니라고 했습니다. 지금으로 충분하다고요. 아들은 그런 욕심을 내는 놈이 아니었습니다. 그런데 그런 욕심은 며느리가 더 합니다.

- 아버님, 저이도 이젠 병원 하나 가질 나이가 되지 않았나요?

언젠가 아들이 있는 앞에서 며느리가 콧소리를 낼 때, 받아치듯 아들이 한 말이 나는 무척 고마웠어요. 아버님한테 그런 소리 하지 말라고, 이미 충분히 받았다고.

기특한 녀석입니다. 거기엔, 처가에 대한 불만이 조금쯤은 담겨 있다는 걸 나는 압니다. 하지만 나도 그놈도 처가에 대한 불만은 하지 않습니다. 사실 처가에 무언가를 바란다는 것은 자존심 상하는 일이기도 한 탓이지요.

녀석은 사십 평 조금 넘는 아파트를 하나 마련해 준 것으로 부모로부터 받은 것은 충분하다고 생각하는 것 같습니다. 또 장남이 부모를 모시는 것은 당연한 일이라고 규정지어 며느리가 찍소리 못하게 한 일도 고마운 일입니다. 사실 요즘 세상에 홀시아버지를 모시는 일이 쉬운 일은 아니지요. 아내가 살아 있을 때부터 큰아들과 살았으니 그 세월도 제법 됩니다. 아내가 세상을 버린 지 십 년.

그 후로 나는 쭉 큰아들과 살고 있습니다. 아들과 마주하는 시간은 저녁 뉴스 시간뿐이지만 녀석은 내 가슴속에 늘 그득합니다.

딸아이는 가끔 바람처럼 찾아와서 애교를 잔뜩 부리고 갑니다. 저를 꼭 빼닮은 손녀를 데리고 오는 날은 그야말로 내 주머니가 몽땅 털리는 날입니다. 그래도 기분이 그저 그만입니다. 그런 날, 며느리는 약간 불퉁한 얼굴로 설거지를 요란하게 합니다. 하지만 기분을 상하게 하거나 드러내놓고 불평을 하지는 않습니다. 딸아이가 간 후에 주어지는 보상을 아는 때문이겠지요.

나는 딸아이가 간 후에 며느리를 꼭 부릅니다. 노인이 되면 눈치 백 단. 나는 며느리에게 당근을 줍니다.

- 요즘 백화점에 신상이 많이 나와 있다더라. 계절이 바뀌었으니 새 옷 하나 사 입어라.

적지 않은 액수를 넣은 봉투를 건네면 불퉁하던 며느리의 표정은 간 곳이 없습니다. 누가 한 말인지는 모르지만, 늙어서는 입을 닫고 지갑을 열라고 하더군요. 나는 그 말을 지키는 노인입니다.

평균적으로 보면 나는 분명 행복한 노인입니다. 그런데 최근 들어 몸이 많이 안 좋아졌습니다. 난데없는 두통에다 온몸이 근질근질해지는 현상 때문입니다. 물론 병원에 가 보았지요. 그런데 병명은 나오지 않았습니다. 큰아들은 걱정이 가득한 얼굴로 나를 이끌고 이 병원 저 병원 다니며 특진으로 종합건강검진을 받게 하고 며느리는 보약을 지어와 내밀었습니다.

- 혹, 정신적인 스트레스 아닐까요? 아버님, 뭐 불편한 거 있으세요?

아들은 내 정신건강까지 염려했습니다. 그럴 리가! 나는 몸과 마음 모두 건강합니다. 아니 그렇게 믿습니다. 스트레스

받을 일도 없고 혹, 그런 일이 있다 해도 툭툭 떨쳐버릴 자신도 있는 것입니다. 또 만약에 큰아들이 같이 살기 싫다고 하여도, 나는 친절한 의료진이 있고 시설도 좋은 실버타운에 들어갈 여력도 됩니다. 그런데 그런 일은 일어나서는 안 되는 일입니다. 나는 아들과 살고 싶은 것입니다.

- 내가 뭔 스트레스가 있겠느냐. 며느리 잘하지, 아들 잘하지. 아무 불만 없다.

그렇게 말을 하면서도 나는 내심 불안합니다. 두통약을 먹기 시작한 것도 불안한 일입니다. 온몸이 근질근질한 것도 사실 큰 걱정입니다. 특히 등이 몹시 근지럽습니다. 혼자 벽에다 대고 문질러보기도 하고 효자손으로 득득 긁어보기도 하지만 시원하지를 않습니다. 그럴 때는 죽은 마누라 생각이 간절합니다. 부부는 늙어서는 등 긁어주는 맛에 산다고 하던데. 혼자서 등을 긁을 수 없는 것이 큰 불편입니다.

그러던 어느 날, 나는 기어코 며느리를 불렀습니다.

- 네, 아버님. 부르셨어요?

며느리는 내가 먹을 보약을 따끈하게 덥혀서 가져와 공손한 자세로 앉았습니다.

- 아무래도 등이 이상하다. 니가 좀 봐주겠니?

나는 가려운 등을 며느리에게 보일 심산이었습니다. 그런데 며느리가 소스라치게 놀라면 뒤로 물러나 앉았습니다.

- 네에? 뭐라고요? 아버님, 아버님 등, 등을 보라구요?

며느리는 목소리까지 떨고 있었습니다. 순간, 부끄러운 생각이 들었습니다. 혹, 며느리에게 시킬 일이 아닌 것을 내가 실수했나 싶어 곧 말을 바꾸었습니다.

- 내가 등이 하도 가려워서 생각이 짧았구나. 미안하다. 저녁에 아범 오면 보라고 하마.

내 말이 떨어지기 무섭게 며느리는 밖으로 나가버렸습니다. 조금 서운한 생각이 들기는 했지만 젊은 며느리한테 미안한 생각이 더 컸기 때문에 잊을 수 있었습니다. 등은 계속 가려웠습니다. 가렵기만 한 것이 아니라 따끔거리기도 했습니다. 아들이 오기까지, 기다리는 시간이 그렇게 더디게 흐른다는 걸 새삼 절감하면서 문득 외롭다는 생각이 들었습니다. 아들은 내 등을 한참이나 살펴보고 고개를 갸웃거렸습니다.

- 아무렇지도 않은데요.

- 뭐 뾰루지나 상처 같은 것도 없느냐?

- 예. 피부가 조금 거칠기는 하지만 그것 때문에 가렵지는

않을 거구요. 혹, 피부가 건조해서 그런 경우도 있으니 연고를 발라보세요.

- 그래. 그렇다면 다행이다.

나는 아들이 내민 연고를 받아들고 또 망연해졌습니다. 이걸 혼자서 어찌 바른다? 난감한 일입니다. 며느리한테 발라 달라고 했다가는 또 놀라자빠질 게 뻔하고. 그렇다고 바쁜 아들한테 매번 발라 달라고 할 수도 없는 노릇이고. 나는 연고를 받아든 채 아들에게 웃어 보였습니다. 아들은 덤덤한 얼굴로 내 등 뒤로 가서 정성껏 약을 발라주었습니다.

하지만 등이 따갑고 가려운 횟수는 점점 늘어갔습니다. 시도 때도 없이 가려운 증세가 나타날 때는 정말 미치고 팔딱 뛸 지경입니다. 아내의 얼굴이 떠올랐다 사라지고 후처를 본 친구들의 얼굴도 떠올랐다 사라졌습니다. 아내가 저세상으로 간 지 6개월이 지나자 친구들은 나에게 재혼을 권유했습니다.

- 능력 되겠다, 인물 좋겠다, 그만하면 건강도 좋겠다, 왜 혼자 살겠다는 거야?

나는 고개를 저었습니다. 아내를 극진히 사랑해서 그런 것은 아닙니다. 여자에 대한 적대감이 있어서 그런 것도 아닙니다.

새삼스럽게 새 식구를 들여서 집안을 어지럽게 하고 싶지 않았기 때문이었습니다. 그런 나를 보고 친구들이 속삭이듯 말하더군요.

- 정식으로 호적에 올리지는 말고 적당히 한 재산 집어주고 그냥 동거를 해. 그럼 서로 좋잖아. 서로 의지도 되고.

하지만 내 양심으로는 그렇게 하기도 싫었습니다. 그건 그냥 파출부를 두는 것과 다름이 없다는 생각 때문이었습니다. 친구들은 그런 나를 결벽증 환자 보듯이 놀려댔습니다.

- 인생, 그리 길지 않다네. 참고 사는 게 능사가 아니야.

사십대의 과수댁을 꿀꺽 집어삼킨 친구는 내가 딱해 보였는지 혀까지 끌끌 찼습니다. 나는 오히려 사십대의 과수댁이 딱하다는 생각이 들어 혀를 끌끌 찼습니다. 우리 집에서 일하는 성주댁이 사십대입니다. 딸 또래의 나이. 사람이 할 짓이 아니라는 생각이 들었습니다. 내 속을 훑어내듯 친구가 일침을 가했습니다.

- 나이 차이가 많다고 해도 어른이 되면 남자, 여자일 뿐이야.

등이 유난히 가려운 날은 친구의 말이 자꾸 떠올랐습니다. 그럴 때마다 효자손으로 등을 사정없이 벅벅 긁었습니다.

하루는 견딜 수 없어 벽에다 등을 문지르고 있는데 성주댁이 지나다가 물었습니다.

- 어르신, 어디 편찮으십니까?

자상하고 부드러운 성주댁은 나긋나긋한 목소리로 말했습니다.

- 등이 가려워서 그래요. 내 등을 내가 볼 수도 없으니….

민망해서 그 자리를 피하려는데 성주댁이 말하더군요,

- 그럼 등을 보여주세요. 제가 한번 살펴볼게요.

- 아이구, 어째 그렇게… 됐어요.

며느리도 민망해하는 일을 어찌 성주댁에게 시키랴 싶어 고개를 저었어요. 나는 성주댁의 눈길을 피해 이층 내 방으로 올라가려고 했지요. 그런데 성주댁은 나를 따라오며 채근하듯이 보여 달라고 했습니다. 그래서 성주댁에게 내 등을 보여주고 말았습니다.

- 아무것도 없는데요?

- 그런데 왜 그렇게 따갑고 가려운지 모르겠소. 뾰루지나 혹이 난 것처럼.

나는 민망해서 셔츠를 얼른 내렸습니다.

- 잠깐만요, 어르신.

성주댁이 내가 내리려던 셔츠를 붙잡고 얼굴을 등 가까이 바짝 대고 들여다보았습니다. 그때였습니다. 며느리가 이층으로 올라오다가 그 광경을 보고 말았습니다.

- 어머어머, 이게 무슨 해괴한 일이에요, 아줌마?

며느리의 소프라노가 고막을 찢을 듯했습니다. 성주댁이 놀라서 얼른 뒤로 물러나 앉았습니다. 놀란 건 나도 마찬가지였습니다. 며느리의 말은 성주댁과 내가 얄궂은 짓을 하고 있었다는 전제를 깔고 있는 것이었습니다. 나는 모처럼 며느리를 향해 노기 띤 목소리를 내질렀습니다.

- 뭐? 뭐라고 했느냐? 해괴해?

나는 어이가 없어서 기가 막힐 지경이었습니다. 그런데 더 가관인 것은 며느리였습니다. 당황한 기색이 역력한 성주댁을 노려보던 며느리가 한마디 더 보탰습니다.

- 아버님이 이러시면 안 되지요. 성주댁은 더더욱 그러면 안 되구요.

- 에미야!

- 아버님 외로우신 거는 아는데 그래도 그러시면 안 돼요. 아범이 알면 얼마나 힘들어하겠어요?

기가 막힐 노릇이었습니다. 나는 너무 노여워서 되는 대로

소리를 지르고 싶었습니다. 분하기도 하고 억울하기도 했습니다.

- 에미야! 침소봉대하지 마라!

하지만 치오르는 분을 애써 누르며 차분하고 근엄하게 꾸짖었습니다.

- 물론 아범한테는 말하지 않을게요. 그냥 덮을게요.

며느리는 마치 큰 허물을 덮어주는 것처럼 굴었습니다. 그 말에 더 화가 끓어올랐습니다.

- 에미야, 등에 뭐가 나서 그것 좀 봐달라고 한 걸 네가 오해한 거다.

마음 같아서는 며느리에게 화를 내고 싶었지만 며느리 앞에서 어른이 지켜야 할 체통은 지키고 싶었습니다. 가능한 감정을 자제하고 목소리를 누그러뜨렸습니다.

- 알겠어요. 다시는 그러지 마세요.

며느리는 훈계하듯 일침을 가하고는 자리를 떴습니다. 성주댁만 안절부절못하고 있다가 걸레를 들고 화장실로 들어갔습니다. 참 어처구니없는 풍경이었지만 그쯤에서 덮을 수밖에 없는 일이었습니다. 물론 저녁에 들어온 아들에게도 이야기하지 않았습니다. 괜히 며느리와 눈 마주치는 일이 싫어서 저녁은 친구를 불러내어 밖에서 먹었습니다. 소화가 될 리 없지요. 저녁엔 소화제를 먹고 불편한 마음으로 잠이 들었습니다.

이튿날 아침, 나는 성주댁을 불렀습니다. 성주댁은 우리 집에서 숙식을 하는 터라 언제나 부르면 쪼르르 달려옵니다. 성주댁을 집안에 들인 건 어쩜 며느리가 편하기 위해서인지도 모를 일입니다.

- 어르신, 어디 불편하세요?

- 등이 가려워 미치겠소. 다시 한번 보시오.

나는 성주댁 앞에서 등을 훌러덩 드러내고 말았습니다. 그만큼 견디기 힘들었던 거지요. 성주댁은 배시시 웃더니 등을 시원스럽게 긁었습니다. 일을 많이 한 그녀의 손은 적당히 거칠어서 등 긁기에는 안성맞춤이었습니다.

- 어이구 시원해, 어구구구,

나는 자신도 모르게 신음에 가까운 소리를 냈습니다. 사람의 손길이 닿자 거짓말처럼 가려움증이 수그러들었습니다.

- 시원하세요?

- 그럼 그럼. 성주댁 손이 최고구만. 어구구구 시원해라.

나는 눈을 지그시 감고 고개를 끄덕였습니다. 그 순간, 이 세상에 그 무엇도 부러운 것이 없었습니다. 성주댁이 새삼스럽게 고마웠습니다. 아침마다 내 방 청소를 하고 식사를 챙겨 주는 것도 고마운데 등을 긁어주는 일은 생각도 못했던 일입니다. 다소 민망하기는 하지만, 그 민망함을 잊을 만큼 등이 시원했습니다.

- 성주댁! 여기서 뭐해요?

며느리의 앙칼진 목소리에 돌아보니 며느리는 차가운 표정으로 성주댁을 노려보고 있었습니다.

- 아, 사모님. 어르신 등을 긁어드리느라고….

- 어제 그만큼 일렀는데도 못 알아들었어요? 내려가세요.

며느리의 표정은 싸늘했습니다. 성주댁은 쩔쩔매며 내 눈치를 보다가 주춤주춤 뒷걸음질로 방을 나갔습니다. 참 고약하다는 생각이 들었습니다. 화도 났습니다. 며느리가 생각하는 것이 어떤 것인지 짐작이 갔습니다.

- 에미야. 성주댁 나무랄 것 없다. 내가 불렀다.

- 등이 가려우시면 효자손을 쓰시든지, 병원엘 가세요. 집안에서 일하는 아줌마한테 그러시지 말고….

본 적이 없는 며느리의 싸늘한 표정이 몹시 낯설었습니다.

갑자기 얼굴이 벌겋게 달아올랐습니다. 가슴이 벌렁거렸습니다.

- 에미야! 말이 좀 지나친 것 아니냐?

- 그렇게 들리셨다면 죄송해요. 하지만 제 입장도 생각해주셨으면 좋겠어요.

- 뭐가 그렇게 이상하고 해괴하냐? 성주댁은 우리 식구나 마찬가진데….

- 어떻게 남인데 식구가 돼요? 그리고 아버님도 지나치세요. 어떻게 남의 여자한테 등을 긁어달라고…. 부끄럽지도 않으세요?

남의 여자? 갑자기 파렴치한이 된 듯했습니다. 생각 같아서는 며느리의 뺨이라도 후려치고 싶었습니다. 하지만 생각만으로 끝나는 일이 어디 그뿐일까….

- 그만 내려가거라.

나는 한숨을 내쉬며 손사래를 쳤습니다. 가슴이 답답해졌습니다. 머리가 지끈거렸습니다. 며느리가 돌아서 아래층으로 내려간 후 나는 문을 잠그고 말았습니다. 머릿속이 뒤엉킨 실타래처럼 뒤죽박죽이었습니다. 며느리가 생각한 건 뭘까? 그 생각이 들자 전에 우연히 들었던 며느리의 목소리가 떠올랐습니다.

- 아이구, 말도 마. 일은 잘하는데 아무래도 수상해. 아버님한테 눈웃음을 살살 치면서 얼마나 애교를 떠는지 몰라. 딴생각이 있는 것 같아.

성주댁의 딴생각. 알 것 같습니다. 그러니 며느리가 경계를 하는 건 당연한 거겠군요. 그때는 그냥 흘려들었던 말이 가시처럼 콕콕 박히는 것 같았습니다. 과연 그런 걸까…? 그럴 수도 있고 며느리의 쓸데없는 걱정일 수도 있습니다. 그런데 전자보다는 후자의 경우가 더 기분이 나쁩니다. 속이 부글부글 끓어올라 미칠 것만 같습니다. 골똘히 생각에 빠져 있다가 아침도 거르고 밖으로 나왔습니다. 친구를 만나 낮술을 한잔하고 속에 있는 이야기를 퍼냈습니다. 듣고 있던 친구가 하는 한 마디가 나를 서늘하게 합니다.

- 며느리가 자네 재산 지키려는구먼.

- 내 재산을?

- 왜 지키겠나?

- ….

우울한 오후였습니다. 모처럼 낮술에 취해서 주절주절 떠들어대는 맛도 나쁘지는 않았습니다. 친구가 있다는 것도 참

다행한 일이다 싶었습니다. 하지만 몹시 우울했습니다. 저녁 늦게까지 술을 마신 나는 걸음도 제대로 걷지 못할 정도로 취해서 집으로 돌아왔습니다. 나이 생각도 안 하고 과하게 마신 술 때문에 구토를 하고 구겨진 종잇장처럼 널브러져 잠이 들었습니다.

이튿날 아침, 나는 쓰린 속을 달래려고 성주댁을 불렀습니다. 그녀가 끓여올 해장국을 생각하며 군침을 삼키고 있을 때 문을 열고 들어선 것은 성주댁이 아닌 며느리였습니다.

- 왜 성주댁이 안 오고?

- 뭐 시키시게요?

평소에는 이층에 잘 올라오지도 않던 며느리입니다.

- 왜 성주댁은 안 올라오냐고!

내 목소리는 전에 없이 불편했습니다.

- 성주댁은 그만두었습니다.

며느리의 목소리는 차갑고 낮았습니다.

- 갑자기 왜?

- 제가 그만두라고 했습니다. 그동안 불미스러운 일도 좀 있었구요. 조금 조금씩 돈이 없어졌어요.

까마귀 날자 배 떨어진다더니. 분명 며느리의 술수일 터.

나는 몹시 기분이 상했습니다. 그러나 증거도 없는데 며느리를 닦달할 수는 없는 노릇입니다. 나는 며느리를 한참 바라보다가 한숨을 쉬고 그 일을 덮었습니다. 성주댁한테는 미안한 일이나, 가진 것 없는 사람이 당하는 억울함 쯤으로 생각하기를 바랄 뿐이었습니다.

- 아버님, 속 쓰리실 텐데 술국 끓여 드릴까요?

며느리의 말투는 부드러웠지만 나는 그 말이 듣기 싫었습니다.

- 됐다, 그만둬라!

나는 어느새 허수아비가 되어가는 느낌이 들었습니다. 내 집이 아닌 며느리의 집에 얹혀사는 늙은이…. 주권을 빼앗긴 뒷방 늙은이…. 나는 고개를 저었습니다. 그렇게 될 수는 없습니다. 나는 아직 힘도 있고 경제력도 있고, 필요하다고 생각되면 재혼을 생각할 수도 있습니다. 그런데 왜 자꾸 기운이 빠질까요? 왜 자꾸 며느리의 말이 서운한 걸까요….

그날 이후 가려움증은 점점 더 심해졌습니다.

급기야는 그 일로 가족회의가 열리게 되었습니다. 삼 남매가 모인 자리는 그 어느 때보다 어색하고 썰렁했습니다. 며느리가 차분하고 예의 바른 말투로 입을 열었습니다.

- 요즘 아버님이 좀 불편하십니다. 등에 혹이 난 것 같다고 말씀을 하시는데 전혀 아무런 증상이 보이지 않아요, 서방님도 아가씨도 아셔야 할 것 같아서 뵙자고 한 거구요, 아버님은 종합검진을 다시 받으시도록 해야 할 것 같아요. 물론 그 경비야 저희가 대겠지만 외로우신 아버님을 좀 자주 찾아 뵈셨으면 좋겠다는 생각이 들어서 서방님과 아가씨에게 부탁을 드리려구요. 아버님이 아가씨를 좀 이뻐하셨어요? 그러니 이참에 좀 도와주시면 고맙겠습니다.

청산유수였습니다. 표정도 훌륭했고 몸가짐도 예의 발랐습니다. 그 누구도 흠잡을 구석이 없었습니다.

- 아버지가 왜 그래? 진짜 어디가 아파? 어디 봐요.

딸아이는 눈물을 글썽이며 호들갑스럽게 내 등을 어루만졌습니다. 나는 그윽한 눈길로 딸아이의 손을 잡았습니다.

- 됐다. 괜찮다.

며느리의 행동이 마음에 안 든다 해서 며느리와 싸울 수는 없는 노릇입니다. 그쯤에서 나는 억울한 마음을 접고 한숨을 삼켰습니다. 며느리는 조용하고 걱정 어린 음성으로 말했습니다.

- 이건 만약의 경우지만… 혹시라도 몰라서 하는 말이지만,

정신적으로 힘들면 그런 증상이 나타나는 경우도 있답니다. 정신과 의사에게 물어보니 건강염려증인 것 같다네요. 자기애가 강하면 건강염려증이 오기 쉽고, 그러다 보면 아버님처럼 신체망상 증세 같은 게 생긴다고 해요.

아들놈은 아무것도 모르는 눈치입니다. 오히려 제 아내의 말에 고개를 끄덕이고 있었습니다. 제 오빠를 향해 눈을 흘기는 딸아인들 더 이상 나를 위해 무얼 하겠습니까. 차라리 실버타운에 들어가는 것이 뱃속 편하겠다는 생각이 절로 들었습니다. 서운하고 야속한 마음을 감출 수 없었습니다. 흔히 부모들이 하는 말로, '내가 너를 어떻게 키웠는데'로 시작하는 한탄을 나는 안 할 줄 알았는데 나도 별수 없는 인간인가 봅니다.

그날 이후로 딸아이와 작은아들도 집에 자주 들렀습니다. 연고도 발라주고 등도 긁어주고 나름대로는 정성을 보였습니다. 며느리 입장에서는 시동생과 시누이가 자주 들락거리는 것이 결코 기분 좋은 일은 아닐 텐데, 그래도 잘 참아내고 있었습니다. 언제나 입가에 미소를 머금고 부드러운 음성으로 말하는 며느리를 나는 전처럼 곱게 볼 수가 없었습니다. 내 등을 보고 기겁을 하며 도망가는 며느리의 표정이 불쑥 불쑥 떠오를 때면 나도 모르게 미간이 올라붙었습니다.

아이들이 자주 들여다본다고는 하나 제 생활이 있는 아이들이 계속 정성을 보이지는 않았습니다. 내 등이 가려울 때마다 긁어줄 사람은 이 세상에 없습니다. 그런 생각을 하니 서러워지더군요. 친구들은 병원에 입원이라도 해보라지만 그렇다고 그만한 일로 병원에 입원할 수도 없는 일이고요.

어떤 때는 너무 가려워 잠을 이루지 못할 때도 있었습니다. 딸아이가 보고 기겁을 하더군요.

- 아버지, 이렇게 벅벅 긁으면 진짜 탈 나요.

- 가려워서 미치겠다. 돌겠어!

가려움증 때문에 신경이 날카로워져서 언성도 높아졌습니다. 핏물이 밴 등을 딸아이가 소독할 때는 따가워서 펄쩍 펄쩍 뛰기도 했습니다.

손으로 긁을 수는 없어서 대나무로 만든 효자손으로 긁고, 그래도 시원하지 않으면 밖으로 나가 벽에다 등을 대고 비벼댔지요. 누가 보면 참 해괴한 짓이라고 할 겁니다. 하지만 그 해괴한 짓을 멈출 수가 없다는 것이 미칠 일입니다. 그러다 보니 성질은 자꾸 까칠해지고 인상은 자꾸 올라붙었습니다.

- 아무래도 뭐가 난 것 같다. 혹이 난 게 아니냐? 그렇지 않고서야 이리 가려울 수가 없다.

참다 참다, 퇴근한 아들을 불러 거실에서 등을 내보이던 날, 며느리는 못 볼 것을 본 듯이 놀라서 얼른 방으로 들어가 버렸습니다. 생전 서운한 감정을 갖지 않았던 며느리에 대해 그날은 아주 심한 불쾌감을 느꼈습니다.

- 아버지, 혹은 없어요. 아무것도 없어요. 아버지가 벅벅 긁어서 상처가 났을 뿐이어요.

묵묵하고 진중하던 아들놈도 짜증이 난 목소리로 대꾸를 합디다. 참… 무안하고 민망해서… 그냥 방으로 올라오고 말았습니다.

그날부터 나는 혼자 이층에 웅크리고 있는 날이 많아졌습니다. 친구 만나는 일도 귀찮고 긁적거리며 어디를 돌아다니는 일도 창피했습니다. 행동반경이 줄어들기 시작하자 매사 의욕도 없고 우울해지기 시작하더군요. 하루 종일 하는 일은 손이 닿지도 않는 등을 긁을 궁리뿐이었습니다. 상처가 나을 만하면 또 긁어서 진물이 나는 등을 바라보기 위해 나는 거울을 갖다 놓고 고개를 꼬고 가재처럼 눈을 흘겼지요. 그러면서 드는 생각이, 인생 참 구질구질하다 싶더군요. 난생

처음 겪는 불편한 일이 서서히 성격까지 바꿀지 모르겠다는 생각이 들더군요. 하루의 대부분을 나는 등을 긁는 일로 소일하고 그런 나를 보는 자식들 눈에 슬그머니 끼어드는 지겨움이 나는 더 절망스러웠습니다. 그럴수록 등은 견딜 수 없을 만큼 가려웠습니다.

- 아버지, 저랑 병원에 가십시다.

어느 날 아침, 내 방에 들어선 아들의 표정이 몹시 굳어 있었습니다.

- 무슨 병원?

- 정신과요.

- 정신과? 정신과에 왜?

- 가서… 상담 한번 받아보십시다.

- 뭐어? 이놈이 뭐라는 거야?

나는 걷잡을 수 없이 화가 나서 그토록 귀히 여기고 자랑스러워하던 아들놈의 뺨을 후려치고 말았습니다.

- 아버지….

오히려 아들은 눈물을 흘리고 있었습니다.

- 이놈아, 이제는 니가 나를 정신병자로 몰 셈이냐? 등에 혹이 났나 봐 달라니까 정신병자로 보여? 니 마누라가 그러든?

이 애비가 오락가락한다고?

꾹꾹 눌러 왔던 분노가 봇물 터지듯 올라왔습니다.

- 아버지, 왜 이러세요? 병원에 가서 상담만 받아보자는데 왜….

며느리가 뛰어나와 아들놈을 감싸며 서운한 표정을 지었습니다.

- 상담? 그래 상담받으면 뭐라고 할 것 같냐? 뭐라고 짜 맞추어 놓았어?

이미 나의 분노는 걷잡을 수 없는 지경이 되었습니다. 행복하기만 하던 나의 현실이 엉망진창이 되어가고 있는 것이었습니다.

- 아버지, 이러지 마세요.

아들은 눈물이 글썽글썽한 눈으로 나를 바라보고 있었습니다.

- 이러지 말라고? 너를 어떻게 키웠는데 이따위 짓을 해? 내가 너한테 뭘 잘못했냐? 재산을 다 안 주어서 그러냐?

- 아버지!

- 내 등에 혹이 난 것 같은데, 혹이 나느라 가려워서 미칠 것 같은데, 그것 때문에 나를 미친 늙은이 취급하는 게야?

이 노오~옴!

사실 어쩜 아주 사소한 일일 수도 있습니다. 진정으로 아들은 내가 걱정되어 상담이나 받아보자고 하는 것일 수 있습니다. 하지만 내 안에서 자식에 대한 믿음이 사라지는 순간, 나는 자식의 말을 믿을 수 없게 되었습니다. 진즉에 친구들 말을 들을걸. 길지 않은 인생, 행복한 꿈이나 꾸며 살걸. 남은 재산이 자식들 싸울 구실이 되지 않도록 미리미리 못박아 둘걸, 후회가 물밀 듯이 밀려와 나는 바닥에 주저앉아 눈물을 쏟았습니다.

- 아버지, 일어나세요. 바닥이 찹니다.

- 필요 없다, 이놈아. 마누라 치마폭에 싸여서 지 애비를 정신병자로 모는 놈!

- 아버지, 오해하지 마세요. 아버지 건강이 염려돼서….

아들은 어쩔 줄 모르며 안절부절못하였습니다.

- 시끄럽다, 이놈아. 아무리 그래도 재산은 못 준다.

한 번 무너진 둑은 거침이 없습니다. 어디서 그런 분노가 튀어나오는지 알 수 없을 정도로 나는 미친 것처럼 날뛰기 시작했습니다. 아마 몹시 서운했던 모양입니다. 그 서운함이 분출되는 것 같았습니다. 아들은 멍하니 나를 바라보고 섰고 며느리는 저만치 떨어져서 구경꾼처럼 서 있습니다.

- 자식 하나도 못 낳은 것이 뭘 바라는 거야? 남의 집 대를 끊어놓은 것이!

한 번도 입 밖에 내지 않았던 말조차 서슴없이 내뱉는 내가 나 자신도 낯설기만 합니다. 며느리의 눈이 휘둥그레지고 놀란 표정이 역력합니다.

- 생전 안 하던 말씀도 하시고… 아무래도 앰뷸런스를 불러야겠군.

아들이 침통한 표정으로 나를 바라보다가 용단을 내립니다. 스마트폰의 번호판을 꾹꾹 눌러대는 아들의 표정에 일말의 망설임도 없습니다. 아아, 그 순간, 나는 아들에게도 감당하기 어려운 혹이 됩니다. 며느리에게만 혹이 아니라 내 핏줄인 아들에게도 혹이 되어버린 것입니다. 갑자기 견딜 수 없는 통증이 몰려옵니다. 아아악! 뭔가 내 등을 쑤시는 것 같습니다. 아니 등뼈를 뚫고 혹이 불거져 올라오고 있습니다. 잔혹하게도, 혹이 쑥~ 솟아올랐습니다. 통증에 미칠 것만 같습니다.

- 봐라, 봐라. 이래도 혹이 아니냐?

나는 손을 등 뒤로 뻗어 잡히지도 않는 혹을 만지려 애를 씁니다. 아들이 마지못해 내 등을 살핍니다.

- 이거, 대상포진 아닐까? 울긋불긋 반점이 많은데….

- 대상포진은요. 아버님이 얼마나 건강하신 분인데 대상포진이겠어요. 정신과 진료를 받는 게 맞아요.

며느리가 나를 차갑게 바라보며 단정 지었습니다. 망할 년! 나는 내 머리칼을 쥐어뜯으며 괴성에 가까운 소리를 질러댔습니다. 으으으윽!

- 그렇지? 가려움증도 너무 길었고….

아들이 단념하듯 제 마누라 얼굴을 보며 고개를 끄덕입니다. 아아, 나는 아들과 며느리에게 혹이 되고 만 것입니다. 멀리서 들려오는 앰뷸런스 소리가 참 쓸쓸합니다….

아, 나는 그날 이후로 원룸 하나를 얻어 따로 나와 살고 있습니다. 아들에게는 혹이 되어버리고 나는 섬처럼 고독해져서 고독사할 수밖에 없는 노인이 되고 말았습니다. 문득 성주댁이 그리워졌습니다.